ubu

MÁRIO DE ANDRADE
SELETA ERÓTICA

ELIANE ROBERT MORAES (ORG.)

colaboração
ALINE NOVAIS DE ALMEIDA
MARINA DAMASCENO DE SÁ

ilustrações
JULIO LAPAGESSE

*Para
Raquel Barreto
e
José Luiz Passos,
o Eros da amizade.*

APRESENTAÇÃO 9
NOTA EDITORIAL 57

POSFÁCIO 287
NOTAS 301
BIBLIOGRAFIA 311
AGRADECIMENTOS 315

ARTES DE BRINCAR 59 O CORPO DA CIDADE 89 COISAS DE SARAPANTAR 113 PRESENÇA DA DONA AUSENTE 149 IMORALIDADES E DESMORALIDADES 171 PRAZERES INDESTINADOS 199 BRASILEIRISMOS, SAFADAGENS E PORCARIAS 235 CONFIDÊNCIAS E CONFISSÕES: ALGUMA CORRESPONDÊNCIA 259

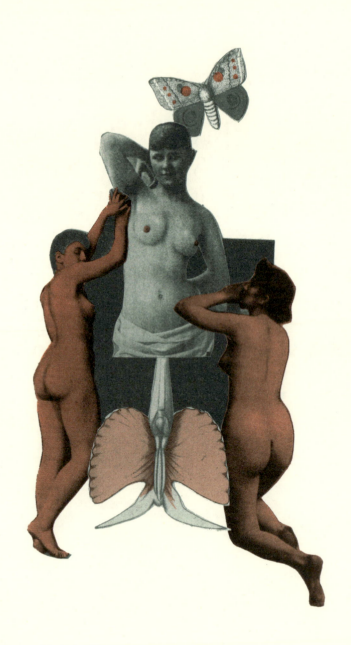

APRESENTAÇÃO
O DITO PELO NÃO DITO

Eliane Robert Moraes

1.

A obra de Mário de Andrade é atravessada por uma profunda inquietação em torno do sexo. Pulsante e permanente, essa inquietação se traduz tanto na exploração do domínio erótico, de notável amplitude, quanto na incessante busca formal que o tema lhe impõe sem descanso. Na tentativa de reconhecer a silhueta de Eros nas tantas faces que o próprio escritor se atribuiu, sua produção literária se vale dos mais diversos recursos formais para dar conta de uma dimensão que parece continuamente escapar. Daí que o sexo venha a ser alçado ao patamar das suas grandes interrogações, onde se oferece na obscura qualidade de incógnita.

Não surpreende, portanto, que nos seus escritos a matéria lúbrica seja muitas vezes apresentada de forma enigmática, exigindo um razoável esforço de decifração por parte de quem os lê. O caso mais curioso se encontra já no primeiro poema criado por Mário, cujo conteúdo sexual se oculta em meio a um tecido textual turvo e pouco inteligível. Tal qual um anfiguri,[1] a breve peça infantil cantarolada pelo então menino se propõe como um jogo músico-verbal que se resume a raras e desconhecidas palavras:

Fiori de la Pá
Geni transférdi güide nôs pigórdi
Geni trâns! Feligüinórdi
Geny!...[2]

Há dois registros de depoimentos do autor sobre esses versos, provavelmente datados de momentos distintos. O primeiro faz parte de um conjunto de textos que ele doou a Oneyda Alvarenga, só vindo a ser publicado postumamente. Nele, Mário afirma tratar-se de uma invenção "surrealista", que constituiu a única "nota lírica" de toda sua infância. Acrescenta ainda que foi composto por volta dos dez anos de idade e que, mesmo ignorando seu significado, o escrito sempre lhe causava vigorosa impressão.

Na fronteira entre a linguagem e a música, as palavras do poemeto associam sonoridades a fragmentos morfológicos e semânticos que insinuam muito de leve algumas sugestões. A fina leitura de José Miguel Wisnik identifica nessa nebulosa possíveis ecos de alguma litania religiosa (*güide nôs*), de algum processo de conversão ou virada transcendental (*transférdi*), de uma invocação repetida a um misterioso nome de mulher (*Geni* ou *Geny*), e de uma eventual *flor do pai* (*Fiori de la Pá*) em que os gêneros feminino e masculino se confundem.

Mais importante ainda, nessa leitura, é a identificação de traços biográficos marcados por uma disputa irresoluta entre o verbal e o não verbal, refletindo uma circunstância familiar em que pai e mãe ocupam posições destoantes: um associado ao empenho civilizatório da letra, e a outra, ao abandono extático provocado pela música. Chama especial atenção do intérprete o fato de Mário reconhecer a forte carga afetiva despertada pela lembrança desse primeiro poema, dizendo-se surpreso com a menção repetida a Geni, por não conhecer mulher alguma com esse nome. A observação, incluída no mesmo depoimento, leva Wisnik a enfatizar "a proximidade desse significante enigmático, repetido três vezes, com o de *mãe-genitora*, remetendo ao vulto de uma mulher inapreensível", numa situação em que:

> a linguagem verbal (que costumamos chamar de língua materna, mas que traz efetivamente o timbre do pai – o simbólico) deixa lugar à voz da mãe – o canto sem palavras onde o sentido apenas aflora (e que o poemeto testemunha). Pode-se ler aí, mesmo considerado o grau de arbitrariedade inseparável da interpretação, uma espécie de invocação infantil ao enigma da sexualidade, oscilante entre o masculino e o feminino, tendo como lugar por excelência o limiar da palavra-música.[3]

A exemplo da interpretação acima, que aposta sem reservas no sentido sexual da cantilena, o segundo depoimento do escritor sobre o episódio infantil vai confirmar e ainda adensar tal hipótese. Incluída no manuscrito *A gramatiquinha da fala brasileira*, a nova explicação oferece uma versão distinta a respeito da criação do poema, que passa a ser tratado então como uma "embolada legitíssima", afirmando ter sido concebida alguns anos mais tarde, a saber:

> no tempo dos quatorze pros quinze quando o amar passou dos simples beijos escondidos nos cabelos maravilhosos de Maria ou das marretas sintomáticas, meio sem ser de lado, que dava numa outra Maria, tenho a fatalidade das Marias na vida minha!... criadinha da tia número 1. Tinha conhecido uma liberobadaroana, naquele tempo... Se chamava Geny. Pois eu andava sempre cantando esses versos admiravelmente expressivos e que são um exemplo perfeito e equilibradíssimo do processo da sublimação freudiana.[4]

Ainda que não se saibam as datas exatas dos dois depoimentos, é certo que ambos supõem as reminiscências de um homem adulto acerca de sua infância ou puberdade, nesse caso transcorridas na primeira década do século XX. Importa aqui realçar que, no cotejo entre essas distintas lembranças sobre um mesmo objeto, memória e sexo se refletem mutuamente, como num intrincado jogo de espelhos. Paralelos dessa ordem, aliás, não são estranhos à escrita de Mário e se revelam em outros textos seus, como é o caso da confidência de 1940 à mesma amiga Oneyda, em que a suposta objetividade se curva ao habilíssimo engenho da composição:

> Si não sou um homem muito erudito (e sei que não sou, minha educação tem falhas enormes), isso se deve exclusivamente à minha sensualidade. Não só o *uso e abuso* de todos os prazeres da vida baixa me tomaram e tomam muito tempo (levo sempre pelo menos três quartos de hora me barbeando...) mas *desde cedo* esses abusos me prejudicaram muito certas faculdades, especialmente a memória. [...] Tudo em mim fica memoriado como uma nebulosa. [pp. 278-79]

Note-se que, segundo o autor, *desde cedo* sua vida parecia contemplar um vaivém entre a opacidade da memória e a opacidade do sexual, o que por certo o teria predisposto à fecunda possibilidade de fazer *uso e abuso* de uma escrita igualmente opaca. Em que pese o fato de ser uma criação juvenil, é digno de nota que um poema cifrado como esse tenha tido motivação erótica tão ostensiva, passando dos beijos castos na namoradinha às "marretas" nas criadas domésticas e destas à frequentação das putas do centro da capital paulistana, tudo temperado ainda pelas teorias freudianas sobre a sexualidade. A passagem fala por si e, não bastasse tal evidência, ela é acrescida de uma observação que só faz reiterar o pressuposto da lubricidade: "Nesse 'Geni trâns!' eu era possuído por um êxtase inconcebível. Erguia a voz, dava uma fermata e sofria!".[5]

Reunidas, essas preciosas considerações dão testemunho da riqueza semântica que o anfiguri infantil de Mário oculta, perfurando o hermetismo que se impõe no simples ato da leitura. Mais que isso, elas confirmam que naqueles versos estranhos já se concentram algumas das principais tópicas de sua literatura, especialmente no que tange ao sexo, a esboçar os contornos do que viria a compor uma complexa mitologia pessoal.

Lá estão, polarizadas, duas das várias Marias marianas, "fatalidades" recorrentes não só na vida mas também na obra do escritor. De um lado, a eterna e intangível amada, cujo nome evoca as virtudes virginais da mulher santa, intocada e, sobretudo, interditada ao arrebatamento carnal de um enamorado fogoso, mas refreado. De outro, aquela Maria qualquer, quiçá descendente de escravizadas, que serve à lascívia dos patrões e à iniciação sexual de uma prole masculina cujas "marretas sintomáticas meio sem ser de lado" excedem o "fazer nas coxas" que a expressão chula designa para completar a cópula sem mais.

Como numa sequência lógica, a lembrança seguinte salta direto para os bordéis da rua Líbero Badaró, onde uma certa Geny assume profissionalmente o lugar antes ocupado pelas Marias do âmbito doméstico, sugerindo a cidade como espaço anônimo e eficaz para a realização do sexo. Observe-se antes de tudo que, por oferecer uma nova camada ao significante enigmático que parecia girar em torno da figura materna, sob o risco de aproximar a mãe e a puta, o cenário da urbe se apresenta envolto em mistérios, tornando-se uma metáfora privilegiada do desejo – que, para o autor de *Amar, verbo intransitivo*, é misterioso por definição.

Tal concepção se estende à toda produção de Mário, tanto por ela propor o amor venal como atividade privilegiada das noites urbanas quanto por conceber roteiros do espaço público que sempre predispõem seus visitantes ao sexo. Daí que as suas cidades de eleição sejam não raro descritas em tom francamente erotizado, como ocorre em especial com a capital paulistana: "Eu sei coisas lindas, singulares, que Pauliceia mostra só a mim, que dela sou o amoroso incorrigível e lhe admiro o temperamento hermafrodita..." [p. 89]. Note-se, pois, que o corpo da cidade se torna bem mais heterogêneo conforme o menino cresce, respondendo a demandas mais profundas que deixam descoberta sua exuberante potencialidade andrógina.

A cidade expõe o que ficou recalcado e abre espaço para toda sorte de sublimações. Provas disso abundam na literatura marioandradina: o "animal desembesta" no Carnaval do Rio de Janeiro, "desejos incautos" irrompem nas praias da Guanabara, o prazer de estar em Belém exala "qualquer coisa de sexual", "corpos de mariposas" rumorejam nas ruas do Cambuci, e a "cafetinagem deslavada" rola solta no centro de São Paulo, entre tantas cenas lascivas flagradas por quem vive "vagamundo na rua" [p. 112].

Semelhante inquietação o escritor adulto percebe nos seus primeiros passos de menino pela cidade, quando transita entre o espaço privado e o público para realizar o trajeto que vai da casa ao bordel – e, por consequência, da mãe à puta –, conforme registrado nos "versos admiravelmente expressivos" de seu escrito infantil. Entende-se por que ele é categórico ao considerá-los "um exemplo perfeito e equilibradíssimo do processo da sublimação freudiana".

Ora, não bastasse tal associação entre desejo, recalque e sublimação, metaforizada pelas figuras encerradas no lar ou exibidas na urbe lúbrica, a brevíssima nota acrescentada ao depoimento d'*A gramatiquinha* concentra outras matérias centrais da erótica do autor. Chama atenção que a afirmação de um "êxtase inconcebível", provocado pela entonação do "Geni trâns!", seja imediatamente seguida da notação de sofrimento, a evidenciar o contraste de reações. Tudo leva a crer que, possuído pelo êxtase e arrebatado pelo ato de sofrer, o sujeito implicado no poema primordial já expressa aí aquela conflituosa "duplicidade interior" que Gilda de Mello e Souza reafirma em suas reflexões sobre Mário, ou aqueles "dramas da contrariedade" que Eduardo Jardim considera estruturantes da sua personalidade. Tensão que o escritor reconhece seguidamente em sua pessoa, definindo-se como um "ser dotado de duas vidas simultâneas" que, desconexas uma da outra, lhe fazem recordar a disparidade vivida pelos "seres dotados de dois estômagos":

> A verdade é que são vidas díspares, que não buscam entre si a menor espécie de harmonia, incapazes de se amelhorarem uma pelo auxílio da outra. E a vida de cima, sem conseguir de forma alguma dominar a vida baixa, é porém a que domina sempre em meu ser exterior. D'aí certas maneiras de absurda contradição existentes em mim. [p. 278]

Não estranha que o criador de *Macunaíma* se apresentasse com frequência como "um vulcão de complicações" que resultariam dos sucessivos confrontos entre a "vida de cima" e a "vida de baixo". Desse eterno embate entre forças opostas, a afetar várias dimensões de sua existência e a se transferir continuamente da pessoa para a *persona* artística, sua obra oferece inúmeros exemplos. É o que se depreende de um notável poema de maturidade como "A meditação sobre o Tietê", que Jardim considera como "a mais bem-sucedida transposição literária dos conflitos de Mário de Andrade";[6] mas é também o caso do primeiro poema que já exalava sua "conflituosa verticalidade íntima", para citar a expressão de Wisnik. Foi um desses versos, aliás, que veio a provocar em seu criador sensações paradoxais e a princípio inconciliáveis, como o êxtase e o sofrimento.

Recorde-se porém que, ao entoar o arrebatador "Geni trâns!", Mário "erguia a voz, dava uma fermata e sofria!". Há, portanto, um breve mas significativo intervalo entre o enlevo e o tormento que importa sobremaneira ao presente argumento por envolver uma expressão decididamente física: a fermata supõe um ato que redunda em uma parada ou um retardo da voz que canta. Um ato corporal.

Marco de respiração e repouso, a fermata implica um tensionamento na execução de determinada peça musical. Embora não seja um símbolo de duração, a colocação desse sinal sobre uma nota ou uma pausa indica um procedimento que foge à duração convencional. O resultado é uma suspensão ou um prolongamento sonoro que, variando de acordo com o estilo, o andamento, ou a interpretação do executante, se inscreve no instável campo da expressividade, sempre aberto às demandas íntimas e secretas do intérprete.

Não é difícil concluir que, no caso aqui examinado, a fermata assume um papel decisivo. É possível mesmo imaginar que ela tenha se oferecido como solução ao jovem aspirante a cantor que apresentava sua composição poético-musical no delicado espaço familiar, onde as demandas maternas e paternas pareciam tão exigentes quanto contrastantes. Com efeito, uma suspensão no *inconcebível* êxtase, mesmo ao preço do sofrimento que se seguiria, pode ter sido uma escolha adequada à situação, por sugerir a ele uma saída que viabilizava a passagem entre planos inconciliáveis, fossem a mãe e o pai, fossem o prazer e a dor.

Planos que Mário sintetizou na recorrente distinção entre a vida de baixo e a vida de cima, estas sempre passíveis de serem declinadas na oposição entre corpo e espírito. Note-se que era preciso um acordo entre a voz musical e a voz literária para efetivar o contato entre os dois polos: afinal, a combinação do significante Geni com o polivalente prefixo *trans* só provocava reações intensas no menino quando cantada. Escusado dizer que o clímax dessa encenação acontecia na série êxtase/suspensão/sofrimento, a conferir um sentido definitivamente erótico ao poema musicado. Sentido que ganha em intensidade quando referido à prolífica mitologia erótica do autor, onde Manuel Bandeira destacou um singular "amor do todo" [p. 274] e Paulo Prado viu uma "sensualidade monstruosa" [p. 276] – e onde o próprio escritor identificou tantas facetas que vão desde uma forte inclinação à "pansexualidade" [p. 103] até a uma "assustadora sem-vergonhice vital",[7] sem falar daquelas guardadas em segredo.

Figura inaugural dessa mitologia, com o passar do tempo a fermata deixará cada vez mais de ser um artifício do músico para se firmar como procedimento produtivo nas mãos do literato.[8] Será, sobretudo, um procedimento das suas repetidas investidas textuais no continente da sexualidade, vindo mesmo a se tornar, de certa forma, o principal operador da sua erótica. Isso porque, ao transferir as potencialidades do símbolo musical para o âmbito do erotismo literário, Mário vai multiplicar sua aposta nos expedientes do prolongamento e da suspensão, que se apresentarão por meio de parábolas, alegorias, elipses, metáforas, sem falar dos artifícios do decoro da representação e demais recursos de que se valem as escritas do dito obsceno, do não dito e, sobretudo, do interdito.

Enfim, para dizer o que não podia ser dito, o poeta de "O girassol da madrugada" conceberá uma inusitada fermata literária de muitos modos que, desde seu primeiro poema até seus últimos escritos, vai instigar continuamente os leitores, à maneira de um enfático desafio. Ou, para colocar em seus termos, à maneira de uma legitíssima embolada.

2.

Entre os desafios que a erótica de Mário de Andrade encerra, *Macunaíma* ocupa um lugar especial. A começar pela própria atribuição de erotismo a um livro que, desde seu lançamento em 1928 até os dias de hoje, se notabilizou como representação emblemática da identidade nacional. Mesmo assim, o sexo está lá, pulsando a cada linha da história do "herói da nossa gente", sem ao menos poupar os anos de infância, já que desde a meninice o personagem passava seus dias a fazer "coisas de sarapantar" até adormecer, quando sonhava "palavras feias e imoralidades estrambólicas". Não deixa de surpreender, portanto, que sua exuberante sexualidade tenha sido praticamente ignorada por quase um século, como se fosse indesejável – ou mesmo proibido – associar a "coisa brasileira" ao sexo.[9]

Tudo indica, porém, que Mário não desejava abrir mão desse arriscado paralelo, sem o qual sua rapsódia jamais seria a mesma. Embora a associação fosse realmente audaciosa, sobretudo num país provinciano e católico como o Brasil de então, aquele atrevimento era parte integrante da aventura modernista, que apostava em expedientes de rebaixamento, ainda mais quando se tratava do erotismo. Ademais, àquela altura já soava antiquado abordar a matéria sexual com as metáforas elevadas e as imagens diáfanas que pululavam nas obras simbolistas; pelo contrário, a voz modernista buscava se declinar aos patamares do baixo corporal, fosse com o emprego de palavras chulas ou com a invenção de termos burlescos, fosse com a opção pelo viés satírico ou com a criação de imagens hiperbólicas do desejo. Fosse o que fosse, tratava-se naquele momento de ouvir o apelo pulsante do sexo, e Mário encarou o desafio em *Macunaíma*.[10]

Para tanto, ele dotou seu "herói sem nenhum caráter" de atributos nada nobres: vivendo o tempo todo em franca oposição à seriedade, ao juízo, ao bom comportamento, o personagem representa uma espécie de antítese dos valores associados à moral virtuosa e aos bons costumes, termos ainda em voga por ocasião do lançamento de sua história. Malandro e moleque, preguiçoso por definição, Macunaíma evita ao máximo fazer qualquer esforço que não resulte em gozo, de tal modo que sua atividade preferida acaba sendo invariavelmente a "brincadeira".

"Brincar" é, de fato, um significante intenso no livro. O próprio autor observa em um de seus estudos que, na cultura popular, esse verbo polivalente pode assumir desde o sentido de "cantar dançando" até o de "realizar cerimônias de feitiçaria",[11] sendo ambos cabíveis em distintos momentos da narrativa. Além disso, como lembra Ettore Finazzi-Agrò, o romance introduz um protagonista que "brinca" o tempo todo com a realidade e com os seres à sua volta, assim como o seu artífice literário joga de tal forma com a tradição que "o texto e seu discurso não podem senão conservar a sua natureza de 'brinquedo', não podem senão ser fruto de uma alusiva 'brincadeira'".[12]

Mas o "brincar" de Macunaíma comporta sobretudo uma forte conotação erótica. Supondo uma dimensão infantil, as "brincadeiras" em questão remetem por certo à sexualidade perversa e polimorfa das crianças, ainda livre de todo agenciamento repressivo do mundo adulto. Não é por acaso que essa dimensão encontra um forte paralelo no sentido corrente que o folclore brasileiro atribui ao mesmo verbo.[13] Brincar do quê? – pergunta uma inocente cunhã ao lúbrico personagem. "Brincar de marido e mulher!" – responde, categórico, o "herói da nossa gente".[14]

São várias as cenas do romance em que as "brincadeiras" se repõem, oferecendo um singular repertório de possibilidades eróticas. Entre elas, porém, destaca-se a passagem em que o protagonista e sua companheira Ci, depois de brincarem "num deboche de ardor prodigioso" e tendo sido, por isso mesmo, "despertados inteiramente pelo gozo", dedicam-se a inventar novas posições sexuais [p. 63]. Não por acaso, são esses os parágrafos que abrem esta *Seleta erótica*. Pouco conhecidos, eles lançam mão de um recurso recorrente na erótica literária ocidental, pelo menos desde que Pietro Aretino inaugurou a moderna poesia obscena do Ocidente com seus *Sonetos luxuriosos*, inspirados em um escandaloso mostruário de posturas imorais que celebrizou o gravador Giulio Romano no Renascimento italiano.

Publicada apenas na primeira versão do livro, a sequência que detalha os "brinquedos" criados pelos amantes macunaímicos é, inclusive, a parte da narrativa que melhor se ajusta à ideia de pornografia, considerando-se a acepção moderna do termo. Isso porque, nela, o escritor se entrega por inteiro à tarefa de descrever posições lascivas sem buscar qualquer justificativa fora do próprio sexo.

Cabe, portanto, interrogar sua sumária exclusão nas edições seguintes do livro.

Ao que tudo indica, o trecho em questão nasceu de uma sugestão de Manuel Bandeira que, ao ler a primeira versão da rapsódia, achou que Mário deveria ampliar os encontros lúbricos entre o herói e Ci. Tendo acatado o conselho do amigo, o escritor acrescentou a descrição das "artes novas de brincar" à narrativa, embora mais tarde tenha expressado arrependimento por essa inclusão. Em carta escrita logo após o lançamento do volume, ele confidencia ao poeta que aquelas safadezas "ficaram engraçadas, não tem dúvida, porém já arrependo de descrever as três f... na rede". Convencido de que "devia ter sido mais discreto", ele compara então a passagem obscena com uma cena do romance *Amar, verbo intransitivo* que dizia preferir por ser "menos realista, bem mais lírico" [p. 64].

Entende-se por que, chegado o momento da nova publicação, Mário manda eliminar aqueles parágrafos polêmicos que, construídos com razoável autonomia, não redundam em prejuízos ao desenvolvimento da narrativa. Todavia, não deixa de estranhar que tal exclusão seja feita por um autor que sempre reivindicou, para as letras do país, a incorporação das formas mais rebaixadas da língua, em particular aquelas que ele admirava nas literaturas populares, um de seus campos privilegiados de pesquisa.

A respeito do episódio, Telê Ancona Lopes interpreta que "retirado o trecho, ganha a síntese que sabe sugerir e que escapa à saturação; ganha a preocupação com a estrutura. A perda, bem pesada esta supressão, lesa um bom testemunho do primitivismo em nossa vanguarda".[15] Pode-se argumentar, contudo, que a sequência suprimida dá mostras suficientes de manter o padrão de qualidade do restante do texto. Ademais, o caráter excessivo da descrição sexual – ao qual alude o autor ao admitir ter deformado e exagerado o que ouvira "da rapaziada do Norte" – é convocado com toda propriedade, evocando mais um dos expedientes fundamentais da erótica literária. O problema parece estar, portanto, no fato de que o trecho cortado deixa de ser meramente alusivo para assumir um tom francamente obsceno. Em suma, o problema não é de ordem estética, mas sim moral.[16]

Não é por outra razão que *Macunaíma* se torna rapidamente alvo de acusações de atentado ao pudor e, durante certo tempo, é tido como leitura proibida. Isso obriga Mário a assumir uma atitude ainda mais reservada e, na tentativa de evitar exposições desnecessárias, censura a passagem até mesmo para a tradutora norte-americana. Muitos anos depois do lançamento do livro, ele ainda se queixa das imputações de licenciosidade à rapsódia, como lamenta em carta de 1942: "Eu sei que *Macunaíma* não é imoral. Eu usei *também* da imoralidade, não minha, mas do meu herói pra caracterizar a insuficiência moral do homem brasileiro. Eu sei que existe na comicidade gozada do livro um tal ou qual compromisso meu, de autor, com a imoralidade do meu herói, milhor: com a desmoralidade dele". Ou, como ele coloca em outra ocasião, evocando uma vez mais o trecho suprimido: "duvido que seja possível a qualquer humano, mesmo lendo a descrição cômica dos diversos coitos em rede, sentir no corpo o menor sussurro de sensualidade. Isso é Arte".

Em que pese o fato de estar o autor se defendendo de acusações um tanto indevidas, suas considerações revelam certa dificuldade em lidar com as repercussões do livro e, talvez, até mesmo em admitir o caráter puramente pornográfico das safadezas que ele próprio criou. Dificuldade que, por certo, não coincide com as razões de seus censores, temerosos de associar a nação ao sexo, mas remete a contingências profundas que dizem respeito à sua própria sexualidade.

Seja como for, é justamente a lida com esse registro baixo da língua, tão bem praticada em *Macunaíma*, que vai consolidar uma das vertentes mais vigorosas da literatura brasileira e, de quebra, abrir a possibilidade de se colocar em xeque as intrincadas relações entre o alto e o baixo na paisagem cultural do país. Daí o formidável comentário de Manuel Bandeira, em carta ao amigo na qual acusa o recebimento da primeira edição do romance, condensando a força do texto ao elogiar nele "esse lirismo essa graça essa sacanagem esse verbalismo popular".[17]

Talvez essa seja a mais precisa e feliz das sínteses já feitas para a rapsódia marioandradina, vindo inclusive a superar as limitações expostas pelo próprio criador. Nesse breve comentário, o poeta de *Libertinagem* vai tocar no ponto nevrálgico da questão, recolocando o problema das relações entre moral e estética que atormentou Mário, para devolver ao escrito seu vigor original. Para tanto, Bandeira combina cinco palavras que se unem sem qualquer mediação, prescindido inclusive de vírgulas, para revelar que entre elas há, não conflitos ou oposições, mas soluções de continuidade, pactos secretos, conexões fabulosas, a planar a quilômetros de distância de todo e qualquer moralismo.

Mais ainda, o amálgama de "lirismo graça sacanagem verbalismo popular" não só resume a extraordinária poética de *Macunaíma* como a associa em definitivo à coisa brasileira, pois, do mesmo modo como lirismo e graça se atraem no corpo desse *continuum* verbal criado pelo poeta, a locução que agrega a sacanagem ao verbalismo popular também assimila um termo ao outro. Vínculo que os leitores de Mário não custarão a perceber, conhecendo o grande interesse do escritor pelas relações entre a cultura popular e a fala praticada no Brasil, condensada habilmente na afirmação de que "se três brasileiros estão juntos, estão falando porcaria" [p. 235].

A frase alça a porcaria a elemento fundador da nacionalidade, em franca sintonia com um conceito de Estado nacional que tem por base tradições inconscientes evidenciadas nas práticas culturais e na ideologia populares, como sugerido por Raúl Antelo.[18] Recorde-se que, num esboço de prefácio a *Macunaíma*, escrito por volta de 1926, Mário observa que, se até "as literaturas rapsódicas e religiosas" são "pornográficas e sensuais" no Brasil, "uma pornografia desorganizada é também da cotidianidade nacional". Recorde-se ainda que, na mesma ocasião, ele admite que o recorrente recurso da coprolalia em seu livro deveu-se, em parte, ao intento de organizar essa vasta produção imoral que estaria dispersa na cultura popular, para conferir a ela um "caráter étnico" tal qual se apresenta entre "os alemães científicos, os franceses de sociedade, os gregos filosóficos, os indianos especialistas, os turcos poéticos etc." [p. 257].

Disso resulta a centralidade que a sacanagem assume no comentário de Bandeira, tanto por ocupar o centro da frase, quanto por estar semântica e estrategicamente posicionada entre os pares "lirismo graça" e "verbalismo popular". Aliás, entre as cinco palavras eleitas pelo poeta, *sacanagem* é a única que realmente circula no país como expressão popular, o que vale ainda para *sacana*. Polissêmicos e de etimologia obscura, não faltam a esses termos as mais diversas atribuições nos dicionários, por vezes beirando a disparidade, embora a maior parte realmente gire em torno do sexo e da transgressão moral.

Não cabe aqui um inventário exaustivo dos significados e nem tampouco das origens atribuídas a esses significantes, mas talvez seja o caso de mencionar a instigante hipótese de Nei Lopes para quem a palavra *sacana* deriva de *sàkana* do quicongo, língua falada pelos bacongos, significando "brincar, divertir-se, brincadeiras recíprocas, divertimento". A mesma raiz seria encontrada em *sakanesa* (acariciar) e em *disokana* (copular), ambas do quimbundo, a reforçar a tese de uma possível transmissão dos escravizados provenientes do Congo português e de Angola.[19] Por reunir no corpo da língua uma dimensão lúdica a outra, sexual, a hipótese de

Lopes é de interesse quando se pensa em Macunaíma. Acrescente-se a ela o fato de que, popularmente, o termo *sacana* refere-se ao sujeito zombeteiro com quem o herói partilha diversas qualidades: "é brincalhão, de espírito trocista, que faz comentários ou brincadeiras divertidas ou perversas, mas com graça, a respeito de seres ou de coisas".[20]

Apesar de toda essa afinidade com o personagem, não é o par *sacana/sacanagem* que parece atrair a atenção de Mário, mas seu correlato *safado/safadeza*, não raro evocado por meio do significante *safadagem*. Assim são designados, por exemplo, o "turquinho safado" e os rapazes "livremente safados" de *Café*; a Corujinha da quadra popular que "É moça safada,/Só anda na rua/Pra ser namorada!"; o sorriso "meio envergonhado, meio safado" que o próprio autor se atribui ao descrever o carnaval do Rio a um amigo; e até os "coqueiros inconscientemente safados" que aparecem no *Sequestro da Dona Ausente*, para não falar dos inumeráveis atos de safadeza do próprio Macunaíma.

Em seu uso corrente, o termo *safado* costuma descrever um indivíduo desavergonhado, ordinário, e mesmo sacana quando referido a um ato imoral ou pornográfico.[21] Na raiz do significante, segundo diversos dicionários, repousa o verbo *safar*, que carrega uma série extensa e variada de significados como gastar, dilapidar, deteriorar, mas também arrancar, furtar, afanar, ou ainda fugir, esquivar-se, livrar-se e até salvar-se. Flagrado no interior dessa complexa teia semântica, a figura do *safado* parece marcar diferenças de fundo com a do *sacana*, este mais leve e leviano, aquele mais pesado e denso. Talvez se possa arriscar que a *safadeza* comporta sentidos mais ambíguos e dramáticos que a *sacanagem*, de alguma forma implicando o enfrentamento de obstáculos, perdas ou perigos. Eis, pois,, uma chave para se entender as razões de Mário ao preferir uma em detrimento da outra, já que sua rapsódia não se esgota em motivos solares, comportando boa dose de melancolia, a incidir no erotismo.

Vale lembrar que, se o sexo se faz presente até o desfecho do romance, a derradeira aventura lúbrica do herói foi desastrosa: em estado de profundo desamparo e abatido por grande amargura, ele caiu de desejos por uma lindíssima Uiara que lhe acenava de uma lagoa e, sentindo "fogo no espinhaço, estremeceu, fez pontaria, se jogou feito em cima dela, juque!". As consequências desse ato impetuoso – "fazia muito não brincava" – foram contudo calamitosas, deixando-o cansado, desfigurado e mutilado:

> quando Macunaíma voltou na praia se percebia que brigara muito lá no fundo. Ficou de bruços um tempão com a vida dependurada nos respiros fatigados. Estava sangrando com mordidas pelo corpo todo, sem perna direita, sem os dedões sem os cocos-da-Baía, sem orelhas sem nariz sem nenhum dos seus tesouros.[22]

Por tal razão, se a ideia de que "safado é quem se safa" poderia definir o jovem e vigoroso personagem, isso efetivamente não cabe para os últimos capítulos de sua saga. No fim das contas, ele aparece "estropiado como um lazarento, sem perna e muiraquitã, não vendo mais graça nesta vida e solitário como um 'defunto sem choro'" para se converter em definitivo, segundo a interpretação de Priscila Figueiredo, no "azarado Macunaíma".[23] Sob esse prisma, valeria ainda a conclusão de que "nem todo safado se safa", mas a assertiva tampouco lhe cabe de forma absoluta: afinal, é próprio do "herói sem nenhum caráter" se abster de uma última palavra e escapar seguidamente dos juízos categóricos.

Macunaíma é uma figura rapsódica, polivalente e contraditória como seu criador. Bandeira o intuiu de forma precisa, condensando certas características que o livro empresta ao seu protagonista na frase paratática que agrega aspectos comuns a ambos, aos quais poderiam ser acrescentados tantos outros como zombaria, melancolia, gozo, porcaria, amargura, brincadeira – e, claro, safadeza. Animado pelo fogo do desejo, Macunaíma é, ele também, um vulcão – incluindo as complicações.

3.

Nem suspensão, nem supressão – há momentos da obra de Mário de Andrade que não se esgotam num ou noutro recurso, embora tampouco deixem de remeter a ambos. São passagens obscuras, em que alguma uma coisa emperra e, no mais das vezes, essa coisa tem algo a ver com o sexo.

Tome-se o mesmo esboço de prefácio a *Macunaíma* já citado, que o autor nunca publicou em vida talvez por conta de uma empacada no fim do texto. Depois de se queixar das atribuições de imoralidade à sua rapsódia, e já à guisa de conclusão, ele anota:

> Quanto a algum escândalo possível que o trabalho possa causar, sem sacudir a poeira das sandálias, que não uso sandálias dessas, sempre tive uma paciência (muito) piedosa com a imbecilidade pra que o tempo do meu corpo não cadenciasse meus dias de luta com noites cheias de calma/pra que no tempo do corpo não viessem cadenciar meus dias de luta as noites cheias de calma. [p. 257]

O fato de inserir local e data no texto – Araraquara, 19 de dezembro de 1926 – poderia indicar um desfecho, não fosse a justaposição de duas versões da última frase, uma após a outra, que ainda ganharia uma terceira alternativa mais abaixo. Tudo indica que o escritor, insatisfeito com esse parágrafo, fez uma derradeira tentativa de correção, mas em vão: "[...] pra que não viessem cadenciar minhas lutas, umas noites dormidas bem (umas noites dormidas com calma)".

Trata-se, sem dúvida, de uma empacada significativa. E mais significativa ela se torna quando se tem em mente a dificuldade do autor em conjugar esses três termos igualmente expressivos – o corpo, os dias e as noites – sob o pano de fundo da questão da identidade brasileira, tema central das frases que se seguem a essa terceira nota.[24] Dificuldade que se sabe recorrente na produção de Mário, repisada por parte de seus intérpretes que resistiu a admitir a conexão de uma figura emblemática da cultura nacional com um corpo sexualmente ambivalente, que opera sempre em dois registros, aqui encarnados como o diurno e o noturno.

Importa precisar que a empacada ocorre de fato quando se articulam o "tempo do corpo", os "dias de luta" e as "noites de calma", estas sendo particularmente retomadas como "cheias de calma" ou "dormidas bem" ou mesmo "dormidas com calma". As três versões reiteram o contraste entre o dia e a noite, opondo radicalmente a experiência de luta e a de repouso que cada período precipita no transcorrer do "tempo do corpo" – a supor a duração da vida física, carnal e material. Percebe-se que a tônica do argumento recai no cuidado para que esses dois continentes não se comuniquem, isto é, para que o compasso dos combates diurnos não venha interferir no ritmo sereno do sono. Além disso, as tentativas de compor a frase sugerem que há algo a ser preservado, algo que deve resistir a "algum escândalo possível que o trabalho possa causar", algo que demanda "uma paciência (muito) piedosa com a imbecilidade".

Paciência talvez seja realmente uma palavra-chave para se entender o que está em jogo, até porque ela reaparece com destaque em outro escrito importante do autor, também iniciado naqueles meados dos anos 1920, que dialoga a fundo com as questões emperradas no prefácio. Trata-se do conto "Frederico Paciência", aliás, uma composição que deve ter demandado grande paciência de seu criador, pois dela se ocupou durante dezoito anos. Começado em 1924, o texto teve uma trajetória sinuosa, sendo que partes suas migraram temporariamente para outros escritos, e só foi efetivamente terminado em 1942. É de se crer, para retomar o tema aqui em pauta, que em algum momento dessas quase duas décadas algo possa ter concorrido para impedir o curso livre da escrita.

A narrativa toda é construída a partir de uma forte tensão entre o que se fala e o que se cala. Incluído no livro *Contos novos*, "Frederico Paciência" está entre os quatro títulos da coletânea narrados em primeira pessoa, todos eles inspirados na vida do próprio Mário, assim como o "Tempo da camisolinha" e "Vestida de preto" cujos excertos participam desta seleta. São contos escritos em tom memorialístico, compondo uma espécie de autobiografia fictícia, plena de reminiscências e de rememorações por parte de um narrador seletivo que também é o protagonista principal das histórias. Só se conhece, pois, a sua versão dos fatos, que opera em dois tempos: o ocorrido nas lembranças e o atualizado nas interpretações. O confronto de discursos distintos – um factual, outro reflexivo – deixa evidente que o tempo da narrativa difere do tempo da narração, embora ambos estejam inexoravelmente atrelados ao tempo do corpo.

Desde os primeiros parágrafos os personagens centrais, dois adolescentes, são ostensivamente referidos ao dia e à noite. Juca, o narrador, é um tipo soturno: autodeclarado fraco, feio e inclinado a vícios, ele nutre uma admiração exaltada e sensual pela "solaridade escandalosa" do amigo Frederico, que lhe parece repetidamente belo, correto, nobre e, no mais das vezes, "derramando vida". O desejo correspondido, mas pontuado pela vergonha e pelo peso das interdições, ocupa o centro de uma narrativa complexa, plena de ambiguidades, que opera com restos, vestígios e resíduos de uma presença que, sendo rememorada, resvala seguidamente na ausência. Assim também, por trabalhar a um só tempo com o que aconteceu e com o que não aconteceu entre os dois jovens, o conto se sustenta num meio fio em que o desejo está sempre prestes a ceder a seus fantasmas. Nesse labirinto sinuoso, cuja exploração exigiria um espaço que excede o objetivo desta apresentação, Mário vai enfrentar um desafio semelhante ao imposto por seu prefácio inconcluso, por ser colocado diante dos mesmos termos que ali empacaram, embora o conto atine com soluções bem distintas.

A certa altura do enredo, a decisão de ler ou não um livro proibido – "uma *História da prostituição na Antiguidade*, dessas edições clandestinas portuguesas que havia muito naquela época" – gera uma contenda entre os dois meninos, abalando a profunda amizade que vinham cultivando desde que se esbarraram pela primeira vez. O narrador recorda que o medo de perder o amigo lhe causara enorme perturbação, e seu relato revela a intensidade com que as dimensões do "puro" e do "impuro" se confundiam em sua consciência juvenil:

> Passei noite de beira-rio. Nessa noite é que todas essas ideias da exceção, instintos espaventados, desejos curiosos, perigos desumanos me picavam com uma clareza tão dura que varriam qualquer gosto. Então eu quis morrer. Se Frederico Paciência largasse de mim... Se se aproximasse... Eu quis morrer. [...] Queria dormir, me debatia. Quis morrer.
>
> No dia seguinte, Frederico Paciência chegou tarde, já principiadas as aulas. Sentou como de costume junto de mim. Me falou um bom-dia simples mas que imaginei tristonho, preocupado. Mal respondi, com uma vontade assustada de chorar. Como que havia entre nós dois um sol que não permitia mais nos vermos mutuamente. Eu, quando queria segregar alguma coisa, era com os outros colegas mais próximos. Ele fazia o mesmo, do lado dele. Mas ainda foi ele quem venceu o sol. [p. 219]

Tudo aqui está envolto em ambiguidades, a começar do *beira-rio* referido logo na primeira frase, definindo um lugar instável, que não é terra nem água. Flagrada na penumbra da noite, a situação espacial – que se oferece como metáfora da disposição melancólica do narrador – precipita figuras mentais que acentuam seu caráter decididamente sombrio. Ademais, as "ideias da exceção" que o assombram se consumam em seu corpo, uma vez que o *picam* e com tal intensidade que lhe roubam o sono e produzem nele um efetivo desejo de morrer. Noturno, o primeiro parágrafo se inclina todo para a morte.

Já o tom do segundo parágrafo é, não só diurno, mas igualmente solar: a manhã do "dia seguinte" se inicia com o "bom-dia" de Frederico a Juca nos bancos escolares e, apesar de abatidos por um misto de tristeza e preocupação, o que se interpõe entre eles é nada menos que "um sol". Um estranho sol, convém dizer, já que nesse caso o astro é fator de impedimento, metaforizando a impossibilidade de contato que se impõe aos dois companheiros naquele momento. Sucede que Frederico, com sua "perfeição do ser", acaba por vencer aquele sinistro sol. E, paralelamente, seu criador vence os impasses do antigo prefácio.

Não é difícil perceber que, ao colocar em pauta as relações entre dia e noite, focando o "tempo do corpo", o conto retoma as mesmas questões de difícil elaboração para Mário. Em "Frederico Paciência", porém, esses termos já não mais se articulam como simples oposições e são convocados a partir de outra perspectiva, cujo mérito maior está em incorporar a potência do ambíguo. Prova disso é que as propriedades convencionais atribuídas ao dia e à noite se baralham no conto e por vezes até mesmo se invertem: recorde-se que do cenário noturno emerge uma "clareza tão dura" que até dói, enquanto a presença do sol no dia seguinte nada deixa ver, ofuscando os horizontes e impedindo qualquer forma de esclarecimento.

É de se crer que, ao terminar o conto depois de quase duas décadas de muita reflexão e de intensa vivência de seus próprios apuros no domínio da sexualidade, Mário tivesse atingido uma maturidade que obviamente lhe escapava na juventude. Acatar a clareza do obscuro, na certeza de que há matérias que a excessiva claridade só faz obscurecer ainda mais, é coisa de homem adulto, experiente e lúcido. Por certo, terá exigido dele enorme paciência para com as noites mal dormidas, em que se debatia desejando morrer, na espera das sonhadas noites cheias de calma que custavam a chegar. Escusado dizer que a capacidade de transfigurar tal experiência em literatura é, sem dúvida, coisa de escritor maduro.

O fim do conto oferece o melhor testemunho dessa maturidade. Passados anos e anos e já, há muito, sem mais nada saber de Frederico, o narrador registra que a imagem do amigo "foi se afastando, se afastando, até se fixar no que deixo aqui". A escrita assume então o lugar do vivido, e nessa condição o suposto Juca se permite uma última e dolorosa rememoração:

> Me lembro que uma feita, diante da irritação enorme dele comentando uma pequena que o abraçara num baile, sem a menor intenção de trocadilho, só pra falar alguma coisa, eu soltara:
> — Paciência, Rico.
> — Paciência me chamo eu!
> Não guardei este detalhe para o fim, pra tirar nenhum efeito literário, não. Desde o princípio que estou com ele pra contar, mas não achei canto adequado. Então pus aqui porque, não sei... essa confusão com a palavra "paciência" sempre me doeu malestarentamente. Me queima feito uma caçoada, uma alegoria, uma assombração insatisfeita. [p. 233]

O tom é de depoimento e, nesse parágrafo final, o autor se superpõe ao narrador. Daí se poder concluir que dessa assombração insatisfeita o poeta da *Pauliceia desvairada* nunca conseguiu se livrar. Nem da caçoada e tampouco da alegoria e menos ainda da confusão com a palavra "paciência" que, ao terminar o conto três anos antes de sua morte, ele dizia lhe *queimar*, como que remetendo às picadas da dolorosa noite de beira-rio na adolescência de seu alter ego. Mas é justamente por abordar a paciência nesses termos, enfatizando o insuperável mal-estar que a palavra provoca no narrador maduro, que o triste desfecho de "Frederico Paciência" desempaca o que havia ficado emperrado no antigo prefácio. Com efeito, apesar de sua manifesta dificuldade em achar um "canto adequado" onde colocar o interdito, o escritor termina por dizer aqui o que não conseguira dizer lá.

Forçoso lembrar, porém, que uma solução literária nem sempre representa uma solução existencial e, por certo, representaria menos ainda para um criador que declarava não querer "tirar nenhum efeito literário" do depoimento de seu desfecho. Enfim, a desempacada textual não significava, em termos pessoais, uma superação dos apuros que o escritor enfrentou a vida toda por ser homossexual. Prova disso é que, no mesmo ano de 1942, quando colocava um ponto final em "Frederico Paciência", Mário confidenciou a Fernando Sabino que estava terminando um conto "difícil", que versava sobre tudo o que havia "de frágil e misturado nas grandes amizades de rapazice".[25] E mesmo depois de finalizado, a leitura do texto ainda lhe inspirava certo temor: "Não desejo que ele seja lido em separado por causa da delicadeza do assunto".[26]

É possível que essa mesma delicadeza tenha concorrido para que o autor evitasse por completo os significantes diretos do homoerotismo que, no conto, são substituídos por expressões as mais variadas que vão de "instintos espaventados" a "amar com franqueza", de "desejos curiosos" a "palidez de crime", de "perigos desumanos" a "amizade eterna", de "infernos insolúveis" a "amigos demais" e por aí afora. Lado a lado, essas expressões reiteram a persistente ambiguidade que estrutura a escrita do criador de *Macunaíma*, cuja síntese pode ser lida no paradoxo que se repete duas vezes em "Frederico Paciência", manifesto em frases tão breves quanto diretas: "E puro. E impuro". A ambivalência fala mais alto – e, aqui, prescinde de rodeios.

Não se cometa, porém, o equívoco de transferir a prolífica categoria do ambíguo, de que se vale com frequência o pensador Mário de Andrade, para a sexualidade empírica vivida pelo homem Mário. Ignorar que os vasos comunicantes entre vida e obra circulam em mão dupla seria um erro, mas também o seria desconhecer que as vias por onde ambas transitam são sempre sinuosas, comportando surpresas e pouco afeitas a reflexos diretos entre um lado e outro.

Enfim, se os conflitos pessoais entre a vida de cima e a vida de baixo concorreram para que o escritor se tornasse sensível aos movimentos da ambiguidade, deles se valendo inclusive em suas criações eróticas, isso não nos autoriza a deduzir que sua vivência sexual fosse marcada por escolhas ambíguas. Tentativas nesse sentido, visando concluir "que Mário era pansexual, andrógino, bissexual, [e] não um homossexual"[27] servem, no mais das vezes, para neutralizar as diferenças, garantindo "a estabilidade semântica da heterossexualidade" e seu poder "sobre o corpo e sobre a subjetividade dissidente".[28] É o que constata com justeza César Braga-Pinto, ao denunciar o empenho de grande parte da crítica em fazer valer estratégias "usadas para evocar e ao mesmo tempo resguardar a dita intimidade de Mário-poeta" que terminam por ocultar seu corpo, seus trejeitos e sobretudo sua orientação sexual. Durante décadas, diz o intérprete, a fortuna crítica em torno do autor vem insistindo

> na mesma nota das máscaras, do disfarce, do espelho, do segredo, do amor sublimado ou platônico, da sinceridade e do cabotinismo, do dilaceramento do sujeito, entre outras metáforas, eufemismos e catacreses afins, e a análise parece que não avança. Persistem os movimentos de esvaziamento e distorção na leitura da sexualidade de/em Mário.[29]

Melhor seria, talvez, discernir a sexualidade *de* Mário e o erotismo *em* Mário, entendendo a primeira referida ao corpo do escritor e o segundo, mais especificamente, ao corpo textual produzido por sua imaginação literária. Não se trata apenas de uma questão de nomenclatura, mas de levar em conta uma concepção importante que o próprio escritor dizia relacionar-se à sua "assombrosa, quase absurda" sensualidade, ao precisar que:

> O importante é verificar que não se trata absolutamente dessa sensualidade mesquinhamente fixada na realização dos atos do amor sexual, mas de uma faculdade que, embora sexual sempre e duma intensidade extraordinária, é vaga, incapaz de se fixar numa determinada ordem de prazeres que nem mesmo são sempre de ordem física. [...]
> Ora isso contribuiu decisoriamente para a minha formação. Em vez de me ser prejudicial, foi útil, me dando um grande equilíbrio de comportamento exterior e uma espécie de duplicidade vital interior. [p. 276]

Ao comentar a carta, Braga-Pinto alude à "não coincidência entre sexualidade e erotismo", observando que a soma de leituras da produção marioandradina afirma sem cessar a diferença e, desse modo,

> permite esboçar um arquivo que, em diferentes medidas, se presta a releituras, homossexuais e homoeróticas; mas sobretudo leituras em que o erótico e o sexual intersectam, mas não se confundem; [...] em que o erótico é ambivalente, irritante, covarde, perverso, indecente, arrependido, sofrido e insiste em interromper a mediocridade cotidiana do trabalho; [...] em que o erotismo é constantemente dessexualizado e ressexualizado.[30]

Retorna-se aqui ao vasto domínio da ambiguidade que, para repetir as palavras categóricas do autor, conferiu a ele "um grande equilíbrio de comportamento exterior e uma espécie de duplicidade vital interior". Entende-se por que a potência do ambíguo fala mais alto quando a homossexualidade assume o centro dessa obra, pois é precisamente aí que reside o tempo forte da sua erótica. E é aí, portanto, que o escritor vai investir mais fundo seu gênio literário.

4.

A literatura é o tempo forte de Mário de Andrade e o capítulo da sexualidade não foge à regra. Ensaísta prolífico, interessado tanto nos documentos da cultura popular quanto nas leituras eruditas do domínio de Eros, é na criação que sua imaginação sensual se revela mais sutil e produtiva. O não dito, uma vez desgarrado do interdito, torna-se para ele um espaço de amplas possibilidades expressivas, onde o engenho criativo ganha extraordinário vigor. Afinal, na ficção, tudo pode ser dito.

O Turista Aprendiz é um caso instigante nesse sentido. Na condição de diário das viagens que o escritor empreendeu pela Amazônia e Nordeste brasileiros entre 1927 e 1928, seria esperado que o texto se acomodasse a um formato convencional, mais comprometido com os relatos etnográficos de matriz realista ou naturalista, circunscrita a anotações sobre o patrimônio material e imaterial das regiões visitadas. Contudo, embora não deixe de corresponder a tal expectativa, dado o copioso registro de aspectos da arquitetura, da culinária, de hábitos populares e celebrações tradicionais locais, o diário comporta aberturas inesperadas para outro universo, este decididamente ficcional.

Tome-se o exemplo da entrada na foz do Amazonas, em 18 de maio de 1927, cujo relato mal começa e já se "desprende do registro e dispara na ficção", como observa Telê Ancona Lopez. Possuído pela beleza extrema da paisagem, a que ele se refere como o "monumento mais famanado da natureza", sua descrição subverte as convenções de um gênero que tenderia a ser fiel à realidade para desprezar "a veracidade em prol da verossimilhança".[31] Assim, o que Mário diz ver diante de si é "uma largueza imensa gigantesca rendilhada por um anfiteatro de ilhas florestais tão grandes que a menorzinha era maior que Portugal", sendo que nessas paradas "o vento repuxava todas as espécies vegetais e na barafunda fantástica dos jequitibás perobas pinheiros plátanos assoberbada pelo vulto enorme do baobá". "Que eloquência!" – exclama ele ao registrar sua comoção deslumbrada diante da "bulha das irerês dos flamingos das araras das aves-do-paraíso".[32]

Percebe-se logo que a "enumeração das aves e das árvores ignora a lógica do espaço regional, e mesmo nacional, ao incorporar elementos do imaginário do turista, como baobás e aves-do-paraíso, que só obedecem ao sentido de profusão e desmesura".[33] Não surpreende que seja exatamente esse mesmo espírito hiperbólico a concorrer para o aparecimento de ficções de tom sexual no diário, sendo essas menos inspiradas pela contemplação desta ou daquela paisagem do que frutos da imaginação do observador. Recorde-se que a hipérbole, por ser um recurso privilegiado pela erótica literária, torna-se ainda mais efetiva nesses casos, como se confirma na descrição da cidade amazônica de Itacoatiara que, na verdade, ele só visitou em sonho, como relata no dia 3 de junho:

> Tem setecentos palácios triangulares feitos com um granito muito macio e felpudo, com uma porta só de mármore vermelho. As ruas são todas líquidas, e o modo de condução habitual é o peixe-boi e, pras mulheres, o boto. Enxerguei logo um bando de moças lindíssimas, de encarnado, montadas em botos que as conduziam rapidamente para os palácios, onde elas me convidavam pra entrar em salas frias, com redes de ouro e prata pra descansar ondulando. Era uma rede só e nós dois caíamos nela com facilidade. Amávamos. [p. 147]

Prevalece aí o tempo da fantasia, cujos saltos são ordenados pelo imperativo da volúpia, como é de costume nas mais finas narrativas da literatura licenciosa. Por isso, não há intervalo entre a entrada do narrador no sensual palácio, ao lado de um bando de moças lindíssimas, e a sua imediata acomodação na rede com uma só parceira – "nós dois" – para se entregarem ao amor físico. A rapidez com que o imaginário responde às demandas do desejo instaura um tempo absoluto que traduz o primado da fantasia sobre a realidade.

Exemplos como esse vem confirmar a potência da imaginação erótica do autor de *O Turista Aprendiz*, expressa com admirável vigor nos momentos em que seu diário de bordo decide "falar de outro jeito", valendo-se de desvios ficcionais. Entre esses, destacam-se ainda as duas sociedades indígenas que o viajante inventa durante o percurso, num relato a que não faltam ironia e humor.

Os fictícios "Pacaás novos" e "índios dó-mi-sol" são, ambos, grupos étnicos que prescindem de um sistema linguístico convencional e se comunicam quase exclusivamente por meio do corpo. No caso dos primeiros, isso se deve a um código de pudor bastante próprio: "Pra eles o som oral e o som da fala são imoralíssimos e da mais formidável sensualidade. As vergonhas deles não são as que nós consideramos como tais". Assim também, os membros do grupo concebem o nariz e as orelhas como "as partes mais vergonhosas do corpo, que não se mostra a ninguém, nem aos pais, só marido e mulher na mais rigorosa intimidade. Escutar pra eles é o que nós chamamos de pecado mortal. Falar, é o máximo da sensualidade" [p. 72]. Por tal razão, as cabeças dos Pacaás, ao contrário de suas genitálias, estão sempre cobertas, sendo as orelhas, valorizadas como as partes mais íntimas do corpo, objetos das rígidas prescrições do tabu da virgindade.

É bem distinta a comunidade dos "índios dó-mi-sol" nesse particular, pois, vivendo uma sociabilidade fundamentalmente musical, seus membros valorizam sobremaneira a audição, conferindo um sentido intelectual aos sons e um valor puramente estético às palavras. Contudo, no que tange à cabeça, os dó-mi-solenses observam semelhantes restrições rituais, como sublinha o narrador-viajante:

> As cunhãs, que sempre foram muito mais sexuais que os homens, se enfeitavam, atraindo a atenção dos machos para as partes mais escandalosas delas, que como já sabemos, são cara e cabeça. E assim, enfeitavam o pescoço com mururês e vitórias-régias. [...] Já os rapazes, porém, se floriam sem a menor sexualidade. Preferiam uma espécie de lírio sarapintado de roxo e amarelo que dava na beira dos brejos, e tinha uma haste muito fina e comprida. Cortavam a flor com haste e tudo e a enfiavam no... no assento – o que lhes dava um certo ar meditabundo. [p. 173]

A liberdade com que Mário se expressa nessas fabulações é realmente digna de nota, sobretudo por figurarem dentro de um relato de viagem. Ainda que o apelo à imaginação não surpreenda num literato, ele se justifica no mesmo dia em que avista a embocadura do Amazonas, confessando a impossibilidade de resumir suas impressões: "não consigo, estou um bocado aturdido, maravilhado, mas não sei... Há uma espécie de sensação ficada da insuficiência, de sarapintação, que me estraga todo o europeu cinzento e bem arranjadinho que ainda tenho dentro de mim" [p. 113]. O recurso da ficção, nesse sentido, pode ser pensado como uma tentativa de superação dessa insuficiência, a título de "correção" das primeiras anotações, ou como "um modo de aperfeiçoamento do olhar e de reenquadramento de uma realidade", conforme propõe André Botelho, para quem "as ambiguidades de posições no relato de viagem e noutros escritos amazônicos seus mostram-se fundamentais".[34]

Com efeito, o precioso artifício da fabulação não se esgota nas incursões incorporadas ao relato original, estendendo-se a outras posições que o escritor-viajante assume, com resultados bastante distintos na abordagem da matéria sexual. É o caso do romance inacabado *Balança, Trombeta e Battleship ou O descobrimento da alma*, que começou a ser escrito durante essa mesma viagem, no qual se escondem leves traços da companhia de bordo de Mário, em particular das duas meninas que o acompanhavam desde a saída de São Paulo, e que emprestam seus apelidos às personagens Balança e Trombeta. Os relatos diferem sensivelmente um do outro. Se o primeiro, como vimos, é um diário que agrega narrativas reais e ficcionais quase sempre passadas no espaço exterior, o segundo vasculha o continente interior de seus protagonistas, para contar a história íntima e secreta das relações erótico-sentimentais que os envolvem.

O texto foi objeto de inúmeras versões entre 1927 e 1940, e fora um trecho reproduzido na revista portuguesa *Presença*, só veio a ganhar publicação póstuma quase meio século depois da morte do autor. Assim como ocorre com o conto "Frederico Paciência", é de se supor que as questões sexuais que afligiam Mário nesse espaço de tempo tenham se recolocado também nesse caso. Como, então, não teriam reverberado num escrito ficcional como esse, que reunia fortes elementos autobiográficos e eróticos?

Davi Arrigucci Jr. observa que o tema da sexualidade, latente em *O Turista Aprendiz*, torna-se manifesto na primeira versão de "Balança, Trombeta e Battleship", muito embora vá perdendo sua força nas versões seguintes: nestas, "a prosa se faz mais comedida, sem o dengo sensual" e a narrativa "perde bastante da contundência crítica e da irreverência, que eram a marca modernista de Mário". Ou seja, quanto mais o escritor trabalha o manuscrito original, modificando-o, mais e mais as ocorrências eróticas vão sendo apagadas. Daí a conclusão de que "o conto, na versão mais acabada, é claramente menos ousado e radical do que o seu esboço na caderneta de viagem, sinal de que o artista, cedendo às imposições do acabamento, se esquivou também do que não podia dizer, embora de início ousasse fazê-lo".[35]

Acontece aqui o oposto do que ocorre nas ficções do *Turista*: as sucessivas tentativas de "correção" por parte de seu criador, que no diário ganham em lubricidade, no conto resultam em cortes que só fazem reforçar o moralismo vigente. Os envolvimentos entre o narrador, suas companheiras e outros viajantes são progressivamente tolhidos em seus aspectos transgressivos, assim como o são as fantasias homoeróticas que ele projeta sobre um ou outro passageiro, e que acabam igualmente embaçadas. O conto revela, ainda segundo Arrigucci, a mesma tendência que se verifica no romance *Amar, verbo intransitivo*, cuja segunda versão tende à forma idealizada do idílio, evidenciando uma acentuada atenuação no tratamento temático da sexualidade. Em suma, as sucessivas revisões terminam por recobrir "uma inquietude sem nome que se perde na errância e se interrompe aleatoriamente num momento".[36]

Uma inquietude sem nome que evoca aquela assombração insatisfeita, ou as ideias de exceção, os instintos espaventados, os desejos curiosos, os perigos desumanos, e mais uma enormidade de palavras e expressões efetivamente errantes que se multiplicam sem realmente nomear. Todavia, a regra não vale ao conjunto da obra marioandradina, pois nem tudo se perde na errância da sua escrita. Há momentos em que a impossibilidade de dizer se torna ocasião de uma inventividade sem igual, e aí a inquietude se faz dizer com todas as letras, ganhando uma profusão de nomes.

Afinal, se a ficção pode dizer tudo, tudo pode ser igualmente dito de várias maneiras. Não é outro o estratagema do astuto Macunaíma que se vale desse artifício num dos episódios mais engenhosos de sua rapsódia, em que a questão da nomeação é capital. Trata-se de uma passagem do capítulo 10 quando, num momento de espera, o herói "passeava passeava e encontrou uma cunhatã com uma urupema carregadinha de rosas. A mocica fez ele parar e botou uma flor na lapela dele, falando: — Custa mil-réis". Contrariado por não saber o nome daquele buraco onde ela enfiara a flor, ele acaba por descobrir a palavra botoeira, que não conhecia e nem sabia usar. Quis então

> chamar aquilo de buraco porém viu logo que confundia com os outros buracos deste mundo e ficou com vergonha da cunhatã. "Orifício" era palavra que a gente escrevia mas porém nunca ninguém não falava "orifício" não. Depois de pensamentear pensamentear não havia meios mesmo de descobrir o nome daquilo [...]. Então voltou, pagou pra moça e falou de venta inchada: — A senhora me arrumou com um dia-de-judeu! Nunca mais me bote flor neste... neste puíto, dona!
> Macunaíma era desbocado duma vez. Falara uma bocagem muito porca, muito! A cunhatã não sabia que puíto era palavra-feia não e enquanto o herói voltava aluado com o caso pra pensão, ficou se rindo, achando graça na palavra. [pp. 243–44]

Passagem excepcional, que se impõe pela intensidade com que articula fundo e forma, já que o tema ganha não só um desenvolvimento argumentativo, mas também uma resolução formal. O mote inicial de preencher um "buraco da máquina roupa" dá ocasião a uma série de desdobramentos, quase todos de forte poder sugestivo, mas sem jamais perder a visada original. A rigor, conforme a narrativa progride, o leitor acompanha as tentativas do personagem no empenho de preencher diversos vazios.

O primeiro deles é de ordem linguística, já que Macunaíma se recusa a usar o termo *botoeira*, derivação indesejada de *boutonnière*, ao mesmo tempo em que rejeita "chamar *aquilo* de buraco" para não confundir com certos buracos do corpo. Já *orifício* não era coloquial, como aprendia o herói naquele momento em que andava "se aperfeiçoando nas duas línguas da terra, o brasileiro falado e o português escrito" [p. 243]. Ora, na tentativa de preencher a lacuna, fruto da interdição aos termos obscenos, o personagem resolve o problema com uma palavra desconhecida, mas com a vantagem de não originar de idioma europeu e nem de figurar no português letrado.

Puíto vem da tradição indígena e significa ânus. Mário recolhe o termo numa lenda dos Taulipang e Arekuná que lera no livro do etnógrafo alemão Koch-Grünberg. A lenda conta como os animais e os homens adquiriram o ânus, sendo Puíto precisamente um personagem que zombava dos outros quando ninguém tinha esse órgão e todos eram obrigados a comer e a defecar pela boca. Não estranha que seu nome venha a nomear uma parte do corpo que até então não tinha nem direito de existência, a evidenciar que a lenda fala de um buraco que vem preencher uma falta, quer dizer, outro buraco.[37]

Da mesma forma, o personagem se vale da palavra *puíto* para ocupar aquele hiato linguístico que o impedia não só de nomear o buraco da lapela, mas ainda outros buracos menos castos. Com tal astúcia, o herói do Uraricoera vence o calado, já que a palavra vira moda e penetra, literalmente, no vocabulário corrente do país. Interessa, pois, destacar a eficácia do expediente de que se valem criatura e criador, ambos se valendo de igual profusão verbal para preencher um lapso da língua e da literatura brasileiras, mas sem macular as convenções morais. Desse modo, eles driblam as interdições, mantendo-se nos limites da decência lexical e, de quebra, introduzem uma "bocagem" no vernáculo brasileiro. Como bem observa Eneida Maria de Souza, tal expediente remete de modo expressivo à noção de enxerto uma vez que a "inserção de um órgão no corpo de uma pessoa [corresponde à] de uma palavra no corpo da língua".[38]

Observe-se ainda que a operação de multiplicar os significantes – orifício, botoeira, *boutonnière*, puíto, sem falar no inspirador *rabanitius* – só faz acentuar os duplos sentidos, convocando sem cessar o termo interditado. A estratégia remete a uma prática literária recorrente no erotismo literário, qual seja: substitui-se a palavra proibida, que não pode ser dita, por uma abundância de termos que a mantêm continuamente evocada. O tiro sai pela culatra: a evocação, reiterada de mil formas, rende até mais que o próprio significante tabu. Redime-se a falta pelo excesso e o calado é, nesse caso, vencido pelo engenho.

Ao tratar das interdições da linguagem ligadas à sexualidade, Nancy Huston sugere que "a escolha de termos (eufemísticos ou pejorativos) para os órgãos sexuais é significativa tanto pelo que inclui quanto pelo que exclui".[39] Muitas vezes, o que se busca nesse tipo de enumeração é o prazer do jogo, da troca, de uma linguagem que se renova ao abordar o tema de forma inesperada e, não raro, humorística. Não seria impertinente, quando se pensa em *Macunaíma*, aproximar o expediente da ideia de brincadeira. Afinal, esses jogos desconhecem de propósito qualquer esforço de precisão e, segundo Mariza Werneck, até mesmo o mascaramento da palavra *própria* permite fazer de conta que se está dizendo outra coisa, como se a "cadeia de significantes em que se constitui a enumeração jamais atingisse o seu significado".[40]

Na erótica literária, esse efeito polissêmico responde, no mais das vezes, às fantasias de que o desejo possa se libertar de suas limitações, sejam simbólicas ou empíricas, para prolongar *ad infinitum* o prazer sexual. Mário de Andrade – leitor de Freud, e também de Gide, de D. H. Lawrence e de Oscar Wilde – não ignorava que o expediente de "falar de outro jeito" guardava essa potencialidade de grande valor expressivo. No que tange ao erotismo, os momentos mais fecundos de sua ficção de fato tornam claro que o intento de tudo dizer pode se acomodar perfeitamente às inesgotáveis maneiras de dizer o sexo, deixando o dito pelo não dito.

5.

Sequestro é uma palavra tão importante no pensamento do autor de *A gramatiquinha da fala brasileira* que, por vezes, parece até ter sido por ele inventada. E, se não o foi, como bem sabemos, é certo que o escritor conferiu a ela um significado muito particular e decisivamente autoral, ao qual não faltam inflexões eróticas. Concorre para isso sua frequentação da obra de Freud, em traduções francesas, iniciada com leitura das *Conferências introdutórias à psicanálise* em 1922 e, no ano seguinte, dos *Três ensaios sobre a teoria da sexualidade*. Suas anotações marginais a este livro destacam em especial os capítulos "*Refoulement*" [recalque] e "*Sublimation*" [sublimação], veiculando noções fundamentais para a concepção de sequestro que, formulada na mesma época, pode ser pensada como uma fusão do recalque e da sublimação freudianos.

Lembra Walnice Nogueira Galvão que, seguindo o empenho pioneiro de Artur Ramos em aplicar a psicanálise na interpretação da cultura popular do país, Mário se interessou por essa alternativa desde sua viagem etnográfica de 1927, quando "fotografa um varal cheio de roupas brancas, camisas de dormir, vestidas pelo vento. Atribui-lhe uma legenda: 'Roupas freudianas [...]. Fotografia refoulenta. *Refoulement*', adotando um termo que embasaria a expressão 'Sequestro', futuramente tão utilizada, servindo a várias acepções".[41] Note-se, pois, que já nessa primeira palpitação com relação ao tema esboça-se a ideia de um corpo ausente que ganha presença espectral ao ser evocado por uma imagem expressiva – esta não por acaso deixando à mostra as roupas íntimas que um dia envolveram sua nudez.

Daí em diante, o termo escolhido pelo autor para nomear o mecanismo, que se aproxima do "retorno do recalcado" da psicanálise, viria ganhar espaço em sua produção, sobretudo depois dos anos 1930, quando aparece com frequência em escritos diversos, fichas e notas suas.[42] Entre os mais significativos está o ensaio "Amor e medo", que repassa uma série de nomes da lírica oitocentista brasileira, identificando no conjunto "o sambinha do sequestro que o amor e o medo saracoteou na excessiva mocidade dos nossos maiores poetas românticos".[43] O título do texto alude a um poema homônimo de Casimiro de Abreu, tomado como exemplo do temor que aquela geração demonstrava diante da consumação sexual do sentimento amoroso. Para Mário, o poeta que mais intensamente "sequestrou o seu medo de amor" foi Álvares de Azevedo, que cultivou como nenhum outro o "prestígio romântico da mulher" enquanto criação sublime, divina e intangível. Prova disso estaria nos inúmeros versos e cartas para a amada irmã Maria Luiza, em paralelo ao seu descaso para com os amores sexuais, traduzido no medo que o poeta manifestou "numerosíssimas vezes, mas sempre camuflado, inconsciente", tal qual grande parte dos literatos de sua geração.

O ensaio foi originalmente publicado na *Revista Nova*, em 1931, tendo sido incluído no volume *Aspectos da literatura brasileira* só em 1943, embora Mário já viesse reunindo, desde os anos 1920, material para um livro sobre os poetas românticos que contemplaria um capítulo intitulado "Psicologia do romantismo brasileiro". Ricardo Souza de Carvalho aponta que esse projeto coincide com a pesquisa que o escritor começa a realizar precisamente na mesma época, à qual dá o título de *O sequestro da Dona Ausente*.[44] A rigor, os dois estudos têm um mesmo pressuposto de base, explicitado numa das inúmeras notas do autor sobre o tema: "A 'desgraça' tão frequente nos poetas jovens não é afinal das contas nenhuma hipocrisia nem propriamente uma moda romântica. É antes um derivativo ao 'mal do amor' cada vez menos inexistente devido à liberdade de costumes cada vez maior. Mas enquanto esta não for absoluta, se é que chegue a isso, o mal de amor, a insatisfação sexual há de mesmo permanecer como fonte de lirismo e de sequestro".[45]

Projeto de grande porte, alentado até o fim da vida do escritor e deixado inconcluso, *O sequestro da Dona Ausente* opera com semelhante princípio de que a insatisfação sexual é uma eficaz mola propulsora de lirismo, embora se proponha a testá-lo em contextos distintos, tanto no que concerne ao tempo e ao espaço como nos planos formais e simbólicos. Ou, como o descreve e resume o próprio estudioso:

> O tema da "dona ausente" em que por mil formas se transformou o desejo sexual irrealizável é sem dúvida um dos mais belos, mais elevados, mais líricos e mais permanentes do folclore universal. Convertido a uma imagem determinada pelo sequestro colonial, ele tomou aqui duas formas primordiais em que essa beleza, esse lirismo e essa elevação se conservam. A imagem de dois amantes com um rio de permeio proibindo-os de se juntarem é de uma boniteza absolutamente clássica. E ainda a imagem da amante embarcada vindo para junto do amante preso num rochedo ou numa praia possui a mesma intensa boniteza. [p. 152]

Não é preciso avançar mais que isso para se perceber que as pesquisas de Mário ultrapassavam o mero exercício de aplicação da teoria psicanalítica. Se as noções de recalque e sublimação foram capitais para seu entendimento sobre as causas que limitavam os impulsos libidinosos, a evidência de que tais mecanismos se estendiam do campo patológico ao artístico veio a ampliar sensivelmente o horizonte de suas interrogações. O emprego da polivalente noção de *sequestro* deixou-o mais à vontade para abordar fenômenos e objetos associados à sexualidade em diversos domínios, especialmente na produção literária, fosse erudita ou popular. Por isso, ao interrogar a recorrência do sequestro da Dona Ausente em literaturas do repertório luso-brasileiro, o pesquisador interessado nos "mecanismos que a sensibilidade institui e o folclore sabe guardar" buscava "recolher traços básicos, deles partindo para explicações mais abrangentes da esfera das manifestações do inconsciente coletivo".[46] Tratava-se, para Mário, de investigar uma sonegação, um abafamento, um extravio. Que razões – pergunta-se ele de diversas formas e em vários momentos de seu estudo – teriam concorrido para a reiterada ocultação das "causas da falta física da mulher"? Por que a "penosa saudade" que abatia os marinheiros, amplificada pelo "desejo sexual não realizado", teria sido repetidamente abafada nas manifestações folclóricas? Por quais motivos a dor dessa ausência e a insatisfação dela decorrente terminaram por precipitar a "criação de imagens derivativas" que sequestravam o próprio anseio sexual sufocado?

Note-se, pois, que não é exatamente a mulher o foco do sequestro, mas a sua ausência.[47] Constatação fundamental, diga-se logo, tanto por aquilatar a particularidade dessa pesquisa, quanto por implicar importantes desdobramentos no interior da erótica literária de Mário. Afinal, se o sequestro não incide exatamente na dona e sim na sua ausência, as interrogações acima dizem respeito mais à impossibilidade de declarar a falta do que à identidade do objeto ausente. O peso da mulher diminui consideravelmente diante do imponderável tamanho do vazio.

Conclusão intrigante, que realmente excede o estudo em questão para incidir sobre os poetas românticos do ensaio marioandradino e ainda sobre o próprio Mário como pessoa e *persona* literária, deixando descoberta uma chave interpretativa que contempla o homoerotismo.[48] No que concerne aos primeiros, nunca é demais lembrar as inúmeras sugestões homossexuais presentes no texto, em especial no caso de Álvares de Azevedo, a quem o modernista atribui um caráter decididamente feminino, que passa tanto por seu total desinteresse sexual pelas mulheres como por sua atenção aos "vestidos de veludo", aos "cetins" e às "escumilhas", sem falar dos "crivos e bordados". Como sugere Braga-Pinto, o sequestro dessas evidências sensíveis rebate tanto no poeta da *Lira dos vinte anos* quanto no ensaísta que o aborda em "Amor e medo", dado o empenho sistemático dos intérpretes no sentido de expurgar os traços homossexuais que unem suas biografias às produções literárias. Vale para ambos a conclusão de que suas fortunas críticas tendem a apagar o que "pode haver de pessoal, histórico e específico na escrita do amor – e do sexo – não consumado".[49]

Escrita do sexo, escrita do sequestro: esboçam-se aí dois fluxos de uma mesma via expressiva que, além de evocar as contradições entre a vida de cima e a vida de baixo, também supõem um paralelismo digno de atenção. É o que parece apontar Moacir Werneck de Castro ao propor uma definição instigante para o uso que o escritor faz da palavra *sequestro*: "'Conter o vulcão' – função repressora em tudo semelhante à que a psicanálise atribui ao Id para varrer ideias e pensamentos que seriam insuportáveis ao Ego consciente".[50] Ora, para além das afinidades freudianas já abordadas, o *sequestro* aparece aí como operação literária, comportando o elemento da contenção e a metáfora produtiva do *vulcão* que se associa ao "vulcão de complicações" já mencionado, sendo ainda bastante sugestiva para designar a potência sexual. É de supor que o tamanho do vazio seja correspondente ao tamanho dessa potência, sendo tal paralelo uma chave para o entendimento da inquietação sobre o sexo que atravessa a literatura marioandradina.

Nada mais difícil do que conter um vulcão. Nada mais difícil do que conter o desassossego precipitado pela ausência do objeto do desejo, ainda mais neste caso, em que nem ao menos ele podia ser declarado. Esse foi, como se sabe, um dos grandes desafios que Mário enfrentou ao longo de sua vida, com repercussões definitivas em sua produção literária. Daí as suspensões, as supressões, as substituições – enfim, as múltiplas variações daquela fermata decisiva da infância que, diante da experiência do êxtase, já se obrigava a lançar mão do expediente da contenção. Daí igualmente as soluções excepcionais que o autor encontrou para expressar o jogo entre plenitude e falta em alguns de seus melhores textos. É o caso de "O girassol da madrugada".

Publicado em 1941, o poema faz parte daqueles escritos que foram sendo maturados demoradamente pelo autor. Prova disso é que dez anos antes ele já figura numa carta de Mário a Bandeira, onde o remetente confidencia estar "dolorosamente feliz" por conta de um novo amor a quem dedica o "Girassol" – poema que ele dizia estar entre os "mais sublimes que senti".

Destacam-se, entre as estrofes reproduzidas na mesma carta de 1931, os versos "Carne que é flor de girassol!, sombra de anil!/Eu encontro em mim mesmo uma espécie de abril" que se fazem acompanhar da seguinte ponderação: "Na verdade ela não tem carne de girassol, é branquíssima, assustadoramente branca e vermelho, com uma lesão no coração, dizendo os médicos que ela morre cedo. Não sei, tive uma espécie de alegria quando sube disso" [p. 271]. Ora, essa flor estranha e fugaz, além de acionar uma paleta diversa que exclui o convencional amarelo, define-se também pela inesperada situação noturna, tão oposta à ostensiva solaridade que caracteriza os girassóis. Noturna mas igualmente ambivalente, pois a flor da madrugada já esboça o anúncio do amanhecer, embaralhando os "dias de luta" e as "noites calmas" que, em outros escritos, jamais se harmonizam. Ao invés, o girassol da madrugada representa uma união luminosa entre a noite e o dia, como sugere outra carta a Bandeira, esta de 1934, que faz menção às cores de sua poesia, apontando exemplos "no tom azul dos 'Poemas da negra' e da 'Amiga', no tom mais doirado do 'Girassol'".[51]

Não são poucos os intérpretes que aludem a essas derivas da luminosidade. João Luiz Lafetá, por exemplo, observa que, "desde o título, são textos cheios de luz e de sombras iluminadas – um jogo de suavidade em que as imagens ora apontam e insinuam, ora desfazem e ocultam uma exuberante (mas saciada) sensualidade".[52] Já Leandro Pasini propõe que "há uma fulguração simultânea de elementos opostos: é pela extensão da noite que emerge a luz da flor, a graça dourada. O poeta reverte a noite perpétua das carícias, mais compacta que a morte, em luminosidade sublime do mundo dos amorosos".[53] Todavia, cabe observar que esse Eros luminoso, a brilhar no lado oposto à lírica do dilaceramento de Mário, por vezes ofusca os enigmas mais sutis que o poema encerra.

É bastante conhecida, mas pouco interpretada, a estrofe em que o eu lírico confessa ter tido quatro amores, não raro entendida como um depoimento biográfico do poeta. Pela capacidade com que acionam mecanismos recorrentes na erótica marioandradina, cabe revisitar uma vez mais esses versos:

> Tive quatro amores eternos...
> O primeiro era a moça donzela,
> O segundo... eclipse, boi que fala, cataclisma,
> O terceiro era a rica senhora,
> O quarto és tu... E eu afinal me repousei dos meus cuidados.
> [pp. 205–06]

O poeta já havia aludido a esse quarteto amoroso em outros escritos, especialmente no conto autobiográfico "Vestida de preto" em que o personagem-narrador, já adulto, rememora sua paixão platônica pela menina Maria, que perdurou desde a infância até a mocidade: "Foi este o primeiro dos quatro amores eternos que fazem de minha vida uma grave condensação interior". Reconhecem-se traços dos amores enumerados no poema também na moça donzela de *Losango cáqui*, nas mulheres dos "Poemas da negra" e ainda na amada de "Tempo de Maria", a confirmar aquela "fatalidade das Marias na vida minha!" observada nos comentários ao primeiro poema.

O último "amor eterno", precisamente aquele referido no presente do indicativo como objeto de desejo do eu lírico, na qualidade de "o quarto verdadeiro" [p. 270], é envolto em mistérios e dele quase nada se sabe. A única pista – que quase pode ser vista como um despiste – é dada por uma carta de 1941 em que Mário faz uma candente confidência a Murilo Miranda sobre a pessoa a quem o poema é dedicado:

> Você vai ter uma surpresa desagradável, mas tive mesmo que mudar definitivamente a dedicatória do "Girassol da madrugada". Tenha paciência mas não posso mesmo dedicar esse poema sinão a quem o inspirou. Tanto mais que se puser o R.G. das iniciais, há duas cartas minhas a amigos que poderão futuramente identificar essas letras. Não sei ainda si porei as iniciais ou deixo o poema sem dedicatória. Mas decididamente não posso dedicar esses versos a outra pessoa, me causa um transtorno psicológico desagradável. [p. 282]

Não é questão, no espaço deste texto, de investigar outras pistas para desvendar tal incógnita, nem tampouco de realizar a exegese de uma obra poética que foi e continua sendo objeto de relevantes análises. Afinal, o que mais interessa aqui é a incógnita literária que se divisa no terceiro verso da estrofe, a saber, a alusão cifrada ao segundo amor como "eclipse, boi que fala, cataclisma". De alta voltagem poética, o verso propõe uma chave preciosa para se compreender a "grave condensação interior" a que se refere o poeta ao resumir sua vida erótico-amorosa.

Foi Bandeira quem sugeriu ao amigo a substituição do verso original, de provável teor homossexual, por outro que suprimisse a referência ao que Mário aludia como "prazeres indestinados". A mudança foi objeto de extenso colóquio epistolar entre os dois poetas, tendo levado quase três anos para ser estabelecida, numa espécie de pacto entre eles. Note-se que, nas trocas de cartas de 1931, não só o poema era citado como já se colocava a questão do tal verso que, por ser muito revelador, expunha por demais o escritor. Afinal, ainda eram recentes, àquela altura, as acusações de imoralidade a *Macunaíma*, que haviam deixado o autor bastante abatido. Entende-se por que, passados dois anos, Bandeira ainda iria se referir à "dúvida sobre o 'Girassol'", prometendo dar atenção ao caso.

Retomada a questão em 1933, a se crer na correspondência, ela passou a ser encarada mais de frente. Mário era categórico quanto à supressão: "Tirar esse poema não tiro, pouco me amolando no caso que ele interesse a mais ninguém. Raciocino claro, e caso pensado e julgado, e mesmo sob o ponto de vista poético, acho indispensável". O poeta de *Libertinagem*, por sua vez, avaliou as alternativas que o amigo lhe enviara para substituir o incômodo verso, acrescentando suas ponderações ao fim de uma carta, que mais parecem registros de fala:

> Das variantes que você mandou... Hum! Está difícil escolher. A que substitui melhor o insubstituível verso original é a última:
> "O segundo, as prisões não condenarão nada, as ciências não corrigirão nada"
> Mas tanto essa como estas duas:
> "O segundo, os homens etc."
> "O segundo, mas porque etc." (a pior sem sombra de dúvida).
> são explicações, coisa pouco poética.
> Resta:
> "O segundo, eclipse, boi que fala, catacumba" é bem poesia, mas não dá o sentido a ninguém. Decida entre Verdade e Poesia. Qualquer uma das duas serve, você me deixou como o burro da lógica entre os dois feixes de capim.[54]

Em que pese a presença da palavra *catacumba* no lugar de *cataclisma*, Bandeira não deixa dúvidas quanto ao seu partido pela solução poética. Esta, como se sabe, será também a escolhida por Mário, embora sua opção pareça menos fundada na oposição entre "Verdade e Poesia", indicando uma possibilidade de harmonia entre os dois termos. Não por acaso, o verso em questão condensa os procedimentos estruturais do erotismo literário do autor, sintetizado nas operações sibilinas que nele se repetem – supressão, suspensão, sequestro e substituição – para desaguar em uma solução poética de alcance excepcional.

É o que defende Horácio Costa ao propor que o verso enigmático, "por sua qualidade estética, cria um registro de tensão para com o andamento antes denotativo, distante de grandes voos metafóricos, de 'Girassol da Madrugada'". Além disso, para o crítico, esse "escrito em clave" não apenas se refere "ao eclipse do sentido", mas "pode traduzir, de maneira cifrada e até bem-humorada, a ameaça de sanção, hiperbolicamente tratada de cataclismo, a quem – ao 'boi' – que *fale*, enfim, que não se detenha diante do interdito, do impublicável que ofenderia, se o fosse, gosto e moral majoritários". Daí que, em sua opinião, o verso exceda a função estética para transmitir um alerta aos seus pares homossexuais, contemporâneos ou futuros, como se dissesse:

> não revelo (antes eclipso) o meu segundo amor eterno, mas indico, pelo contraste entre este verso e os que enquadram, que ele provém de outra área da experiência, do insólito ou do interdito (um boi que falasse... afinal, seria a "revolução dos bichos", *el mundo al revés*), e também indico subliminarmente a aqueles que queiram arrostar essa interdição, os "bois" brasileirinhos, leitores futuros, pois: preparem-se para defrontar-se com nada menos do que um cataclismo, se e quando o fizerem.[55]

Convém, então, abordar mais de perto os termos desse recado, até porque eles se mostram especialmente pactuados com os enigmas que sustentam a erótica marioandradina. A começar da palavra *eclipse*, que traz *crise* na sua raiz, remontando à ambiguidade constitutiva da personalidade do escritor, transfigurada em sua literatura por imagens que traduzem conflitos, contradições e outras polarizações. Destaque-se entre elas o dia e a noite, por serem elementos centrais do eclipse, fenômeno caracterizado pela ocultação passageira de um astro por outro corpo celeste, precipitando um obscurecimento parcial e passageiro. O eclipse lunar talvez seja o mais expressivo para se associar ao verso de Mário: isso porque, aparentando um diâmetro menor que o do sol, nessas ocasiões a lua passa a ser vista como um disco negro no interior do disco solar, ostentando a silhueta de um anel luminoso. Conclusão: o que foi oculto reaparece sob aspecto distinto e ainda mais imponente, chamando atenção para si. Ou, para colocar nos termos do autor: o que foi sequestrado retorna de outro jeito, podendo ganhar forma de um astro noturno que reúne o dia e a noite, ou de um radiante girassol da madrugada.

É digno de nota que Mário tenha convocado um acontecimento cósmico de tamanha magnitude para metaforizar seu segundo "amor eterno", ainda mais porque ao eclipse será associado um acidente natural de proporções não menos consideráveis, como o *cataclisma*. Evocado para acentuar as dimensões descomunais de um desastre, não estranha que esse "estardalhaço espalhafatoso" [pp. 93–94] também chame atenção para si, como se comprova numa crônica sobre o alto sertão da Paraíba, onde o escritor teria testemunhado "um calor de raiva, um calor de desespero e de uma sede pavorosa que a raiva inda esturricava mais" [p. 92]. Ora, cataclisma é o termo que lhe ocorre para definir a situação, já que "esse foi o maior calor que nunca senti em vida, o calor dos danados, em que falei palavras-feias, pensei crimes e me desonrei lupulentamente" [pp. 92–93].

A palavra *cataclisma*, por certo, supõe situações ainda mais calamitosas do que essa, de forma a vincular o autor do misterioso verso a uma longa tradição ocidental de escritos que se valem de imagens catastróficas para dar conta do poder devastador de Eros. Como é sabido, esse forte apelo a acontecimentos naturais desestabilizadores aparece com frequência na moderna literatura ocidental, não raro gravitando em torno de grandes paixões homoeróticas como se testemunha em livros de Oscar Wilde, Rimbaud, Raul Pompeia e outros de quem Mário foi atento leitor.

A observação torna-se ainda mais instigante quando se percebe que, em meio à gravidade instaurada pela menção ao eclipse e ao cataclisma, surge a figura contrastante, singela e folclórica de um boi, irrefutável símbolo da cultura popular brasileira ao qual o escritor rendeu muitas homenagens e inumeráveis palavras. Motivado pelo desejo de compreender a dança dramática do Bumba-meu-Boi, suas extensas pesquisas avançaram no sentido de reconhecer a presença do animal em variadas manifestações artísticas e históricas do país – com destaque às literaturas, danças, peças e cantigas populares –, nelas identificando "uma sobrevivência mítica e um valor moral, decorrente de seus aspectos religiosos e econômicos".[56] Investigação de porte, que na obra marioandradina só encontra paralelo com *O sequestro da Dona Ausente*, o estudo em torno do boi contempla um alcance tal que não permite maior desenvolvimento no espaço deste texto. Todavia, convém ao menos mencionar que, em uma nota para "Na pancada do ganzá", o autor alude a um aspecto "sequestradamente feiticeiro nessa celebração da morte e ressurreição do Boi que é Bumba-meu-Boi ou Boi Bumbá! O Boi mal comparando, parece assumir uma posição de Dionísio, símbolo do reflorescimento e do tempo fecundo".[57]

Não é difícil inferir a afinidade profunda entre esse boi dionisíaco, que morre e ressuscita, com o inesperado "boi que fala" do poema de Mário. Ainda mais quando se tem em mente que a lenda moldura do Bumba-meu-Boi conta a história da escravizada Catita (Mãe Catirina) que, estando grávida, declara ao marido Chico (Pai Francisco) seu desejo de comer a língua do boi da fazenda. Para atender ao pedido da esposa, Chico mata o animal e a ela entrega a língua, sendo em seguida capturado e preso a mando do fazendeiro. Com a ajuda de curandeiros, porém, o boi termina sendo ressuscitado.

A história articula amor, violência e salvação, tendo como pano de fundo um "tempo do corpo" que se impõe na gravidez de Catita, na busca do alimento desejado, na condição do preso e, sobretudo, no compasso entre morte e ressurreição. Essas etapas, justapostas, condensam um aspecto de espera e de paciência, característica bovina do animal que pasta e aguarda, remetendo a um "Boi Paciência" inventado pelo escritor. Em títulos como *A lira paulistana* e o *Dicionário musical brasileiro*, essa figura-chave da cultura brasileira adquire um significado de sabedoria e conhecimento da espera, contemplando ideias de insistência, perseverança e resistência, como aponta Simone Rossinetti Rufinoni,[58] sem falar da relação com o conto "Frederico Paciência", que deriva o mote para a persistência do desejo.

Afinal, tudo gira em torno do desejo e da língua nessa lenda, ambos comportando uma dimensão simbólica e outra material, que se combinam até se fundirem uma à outra, tornando indistintas as fronteiras entre o corpo da língua e a língua do corpo. É o que acontece também no poema do modernista: o boi sequestrado reaparece e supera a violência por meio da fala, na tentativa de inaugurar um tempo fecundo, instaurado sob o signo de Eros e Dionísio. Assim, ao animar o corpo e a voz desse boi brasileiro, o verso de "O girassol da madrugada" intui uma solução para o impasse de toda uma obra, senão de toda uma vida: romper o silêncio que suspendia o êxtase do menino Mário para nomear poeticamente o que não se podia dizer. O boi, enfim, dá nome aos bois.

Nesse breve momento eterno, a verdade da poesia fala mais alto, deixando no horizonte a promessa de um encontro luminoso entre o dito e o não dito. Promessa que se insinua a cada página desta *Seleta erótica de Mário de Andrade*, ela também se propondo como uma rapsódia que, ao acionar uma variedade de motivos sexuais, visa tão somente fazer jus a um escritor que acalentava o sonho de reunir a coisa em si e a coisa brasileira.

NOTA EDITORIAL

Este livro nasceu de uma interrogação sobre o erotismo na literatura de Mário de Andrade, a qual, com o passar do tempo, se desdobrou em perguntas mais pontuais, sem perder o foco na tópica da sexualidade. Conforme a pesquisa foi ganhando corpo, as questões foram se organizando até resultar nas oito partes que compõem a presente *Seleta*, a saber: "Artes de brincar", "O corpo da cidade", "Coisas de sarapantar", "Presença da dona ausente", "Imoralidades e desmoralidades", "Prazeres indestinados", "Brasileirismos, safadagens e porcarias" e "Confidências e confissões: alguma correspondência".

Fruto de uma visitação intensiva aos escritos do autor, o trabalho de seleção buscou contemplar tanto a variedade de gêneros por ele praticada quanto as diversas fases de sua obra, sem negligenciar aspectos biográficos ou editorias. Embora o volume tenha privilegiado os títulos mais representativos em termos de erotismo, com particular atenção aos textos canônicos, considerou-se pertinente apresentar exemplos da "obra imatura", ainda pouco conhecida, além de amostras da grande massa de manuscritos ainda não publicada. A decisão editorial, contudo, foi pautada pela riqueza da erótica marioandradina, que se manifesta de forma vigorosa em todo seu conjunto.

A quantidade de material levantado na pesquisa não só nos obrigou a supressões como também a cortes, de modo que parte dos textos aparece aqui por meio de excertos. Mesmo assim, o volume permite com se aprecie a volúpia do escritor no que concerne ao erotismo literário, para oferecer, não um sobrevoo, mas algumas paradas obrigatórias no imenso continente que constitui a sua produção, notadamente no que se refere ao sexo. Assim, ainda que o livro não esgote por completo o assunto, é na qualidade de um roteiro abalizado que ele se propõe a quem deseja aventurar-se nesse domínio.

No intento de tornar a leitura mais fluente, a grafia de algumas palavras foi atualizada pela norma vigente. Contudo, o processo de atualização da ortografia não foi absoluto, já que optamos por respeitar certas idiossincrasias de Mário de Andrade, tendo em vista seu projeto de aproximar a linguagem escrita literária da falada, como sistematizado em *A gramatiquinha da fala brasileira*. Por tal razão, mantivemos "cócecas", "de-noite", "de-dia", "diz-que", "meia-dúzia", "azul-marinho", "arranhacéus", "vilejo", "meidia", "pra", "milhor", "lião", "ólio", "si", "de-pé", "a-pé", "malestar", "meia", "milréis", "que-dê", "bêbeda" e "destamanho".

Com exceção de "Confidências e confissões: alguma correspondência", cada uma das outras sete partes da *Seleta* é composta por uma série variada de escritos de Mário de Andrade que, agrupados por afinidades temáticas, ganharam um título próprio neste livro. Cabe ressaltar que os termos desses títulos foram, na sua totalidade, retirados do escrito em questão, sendo cada qual seguido da referência à obra a que ele pertence, detalhada nas notas finais. Já no caso da apresentação e do posfácio, optamos por assinalar entre colchetes, diretamente no corpo do texto, as remissões às produções marioandradinas incluídas neste volume.

Afora isso, os textos foram reproduzidos tal qual aparecem nas suas fontes, formadas na sua integralidade pelas edições mais recentes que, no mais das vezes, contam com estabelecimentos e notas de estudiosos de Mário de Andrade. Cabe, portanto, remeter a leitora e o leitor desta *Seleta* a cada título do valioso conjunto que forma a Bibliografia apresentada no fim do volume, onde se encontram, além de estudos afins, introduções, prólogos, glossários, notas explicativas e outras informações de especial interesse para quem queira aprofundar o assunto.

ARTES DE BRINCAR

> MANO, VAMOS FAZER
> AQUILO QUE DEUS CONSENTE:
> AJUNTAR PELO COM PELO,
> DEIXAR O PELADO DENTRO.
>
> *Macunaíma: O herói sem nenhum caráter*

AS 3 F... NA REDE

Excerto suprimido / *Macunaíma*[1]

Um jeito engraçado era enrolar a rede bem e no rolo elástico sentados frente a frente brincarem se equilibrando no ar. O medo de cair condimentava o prazer e as mais das vezes quando o equilíbrio faltava os dois despencavam no chão às gargalhadas desenlaçados pra rir.

Outras feitas Ci balançava sozinha na rede, estendida de atravessado. Macunaíma convexando o corpo entre dois galhos baixos em frente buscava acertar no alvo o uiaquizê. Acertava bem. E aos embalanços chegando e partindo a brincadeira esquentava até que não aguentando mais o imperador partia também no voo da rede num embalanço final.

Outras feitas mais raras e mais desejadas o herói jurava pela memória da mãe que não havia de ser perverso. Então Ci enrolando os braços e as pernas nas varandas da rede numa reviravolta ficava esfregando o chão. Macunaíma vinha por debaixo, enganchava os pés nos pés da companheira, as mãos nas mãos e se erguendo do chão com esforço, principiavam brincando assim. Dava uma angústia de proibição esse jeito de brincar. Carecia de um esforço tamanho nos músculos todos se sustentando, o corpo do herói sempre chamado sempre puxado pelo peso da Terra. E quando a felicidade estava para dar flor o herói não se vencia nunca, mandando juramento passear. Abria alargado os braços e as pernas, as varandas da rede afrouxavam e os companheiros sem apoio tombavam com baque seco no chão. Era milhor que Vei, a Sol!

Ci tiririca se erguia sangrando e dava sovas tremendas no herói. Macunaíma adormecia no chão entre pauladas, não podendo viver mais de tanta felicidade. Era assim.

UM DEBOCHE DE ARDOR PRODIGIOSO

Excerto de "Ci, mãe do mato" / Macunaíma[2]

[...] O herói vivia sossegado. Passava os dias marupiara na rede matando formigas taiocas, chupitando golinhos estalados de pajuari e quando agarrava cantando acompanhado pelos sons gotejantes do cotcho, os matos reboavam com doçura adormecendo as cobras os carrapatos os mosquitos as formigas e os deuses ruins.

De-noite Ci chegava recendendo resina de pau, sangrando das brigas e trepava na rede que ela mesmo tecera com fios de cabelo. Os dois brincavam e depois ficavam rindo um pro outro.

Ficavam rindo longo tempo, bem juntos. Ci aromava tanto que Macunaíma tinha tonteiras de moleza.

— Puxa! como você cheira, benzinho!

que ele murmuriava gozado. E escancarava as narinas mais. Vinha uma tonteira tão macota que o sono principiava pingando das pálpebras dele. Porém a Mãe do Mato inda não estava satisfeita não e com um jeito de rede que enlaçava os dois convidava o companheiro pra mais brinquedo. Morto de soneira, infernizado, Macunaíma brincava para não desmentir a fama só, porém quando Ci queria rir com ele de satisfação:

— Ai! que preguiça!...

que o herói suspirava enfarado. E dando as costas pra ela adormecia bem. Mas Ci queria brincar inda mais... Convidava convidava... O herói ferrado no sono. Então a Mãe do Mato pegava na txara e cotucava o companheiro. Macunaíma se acordava dando grandes gargalhadas estorcegando de cócegas.

— Faz isso não, oferecida!

— Faço!

— Deixa a gente dormir, seu bem...
— Vamos brincar.
— Ai! que preguiça!...
E brincavam mais outra vez.

Porém nos dias de muito pajuari bebido, Ci encontrava o Imperador do Mato-Virgem largado por aí num porre mãe. Iam brincar e o herói esquecia no meio.

— Então, herói!
— Então o quê!
— Você não continua?
— Continua o quê!
— Pois, meus pecados, a gente está brincando e vai você para no meio!
— Ai! que preguiça...

Macunaíma mal esboçava de tão chumbado. E procurando um macio nos cabelos da companheira adormecia feliz.

Então para animá-lo Ci empregava o estratagema sublime. Buscava no mato a folhagem de fogo da urtiga e sapecava com ela uma coça coçadeira no chuí do herói e na nalachítchi dela. Isso Macunaíma ficava que ficava um lião querendo. Ci também. E os dois brincavam que mais brincavam num deboche de ardor prodigioso.

Mas era nas noites de insônia que o gozo inventava mais. Quando todas as estrelas incendiadas derramavam sobre a Terra um ólio calorento que ninguém não suportava de tão quente, corria pelo mato uma presença de incêndio. Nem a passarinhada aguentava no ninho. Mexia inquieta o pescoço, voava pro galho em frente e no milagre mais enorme deste mundo inventava de supetão uma alvorada preta, cantacantando que não tinha fim. A bulha era tremenda o cheiro poderoso e o calor inda mais.

Macunaíma dava um safanão na rede atirando Ci longe. Ela acordava feito fúria e crescia pra cima dele. Brincavam assim. E agora despertados inteiramente pelo gozo inventavam artes novas de brincar.

AQUELAS SAFADEZAS

Excerto de carta a Manuel Bandeira / São Paulo, 7 nov. 1927[3]

[...] Me esqueci: De fato o capítulo sobre "Ci, Mãe do Mato", aumentei por conselho de você. Se lembre que você me falou que pela importância que Ci tinha no livro, os brinquedos com ela estavam desimportantes por demais. Então matutei no caso, achei que você tinha razão e todas aquelas safadezas vieram então. Ficaram engraçadas, não tem dúvida, porém já arrependi de descrever as três f... na rede. Estou convencido que exagerei. Devia ter sido mais discreto e não deformar exagerando daquele jeito as coisas que escutei da rapaziada do Norte. Sobretudo devia ser mais enfumaçado e mais metafórico que nem fiz, e creio que bem, naquela cena do *Amar, verbo intransitivo*, em que depois duma *matinée* inteirinha encostando, perna com perna de Fraülein, Carlos não pode mais e se suja todo no quarto. Aí fui menos realista, bem mais lírico. Se *Macunaíma* algum dia tiver a honra duma segunda edição acho que refundo aquilo.

                                                Ciao.
                                                Mário.

COMO ELES PERDERAM A VIRGINDADE

Excerto de *Balança, Trombeta e Battleship*[4]

Foi, sem cerimônia, desabotoando o trapo de Trombeta nos botões que sobravam, e a menina ficou nua. Ela se ajuntou todinha ao contato do ar frio e Battleship, se rindo, borrifou um pouco de água no corpinho escuro, fizeram as pazes. Foi uma limpeza em regra. Aos poucos desaparecera de ambos a noção da alegria, era um trabalho; e o trabalho se fez com convicção. Só interrompeu a seriedade, o fato de chegar Balança, que ficou logo indignada com aquilo tudo e chamou Trombeta de senvergonha. Trombeta não sentiu nada porque o adjetivo era comum entre elas, embora só no momento parecesse ter sentido. Mas Battleship falou que Balança se aprontasse, que ele a lavaria também. Balança gritou que não, que não, seu isto! – uma palavra muito feia. Sentou numa raiz e ficou olhando de soslaio pros dois.

Trombeta ia ficando aos poucos outra gente. Saíra debaixo da sujeira quase um anjo claro, anjo brasileiro, é certo, de olhos e cabelos muito escuros, e um corpo copiado da mulataria na esbeltez. Mas, insexuada como os anjos, a sensação que Trombeta nos dava era a de grave segurança no pudor. Se ficava tão calmo, contemplando a menina, como deve ser o sentimento de paz depois de uma guerra comprida.

Assim Trombeta vinha saindo do riacho, esguia, quase um silvo, um silvo sim de cobra, eufônica junto dos mil ruidinhos que a natureza estava chorando naquele mato da manhã. Não se destacava nem se impunha, pé de carrapicho, pé de flor sem nome, bonita feito folha que a chuva lavou.

Battleship, esse estava feliz completamente, sentindo as forças matemáticas do arquiteto. Contemplou um bocado a menina toda entregue em se esconder na roupa nova, mas tinha trabalho duro a completar. Se voltou, lançando o braço:

— Agora você, Balança.

A menina, enroscada num tronco áspero como ela, estava espiando com desprezo, de soslaio sempre, aquela novidade que saíra da companheira, e tinha, tinha o desejo enorme daquelas fazendas que ninguém nunca usara. Mas que transportes a tomavam desde o instante em que enxergara Trombeta nua e Battleship de cuecas, ambos imensamente nus, se contagiando! E como se analisar? saber o que sentia?... Se o que sentia era um mundo tão novo, onde faltava nome ao mais mínimo afeto?... Balança? Balança estava medonha por dentro, era medo, era desejos, ciúmes, despeitos, era uma cólera hirsuta. A mão de Battleship resvalou nela apenas. A menina deu de banda com uma delícia de ritmos, e desembestaram os dois matinho adentro, convertendo outra vez a existência num brinquedo marginal. O erro, talvez erro procurado, foi Balança buscar o limpo pra correr. No matinho Battleship não alcançava ninguém. Doíam-lhe os pés desacostumados, se machucava muito, e a tristeza viria logo pousar no corpo do inglesinho algum gênero de lassidão. Mas Balança, alcançando o limite do mato, junto ao riacho, parou olhando pra trás. Battleship saiu bem mais pra cima, na vereda, dez passos além. Olhou de cuecas pro mundo, e era o mesmo deserto, só o burro ocupado com o seu capim. Arrancou na disparada, Balança hesitou no rumo e estava presa. Então bateu. Battleship foi aguentando, cheio de boas defesas, muito lorde no boxe, mas chegou a vez dum tapa que machucou. O branco não teve mais contemplação: com dois bofetes Balança parou chorando. Isso é que ele queria, sentiu prazer inesquecível, gosto de prolongar o sofrimento da vencida, foi ralhando muito com ela, em inglês, chamando ela de "senvergonha" também, e outros nomes feios que escutara mais vezes por aí. E agora Balança nunca mais fugiria dos pulsos que a puxavam pro lugar do banho. Trombeta estava lá, toda de azul, se rindo. Mas foi só quando enxergou Trombeta que Balança compreendeu definitivamente: o banho era impossível mesmo. Se debateu de novo, Battleship também era cabeçudo, e a briga de ambos tomou tais proporções, tanto ódio verdadeiro, que não era fácil mais adivinhar quem venceria. E os gritos de Balança haviam de chamar alguém, pelo menos a velha. Mas o pickpocket sentia um verdadeiro terror por qualquer ruído sem discrição. De repente empurrou Balança pra longe, largou-a, ela caiu na concha da vereda. Trombeta estava ficando enormemente séria por não compreender. Balança e Battleship arfavam, imóveis, se olhando com lumes diabólicos do olhar. Houve um momento incompreensível pros três, até que o deslumbramento chegou.

Foi que, quando Battleship perguntou furioso porque ela não queria se lavar também, ficar linda, Balança, vai, recomeçando o choro, disse que estava com vergonha de Trombeta. E foi o deslumbramento.

— Eu viro, sua isto! desferiu Trombeta logo, botando a língua pra legítima "senvergonha" que pusera o mal na roda.

Balança também botou logo a língua, enquanto Trombeta lhe dava as costas mais que depressa, pra não receber o insulto em cheio sobre o olhar. Insulto de botar a língua era dos mais fortes entre elas, mas só enquanto se enxergava o gesto da outra. "Ahan" Balança fez, reforçando o insulto com som, pra Trombeta escutar. Tudo mecânico, sem nenhuma convicção. Os três estavam longe, em que mundos não sabiam, por demais deslumbrados.

Mas Battleship imaginou que tudo era por causa das meninas estarem brigando, e alvitrou que pois então Trombeta podia voltar pro rancho, fazer a comida da velha. Trombeta partiu num rompante, mexendo a bundinha com raiva, nada curiosa, mas sofrendo a ingratidão do amigo, meio disfarçando a primeira lágrima feminina dos seus olhos. Deixara uma encabulação difícil nos dois sozinhos, o que era aquilo! eles pensaram sem nenhuma resposta do ser. Mas Battleship era menos completo, era homem:

— Venha agora, Balança…

murmurou com mansidão, por não suportar mais tempo o malestar, isto é, a imediatez do mal que estava ali. Então Balança veio e ficou nua.

E para os olhos dos insetos se balouçando sobre as águas, nada eles puseram de mal nessa lavação. Apenas estavam muito sérios, e a alegria grátis, que nasce de si mesma, não dá nada e nada exige, essa devia andar por outros seres, noutros riachos, talvez apenas nalgum mato sem ninguém.

Battleship, primeiro sentado, depois de cócoras na tábua, lavava sempre com vigor. A esponja procurava o corpo imóvel de Balança e se esmigalhava em jorros de água, enquanto aos poucos a sujeira se diluía listrando o corpo da menina em fios compridos. Os olhos dela fixavam atentos a vereda, temendo que Trombeta viesse. Battleship, imerso no trabalho, falava ralhos meigos, de voz grave, que Trombeta era muito boazinha, que elas não deviam brigar tanto assim. Havia uma presença vermelha de Trombeta ali, uma presença insuportável. O corpo moreno de Balança emergia da limpeza parece que mais moreno, um ocre rutilante que as sombras do matinho acentuavam num quase negro, ao mesmo tempo que empalideciam mais o branco violento do torso de Battleship. E tudo pronto, depois dum tempo longo que surpreendeu os dois pela curteza, quando o inglesinho quis levantar pra se rever na obra pronta, ele percebeu que, erguido, havia de mostrar pra menina a indiscrição aguda em que se achava e teve um imenso dó. Agarrou sem brinquedo Balança pelo corpo e pelas pernas, suspendeu-a no colo e assim pôde se erguer n'água. Balança principiou chorando miúdo no ombro dele, e, patinhando n'água, depois no lamedo, e afinal marchando na terra firme, Battleship carregou a menina até a vereda, onde o vestido azul a esperava para disfarçar a virgindade que eles tinham perdido n'água.

Dizei, ôh periquitos do ar e piabas d'água, onde nos fica a virgindade!... Nem Battleship, nem Trombeta, nem Balança tinham abandonado aquela integridade física que deixa os seres tão sem destino e pueris. Quanto a saber, sabiam de tudo. Balança, Trombeta e Battleship já eram sabidíssimos nesses caminhos da vida, nenhuma hesitação teriam no cumprir o ato do amor. Se diria que a virgindade não depende nem do corpo nem das sabenças do espírito, mas da consciência de um erro grande da natureza, de que somos todos vítimas... Trombeta, Balança bem que já podiam ter encontrado na várzea algum rapaz destorcido que as derrubasse no chão. Sairiam do sangue zangadíssimas, chamando de "senvergonha", disto e mais aquilo, o rapagão se rindo. Continuariam virginais. E o mesmo com o pickpocket que olhava uma mulher de alto a baixo, distinguia as boas, comentava doenças, mas jamais não deixara que uma deusa de Londres lhe guardasse os dedos mais que o tempo de um chequendes. O beijo? porcaria.

Pois com o espaço de um banho sério, ganha desde ontem a noção agradável das companheiragens, agora aqueles três tinham como a antecipação dolorosa de que a amizade havia de ser terrível pra eles, devido a ter a diferença de homens e mulheres neste mundo. Não se compreendiam ainda, nem a ternura tivera espaço e experiência pra aveludar aqueles três corações fechadinhos. Elas só o que tinham por enquanto era confiança no moço e batera em Battleship o desejo do prestígio e de apadrinhar, isso apenas.

Mas Balança estragara tudo por causa do temperamento mais inventivo. Num ímpeto primaveril de curiosidade, inventou a vergonha e sexuou todos. Eles não provinham mais nem do sal das águas nem do barro de Deus: provinham daquela vitória dos vivos que faz prevalecer, sobre o destino perverso das diferenças, o instinto da felicidade. E eles só viram então o presente, mui dourado e irregular, por detrás de uma dedicação exclusivista, aí está. Trombeta lá na panela mexendo, não escutava mesmo nada os ralhos da velha, deslumbrada. Balança no riacho limpa, enxergara sequer no espaço alguma libélula prateando, deslumbrada. Battleship, surpreso, ignorava se a limpeza fora total na menina. Se sentiam todos três jogados num turbilhão de ansiedades, desinfelizes todos os três, com uma pressa indestinada, muito inculta, muito grosseira, agora que estavam tão delicados por dentro, delicadíssimos, só capazes de acarinhar. E assim um riacho de chuva levou a virgindade dos três.

A VIRGINDADE DA ORELHA

Excerto de *O Turista Aprendiz*[5]

A TRIBO DOS PACAÁS NOVOS. Ontem, no passeio de lancha, tivemos ocasião de visitar a tribo dos pacaás novos, bastante curiosa pelos seus usos e costumes. Nem bem estávamos a um quarto de légua da tribo, já principiou nos comovendo bem desagradavelmente um cheiro mas tão repulsivo que só com muito trabalho consegui vencer, chegando até o mocambo. Infelizmente minhas companheiras de viagem desistiram de ir ver, o que faz com que não possam testemunhar tudo quanto admirei. Quando ia chegando, uns curumins brincando no trilho deram o alarme de maneira muito estranha, sem um grito. Saltavam, movendo as perninhas no ar com enorme rapidez e variedade de gestos pernis. Imaginei que era medo de gente branca mas não era não. Nem bem avistei a taba, foram saindo das casas e me cercando sem a menor cerimônia, um mundo de homens e mulheres espantosamente trajados. Os curumins, esses então positivamente me agrediram, me dando muitos pontapés da mais inimaginável variedade. Isso, moviam os dedinhos desses mesmos pés com habilidade prodigiosa de desenvoltura. Por causa da minha profissão de professor de piano, me pus observando principalmente o movimento do quarto dedo, era assombroso! Creio que nem um por cento dos pianistas de São Paulo (e sabemos que são milhões) possui semelhante independência de dedilhação. Um índio velho veio logo falando que era o intérprete e ganhava sete mil-réis por hora. Me sujeitei e ele foi contando que com aqueles gestos a meninada estava me pedindo presentes, sempre a mesma coisa...

Voltemos à gente grande. O traje deles, se é que pode-se chamar aquilo de traje, era assim: estavam inteiramente nus e com o abdômen volumosíssimo pintado com duas rodelas de urucu, uma de cada lado, tudo aveludando por causa duma farinha finíssima, bem parecida com pó-de-arroz, esparzida por cima. No pescoço porém, uma corda forte de tucum sarapintado amarrava um tecido de curauá muito fino, ricamente enfeitado com fitinha de canarana e uma renda delicadíssima feita com filamento de munguba. Com isso formavam uma espécie de saia, que em vez de cair sobre os ombros e cobrir o corpo, se erguia suspendida por barbatanas oscilantes. Assim erguida pro céu, a saia tapava por completo a cabeça dos índios, tendo apenas na frente um orifício minúsculo dando saída à visão. Por esse orifício percebi que os índios ainda traziam a cabeça completamente resguardada por outra peça, a que, segundo um etnólogo alemão, os pacaás novos chamavam, lá na língua deles, de "Kuè-ka", palavra visivelmente derivada do português.

Eu estava espantado, na contemplação de semelhante vestimenta, quando, por causa do sol, senti cócecas no nariz desesperado com o cheiro e soltei um colarzinho de espirros. Pra que fui fazer isso! As mulheres se retiraram fugindo pro fundo das malocas, fazendo gostosos gestos com as pernas, que depois soube serem gestos de muita reprovação. Os homens porém, e a curuminzada, principiaram movendo os ombros e as barrigas com tamanha expressão, que sem mesmo ajuda de intérprete percebi que tinham caído na risada. Pois nem um som se escutava! Riam com os ombros, com a barriga e as pernas. Aliás, os gestos que faziam, principalmente com as pernas e os movimentadíssimos dedos dos pés eram tão expressivos em pontapés e contorções, repito, de uma variedade inexaurível, que eu, bastante versado em línguas, falando o alemão, o inglês, o latim e o russo com desenvoltura, além dos meus regulares conhecimentos de francês, tupi, português e outras falas, logo me familiarizei com o idioma dos pacaás e entendi muito do que estavam pensando e se comunicando.

O intérprete, ao mesmo tempo, me explicava os costumes da tribo. Falava baixinho, desagradavelmente com a boca encostada no meu ouvido, mas assim mesmo os índios davam demonstração de suportarem a custo os nossos cochichos. Os pacaás novos diferem bastante de nós. Pra eles o som oral e o som da fala são imoralíssimos e da mais formidável sensualidade. As vergonhas deles não são as que nós consideramos como tais. O que escondemos por discrição e nossas leis, eles fazem na frente de quem quer que seja, com a mesma naturalidade com que o nossa caipira solta uma gusparada. Porém espirro, por exemplo, ou qualquer outro som da boca ou do nariz, isso é barulho que a gente solta só consigo, eles consideram. De forma que se um pacaá sente vontade de espirrar, sai numa disparada louca, entra no mato, mete a cabeça na serrapilheira mais folhuda e espirra só, com muita educação.

Consideram o nariz e as orelhas as partes mais vergonhosas do corpo, que não se mostra a ninguém, nem aos pais, só marido e mulher na mais rigorosa intimidade. Escutar pra eles é o que nós chamamos pecado mortal. Falar, é o máximo da sensualidade. Se os atos da procriação são de qualquer lugar, hora e presença alheia, isto só não se dá com muita frequência, pelo dever moral que eles têm de esconder os gestos excitatórios do amor, exclusivamente provenientes da fonação.

Existe entre eles uma instituição, assimilável ao sacramento do matrimônio; e quando um homem se apaixona por uma cunhã, os dois principiam com assobiozinho da mais delicada sutileza, é o namoro. Um belo dia o namorado chega na casa do pai da pequena e diz que veio pedir a voz dela, diz com os pés está claro, questão de um pontapé bem doído. Se o pai concede, depois de um bacororô, tudo em silêncio e com muita coisa pra nós feíssima, o casal novo segue pra casa e de portas fechadas principiam numa falação que não acaba mais. Até parecem nordestinos, só que estes não descendem dos pacaás novos não, descendem de holandeses. No outro dia, ali por volta do meio-dia, os pais da noiva chegam na porta do casal e sacudindo as paredes dão aviso da chegada. Então, se a recém-casada bota a boca numa fendazinha do pau a pique e solta um assobio, é que está consumado o matrimônio. Em caso contrário, comem o marido.

Falar nisso: o ato de comer também é considerado condenabilíssimo. De formas que os pacaás constroem, atrás de suas moradias, umas casinhas solitárias, onde tem sempre armazenados milho em pó, banana, jabá e paçoca de peixe, comida habitual deles. Quando um índio da fratria sente fome (estes índios são exogâmicos e se dividem por fratrias pra casar), disfarça, põe reparo se ninguém está olhando pra ele e escafede. Se fecha bem na casinha e come quanto quer. Se acaso acontece outra pessoa da fratria ir lá pra comer também e bate na porta fechada, o de dentro põe o dedo mindinho do pé esquerdo entre as folhagens do telhado e mexe ele bem – frase que aproximativamente corresponde ao nosso tradicional "Tem gente". Aliás essa história de casinhas dá ocasião a muita imoralidade nas crianças. Não é raro os pais pegarem meninos e meninas até já taludinhos de oito anos, comendo juntos!

Esta é mui por alto a maneira de viver dos pacaás novos. Deixei de contar muita coisa, por exemplo, que é seveníssima entre eles a noção da virgindade (orelha); que são polígamos etc. Quer dizer: os homens é que são polígamos, as mulheres são monógamas. Talvez conte outro dia que isso de viagem, por mais divertido que seja o país, sempre há momentos desinteressantes.

Só não quero esquecer de lembrar que, por causa dos contatos com os brancos, os costumes da tribo já estão bastante aculturados. Assim, por exemplo, fazia pouco que tivera um escândalo famoso entre os depravados da tribo. Uma dançarina pacaá, numa espécie de cabaré erguido por ela mesma a légua e meia da taba, anunciara espetáculos de nu artístico, aparecendo inteiramente vestida mas com a boca de fora, e cantando canções napolitanas que aprendera com o regatão peruano que tirara a orelha dela. O escândalo foi tamanho que precisou o pajé fazer um sermão esperneadíssimo contra a decadência dos costumes. Então as cunhãs, que estavam despeitadíssimas, se reuniram, foram lá e comeram a dançarina.

POR BAIXO DA CAMISOLA

Excerto de "Tempo da camisolinha" / *Contos novos*[6]

A feiura dos cabelos cortados me fez mal. Não sei que noção prematura da sordidez dos nossos atos, ou exatamente, da vida, me veio nessa experiência da minha primeira infância. O que não pude esquecer, e é minha recordação mais antiga, foi, dentre as brincadeiras que faziam comigo para me desemburrar da tristeza em que ficara por me terem cortado os cabelos, alguém, não sei mais quem, uma voz masculina falando: "Você ficou um homem, assim!". Ora eu tinha três anos, fui tomado de pavor. Veio um medo lancinante de já ter ficado homem naquele tamanhinho, um medo medonho, e recomecei a chorar.

Meus cabelos eram muitos bonitos, dum negro quente, acastanhado nos reflexos. Caíam pelos meus ombros em cachos gordos, com ritmos pesados de molas de espiral. Me lembro de uma fotografia minha desse tempo, que depois destruí por uma espécie de polidez envergonhada… Era já agora bem homem e aqueles cabelos adorados na infância, me pareceram de repente como um engano grave, destruí com rapidez o retrato. Os traços não eram felizes, mas na moldura da cabeleira havia sempre um olhar manso, um rosto sem marcas, franco, promessa de alma sem maldade. De um ano depois do corte dos cabelos ou pouco mais, guardo outro retrato tirado junto com Totó, meu mano. Ele, quatro anos mais velho que eu, vem garboso e completamente infantil numa bonita roupa marinheira; eu, bem menor, inda conservo uma camisolinha de veludo, muito besta, que minha mãe por economia teimava utilizar até o fim.

Guardo esta fotografia porque se ela não me perdoa do que tenho sido, ao menos me explica. Dou a impressão de uma monstruosidade insubordinada. Meu irmão, com seus oito anos, é uma criança integral, olhar vazio de experiência, rosto rechonchudo e lisinho, sem caráter fixo, sem malícia, a própria imagem da infância. Eu, tão menor, tenho esse quê repulsivo do anão, pareço velho. E o que é mais triste, com uns sulcos vividos descendo das abas voluptuosas do nariz e da boca larga, entreaberta num risinho pérfido. Meus olhos não olham, espreitam. Fornecem às claras, com uma facilidade teatral, todos os indícios de uma segunda intenção.

Não sei por que não destruí em tempo também essa fotografia, agora é tarde. Muitas vezes passei minutos compridos me contemplando, me buscando dentro dela. E me achando. Comparava-a com meus atos e tudo eram confirmações. Tenho certeza que essa fotografia me fez imenso mal, porque me deu muita preguiça de reagir. Me proclamava demasiadamente em mim e afogou meus possíveis anseios de perfeição. Voltemos ao caso que é melhor.

Toda a gente apreciava os meus cabelos cacheados, tão lentos! e eu me envaidecia deles, mais que isso, os adorava por causa dos elogios. Foi por uma tarde, me lembro bem, que meu pai suavemente murmurou uma daquelas suas decisões irrevogáveis: "É preciso cortar os cabelos desse menino". Olhei de um lado, de outro, procurando um apoio, um jeito de fugir daquela ordem, muito aflito. Preferi o instinto e fixei os olhos já lacrimosos em mamãe. Ela quis me olhar compassiva, mas me lembro como se fosse hoje, não aguentou meus últimos olhos de inocência perfeita, baixou os dela, oscilando entre a piedade por mim e a razão possível que estivesse no mando do chefe. Hoje, imagino um egoísmo grande da parte dela, não reagindo. As camisolinhas, ela as conservaria ainda por mais de ano, até que se acabassem feitas trapos. Mas ninguém percebeu a delicadeza da minha vaidade infantil. Deixassem que eu sentisse por mim, me incutissem aos poucos a necessidade de cortar os cabelos, nada: uma decisão à antiga, brutal, impiedosa, castigo sem culpa, primeiro convite às revoltas íntimas: "É preciso cortar os cabelos desse menino".

Tudo o mais são memórias confusas ritmadas por gritos horríveis, cabeça sacudida com violência, mãos enérgicas me agarrando, palavras aflitas me mandando com raiva entre piedades infecundas, dificuldades irritadas do cabeleireiro que se esforçava em ter paciência e me dava terror. E o pranto, afinal. E no último e prolongado fim, o chorinho doloridíssimo, convulsivo, cheio de visagens próximas atrozes, um desespero desprendido de tudo, uma fixação emperrada em não querer aceitar o consumado.

Me davam presentes. Era razão pra mais choro. Caçoavam de mim: choro. Beijos de mamãe: choro. Recusava os espelhos em que me diziam bonito. Os cadáveres de meus cabelos guardados naquela caixa de sapatos: choro. Choro e recusa. Um não-conformismo navalhante que de um momento pra outro me virava homem-feito, cheio de desilusões, de revoltas, fácil para todas as ruindades. De-noite fiz questão de não rezar; e minha mãe, depois de várias tentativas, olhou o lindo quadro de N. S. do Carmo, com mais de século na família dela, gente empobrecida mas diz-que nobre, o olhou com olhos de imploração. Mas eu estava com raiva da minha madrinha do Carmo.

E o meu passado se acabou pela primeira vez. Só ficavam como demonstrações desagradáveis dele, as camisolinhas. Foi dentro delas, camisolas de fazendinha barata (a gloriosa, de veludo, era só para as grandes ocasiões), foi dentro ainda das camisolinhas que parti com os meus pra Santos, aproveitar as férias do Totó sempre fraquinho, um junho.

Havia aliás outra razão mais tristonha pra essa vilegiatura aparentemente festiva de férias. Me viera uma irmãzinha aumentar a família e parece que o parto fora desastroso, não sei direito... Sei que mamãe ficara quase dois meses de cama, paralítica, e só principiara mesmo a andar premida pelas obrigações da casa e dos filhos. Mas andava mal, se encostando nos móveis, se arrastando, com dores insuportáveis na voz, sentindo puxões nos músculos das pernas e um desânimo vasto. Menos tratava da casa que se iludia, consolada por cumprir a obrigação de tratar da casa. Diante da iminência de algum desastre maior, papai fizera um esforço espantoso para o seu ser que só imaginava a existência no trabalho sem recreio, todo assombrado com os progressos financeiros que fazia e a subida de classe. Resolvera aceitar o conselho do médico, se dera férias também, e levara mamãe aos receitados banhos de mar.

Isso foi, convém lembrar, ali pelos últimos anos do século passado, e a praia do José Menino era quase um deserto longe. Mesmo assim, a casa que papai alugara não ficava na praia exatamente, mas numa das ruas que a ela davam e onde uns operários trabalhavam diariamente no alinhamento de um dos canais que carreavam o enxurro da cidade para o mar do golfo. Aí vivemos perto de dois meses, casão imenso e vazio, lar improvisado cheio de deficiências, a que o desmazelo doentio de mamãe ainda melancolizava mais, deixando pousar em tudo um ar de mau trato e passagem.

É certo que os banhos logo lhe tinham feito bem, lhe voltaram as cores, as forças, e os puxões dos nervos desapareciam com rapidez. Mas ficara a lembrança do sofrimento muito grande e próximo, e ela sentia um prazer perdoável de representar naquelas férias o papel largado da convalescente. A papai então o passeio deixara bem menos pai, um ótimo camarada com muita fome e condescendência. Eu é que não tomava banho de mar nem que me batessem! No primeiro dia, na roupinha de baeta calçuda, como era a moda de então, fora com todos até a primeira onda, mas não sei que pavor me tomou, dera tais gritos, que nem mesmo o exemplo sempre invejado de meu mano mais velho me fizera mais entrar naquelas águas vivas. Me parecia morte certa, vingativa, um castigo inexplicável do mar, que o céu de névoa de inverno deixava cinzento e mau, enfarruscado, cheio de ameaças impiedosas. E até hoje detesto banho de mar... Odiei o mar, e tanto, que nem as caminhadas na praia me agradavam, apesar da companhia agora deliciosa e faladeira de papai. Os outros que fossem passear, eu ficava no terreno maltratado da casa, algumas árvores frias e um capim amarelo, nas minhas conversas com as formigas e o meu sonho grande. Ainda apreciava mais, ir até à borda barrenta do canal, onde os operários me protegiam de qualquer perigo. Papai é que não gostava muito disso não, porque tendo sido operário um dia e subido de classe por esforço pessoal e Deus sabe lá que sacrifícios, considerava operário má companhia pra filho de negociante mais ou menos. Porém mamãe intervinha com o "deixe ele!" de agora, fatigado, de convalescente pela primeira vez na vida com vontades; e lá estava eu dia inteiro, sujando a barra da camisolinha na terra amontoada do canal, com os operários.

    Vivia sujo. Muitas vezes agora até me faltavam, por baixo da camisola, as calcinhas de encobrir as coisas feias, e eu sentia um esporte de inverno em levantar a camisola na frente pra o friozinho entrar. Mamãe se incomodava muito com isso, mas não havia calcinhas que chegassem, todas no varal enxugando ao sol fraco. E foi por causa disso que entrei a detestar minha madrinha, N. S. do Carmo. Não vê que minha mãe levara pra Santos aquele quadro antigo de que falei e de que ela não se separava nunca, e quando me via erguendo a camisola no gesto indiscreto, me ameaçava com a minha encantadora madrinha: "Meu filho, não mostre isso, que feio! repare: sua madrinha está te olhando na parede!". Eu espiava pra minha madrinha do Carmo na parede, e descia a camisolinha, mal convencido, com raiva da santa linda, tão apreciada noutros tempos, sorrindo sempre e com aquelas mãos gordas e quentes. E desgostoso ia brincar no barro do canal, botando a culpa de tudo no quadro secular. Odiei minha madrinha santa.

Pois um dia, não sei o que me deu de repente, o desígnio explodiu, nem pensei: largo correndo os meus brinquedos com o barro, barafusto porta adentro, vou primeiro espiar onde mamãe estava. Não estava. Fora passear na praia matinal com papai e Totó. Só a cozinheira no fogão perdida, conversando com a ama da Mariazinha nova. Então podia! Entrei na sala da frente, solene, com uma coragem desenvolta, heroica, de quem perde tudo mas se quer liberto. Olhei francamente, com ódio, a minha madrinha santa, eu bem sabia, era santa, com os doces olhos se rindo pra mim. Levantei quanto pude a camisola e empinando a barriguinha, mostrei tudo pra ela. "Tó! que eu dizia, olhe! olhe bem! tó! olhe bastante mesmo!". E empinava a barriguinha de quase me quebrar pra trás.

Mas não sucedeu nada, eu bem imaginava que não sucedia nada... Minha madrinha do quadro continuava olhando pra mim, se rindo, a boba, não zangando comigo nada. E eu saí muito firme, quase sem remorso, delirando num orgulho tão corajoso no peito, que me arrisquei a chegar sozinho até a esquina da praia larga. [...]

HOME E FEMME

"Desafio entre a Cavilosa e Jeróme" / *O Turista Aprendiz*[7]

Ela: A onça ronca na serra
    O lajero embaixo treme
    Se tu cuidas que eu sou home
    Tás enganado, sou feme.

Ele: A onça ronca na serra
    O lajero treme embaixo,
    Se tu pensas que eu sou feme,
    Tás enganado, sou macho.

Ela: Eu me chamo Cavilosa
    Corto mais do que navaia,
    Tenho uma saia de chita
    E um paletó de cambraia,
    Se acaso levanto a perna,
    O cabra adiante desmaia.

Ele: Cavilosa, tu não sabe
    É preciso que eu te diga?
    Se tu levantas a perna
    A saia também arriba,
    Mulher que encrenca comigo
    Depressa cresce a barriga.

Ela: Peguei-me com Jeróme véio
    No pátio da Conceição
    Dei-lhe baque, dei-lhe estouro
    Que abriu terra e tremeu chão.

DESEJO, PERSONAGEM PRINCIPAL

"Eva" / *Obra imatura*[8]

PERSONAGENS

Eva Meia-dúzia de anos mais dois. Muito brasileira. Do famoso moreno alaranjado que é a melhor fruta da nossa terra. Grandes olhos móveis misteriosos promissores, marechais do amor. Cabeleira dum azulmarinho quase preto, crespa enorme, reminiscência de algum antepassado longínquo... menos português.

Julinho Primo dela. Doze anos sem beleza a não ser a da força que se desenvolve bebendo ar livre pelos poros, guardando sol nas veias.

Dona Júlia Mãe dele. Boa mãe.

Chácara perto da Pauliceia.

1ª CENA
(*Cena de pouco valor mas indispensável. Sem ela o Desejo personagem principal não abrolhava no lábio pequenino de Eva. Larga sala aberta para o grande sol dum meio-dia de janeiro. Julinho e Eva folheiam revistas antigas. Dona Júlia a um canto faz crochê*).

Eva (*batendo com uma das minúsculas patinhas no pernão do primo*) Vamos!
Julinho (*deixando a leitura*) Faz tanto sol!...
Eva (*numa voz que para que a comparação seja acessível ao primo seria feita daqueles bolinhos lambuzados de calda que mamãe fez de manhã*) Ora vamos, sim? Você mora aqui, não gosta... Mas eu vivo na cidade sempre dentro de casa...

Julinho Mas mamãe não deixa...
Eva Peça para ela!
Julinho Então peça você!
Eva (*alindando o passeio com o travor das coisas más*) Eu não, Deus me livre!
Julinho Pois eu não peço.
Dona Júlia Pedir o quê?
Eva (*colorindo-se*) É Julinho que está me convidando para irmos brincar lá fora...
Julinho (*furioso*) Eu...
(*De novo a patinha virginalmente calçada de branco trabalha. Há energia e doçura na sua imposição. Julinho cala-se.*)
Dona Júlia Mas está fazendo tanto sol...
Eva Ele diz que é na sombra das jabuticabeiras...
Dona Júlia E depois vocês vão comer alguma fruta verde...
Eva Quem é que há-de comer fruta com este calor! Pode fazer mal, não é, titia?
Dona Júlia Parece que você tem mais vontade de ir ao pomar que o Julinho...
Eva (*roxa*) Eu?... até que não! (Pondo martírios na voz) Mas também queria ir... Na cidade não saio nunca!...
Dona Júlia Pois bem, vão. Mas só na sombra das jabuticabeiras. E... olhem! Não me vão comer nenhuma maçã: estão muito verdes ainda e não quero doença.
Eva Sim senhora!
(*Levantam-se ambos, dão-se as mãos, saem correndo. Na porta Eva para. Larga o primo, volta até onde dona Julia trabalha e dá-lhe um beijo nos cabelos. E entrega-se voluptuosamente à carícia rústica da luz.*)

2ª CENA
(*Lá fora. Poucas árvores. Muitas arvoretas. Pomar ridiculamente europeu de cidade sulamericana civilizada. Há maçãs azedíssimas e retortas, pêssegos bichados, uvas que são limões e peras com sabor de água fervida. Dez ou mais jabuticabeiras*

demonstram o bom senso antigo de algum pomareiro anônimo e dão sombra valorizando a chácara com a doçura das suas frutas. Os meninos dirigem-se para o sombral.)

Eva (*tristonha*)   Ai...
Julinho   Você está triste, Eva?
Eva (*confessando*)   Não. Não tenho nada.
Julinho (*carinhoso sem querer*)   Zangou comigo, é?
Eva   Não. Também por que você não falou que queria vir?
Julinho   Não falei porque não era verdade. Não gosto de mentira. (*Um silêncio*). Você está chorando!
Eva (*soluçando com lindos gritinhos finos de camundongo*)   Você disse que eu sou uma mentirosa!
Julinho (*mentindo*)   Eu!...
Eva   É! você não gosta nada de mim, sabe? Vive sempre a me xingar!
Julinho   Não xinguei ninguém, Eva. (*Tomando-lhe a mão*). Vamos brincar. Enxugue os olhos.
Eva   Então me empreste o lenço.
Julinho   Tome.
(*Eva oferece-lhe os olhos a enxugar, mais claros mais vivos quase sonoros quase perfumados como a terra depois da chuva. Julinho desajeitado rude procura limpá-los com carinho*).
Julinho   Passou?
Eva (*sorrindo*)   Feio!
(*Estão sob as jabuticabeiras.*)
Julinho   Agora do que vamos brincar?
Eva   Não sei. Vamos passear!
Julinho   Mas você disse que íamos ficar debaixo das jabuticabeiras.
Eva   Queria passear um pouco... Estou tão triste!...
Julinho   Mas mamãe...
Eva   Mas se ela não vê a gente! Que tem? (*Pega-lhe a mão e olhando-o nos olhos vitoriosa rindo sorrindo puxa-o para o sol.*)

Julinho (*dá de ombros e a segue*)   Você tem cada uma, Eva!
(*Vão pela rua de mirradíssimas parreiras.*)
Julinho   Mas aonde você vai!
Eva   Não sei, à-toa...
Julinho   Ih! que sol! Pode dar dor-de-cabeça...
Eva   Quer ficar fique! Dá dor-de-cabeça para quem é bobo... Me dê o lenço eu amarro na sua cabeça.
(*Ele deixa-se cobrir. Um longo silêncio enquanto atravessam o terreno das pereiras.*)
Eva   O sol me queima todo o cabelo! Se eu também tivesse um lenço... Não faz mal, gosto tanto de passear assim! (*Um silêncio. Passa a mão nos cabelos.*) Veja como a minha cabeça queima, ponha a mão.
Julinho   Pois vamos voltar, Eva!
Eva   Quando eu chegar em casa hei-de contar pra mamãe que você nunca faz a minha vontade. (*Suspirando*) Se eu tiver dor-de-cabeça não faz mal...
Julinho (*tirando o lenço da cabeça*)   Tome o meu lenço.
Eva   Não quero. Pois sim. Então amarre você. Sua cabeça não deve doer, dizem que os homens são mais fortes que as mulheres... Você acha?
Julinho (*convencido*)   Acho.
Eva (*enquanto o primo lhe amarra o lenço no queixo*)   Vamos ver quem é mais forte de nós dois?
Julinho   Ora! você é uma pirralha que não vale nada. Ai! Ora Eva! Brinquedo de mordida não gosto! Olhe aí como ficou minha mão! Quando chegar em casa mostro para mamãe.
Eva   Você falou que era mais forte que eu!...
Julinho   Morder não é força!
Eva   Deixe ver a mão.
Julinho   Não me amole!
Eva   Deixe ver. (*Levanta-lhe a mão até a boca*)
Julinho (*puxando o braço*)   Outra vez, Eva!
Eva   Não vou morder! (*Procura levar a mão do primo aos lá-*

bios. *Julinho resiste.*) Já falei que não vou morder! te juro! (*Beija deliciosamente suave as pequeninas manchas roxas dos dentes na grossa mão escura de Julinho.*)

Eva   Sarou?

Julinho (*admirado*)   Ora essa! está doendo! ocê pensa que uma mordida sara à-toa?!

Eva (*desapontada*)   Quando me machuco papai me dá um beijo e sara...

Julinho   Pois minha mão está doendo ainda! Queria dar uma mordida em você e depois dar um beijo para ver se sarava...

Eva   Pois dê!

Julinho   Tire a mão da minha boca, Eva!

(*Atingiram as macieiras. É o fim do pomar. Cada árvore magra ostenta ridiculamente os frutos verdes disformes crestados pelo ímpeto do calor.*)

Julinho   Agora vamos voltar!

(*Eva não responde. Vagueia olhando sorrateira para as frutas.*)

Eva   Você já provou essas maçãs, Julinho?

Julinho   Já. Não prestam.

Eva   A-o-quê! Devem ser boas!...

Julinho   Não são. E depois agora ainda estão muito verdes.

Eva   Até aquela grande ali em cima! Parece bem madura...

Julinho   Está verde. Você ouviu muito bem mamãe dizer que elas estão verdes.

Eva   Mas tia Júlia não sabia daquela! Estas sim, parecem todas verdes mas aquela... Esta por exemplo ainda não presta.

Julinho   Não apanhe, Eva!

Eva — Não vou apanhar! Não careço das maçãs da sua casa! É só apalpar...

(*E continua apalpando as maçãs pequeninas mas a outra, a Maçã, ela não alcança.*)

Eva   Aquela... aposto que é boa! Apalpe você que é mais alto só para ver.

Julinho Eu não. Mamãe disse que não mexêssemos nas frutas.
Eva Bobo. Ela disse para não comer. Apalpar, ela não falou nada. Apalpe só para ver...
Julinho (*tocando a maçã*)   Não falei! Está verde!
Eva Não é assim! Aperte com a mão inteira! Segure forte!
Julinho Estou segurando, Eva! Não serve!
Eva (*dando-lhe um violento puxão no braço*) Ui! Viu! quase caí!
Julinho (*com a maçã na mão furioso*)   Olhe o que você fez!
Eva Ih! Você apanhou a maçã! E agora! Também eu não podia cair!
Julinho Você fez de propósito, sabe!
Eva Ah, Julinho... Então você pensa que eu era capaz disso!... Credo! nunca pensei... E agora? O que você vai fazer da maçã?
Julinho (*mais herói que o presidente norteamericano*)   Levo para casa e conto.
Eva Tia Júlia vai pôr você de castigo...
Julinho (*já culpado hesitando*)   Então atiro do outro lado do muro.
Eva Uma fruta tão gostosa! Deixa ver. E está macia! (*Dá-lhe uma dentada*) Hum... esplêndida! Quer provar?
Julinho (*com muita vontade*)   Não.
Eva Experimente! parece mel!
(*Julinho estende a mão para a maçã. Eva coloca-lhe a fruta na boca, do lado já mordido por ela.*)
Julinho (*retirando a boca*)   Desse lado não!
Eva Por quê!
Julinho Porcaria! Você já comeu aí.
Eva Então você tem nojo de mim?
Julinho Nojo não... mas... isso não se faz!
Eva Pois então morda do outro lado! Tome!
Julinho (*cuspindo o pedaço de maçã*)   Não presta! azeda!
Eva Pois eu acho esplêndida. (*Continua a comer. Grande silêncio cheio de cigarras.*)

Dona Júlia (*lá da casa*)   Julinho!...
Julinho (*aterrado*)   Mamãe está chamando!
Eva (*enfiando o resto da maçã na boca*)   Não responda ainda!
Dona Júlia   Julinho! Eva!...
(*Eva segurando a mão do primo abala a correr para as jabuticabeiras.*)
Dona Júlia   Julinho! Eva! Não ouvem!...
Eva   Já vamos, titia! Estamos brincando debaixo das jabuticabeiras...

O CONVITE CARNAL DAS SOVACAS

"Obsessão" / *Poesias completas*[9]

... Na noite boca aberta num bafo rescaldo de mato
Escravos cabindas bum-bum bailam...

Lentos, lânguidos, olhos palermas, dentes brancos,
Escravos cabindas batendo umbigadas...

Vem do escuro da noite o convite carnal das sovacas,
Os negros remexem ardentes batendo umbigadas...

Os negros resfolegam fungando batendo umbigadas...
Primeiros corpos fugindo na sombra da noite...

Os negros fungando rolando na sombra da noite...
Últimos arrancos do samba bum-bum banzo
No bodum grosso dos corpos largados...

O CORPO DA CIDADE

EU SEI COISAS LINDAS, SINGULARES, QUE PAULICEIA MOSTRA SÓ A MIM, QUE DELA SOU O AMOROSO INCORRIGÍVEL E LHE ADMIRO O TEMPERAMENTO HERMAFRODITA...

"De São Paulo – I"

FESTAS FÍSICAS

"Calor" / Os filhos da Candinha [10]

Calor... O Rio de Janeiro está na sua maior festa física de terra onde quem mandou o homem vir morar? O contraste é violentíssimo: percebe-se claro que tudo quanto não é ser humano ou animal de cultura está gozando, se expandindo, se multiplicando, enquanto o homem sofre pavorosamente. Um pensamento só me preocupa o espírito vagarento: tudo quanto é ser humano sofre insofismavelmente, sofrem os pobres como os ricos, não há distinção de casta, nem de raça, nem de idade, martirizados pelo calorão. Mas tudo o que é desumano se deslumbra e revive num escandaloso esplendor. Pois é incontestável que também a falange das mulheres floresce traidoramente, adere franco ao delírio da vitalidade mineral e vegetal, tanto mais esplêndidas que o macho se mostra chucro e charro. Isto me inquieta pouco aliás, porque eu pago imposto, mas hei-de continuar solteiro. Em todo caso, ajuntando recordações esparsas pelos anos, sinto mesmo que deve haver qualquer coisa de mineral nas mulheres.

Desta janela, os meus olhos vão roçando a folhagem vertiginosamente densa da Glória e da praça Paris, buscar no primeiro horizonte os arranhacéus do Castelo. A superfície da folhagem é feia, de um verde econômico, desenganadamente amarelado. Mas em baixo, dentro dessa crosta ensolarada, o verde se adensa, negro, donde escorre uma sombra candente, toda medalhada de raios de sol. Passam vultos, passam bondes, ônibus, mas tudo é pouco nítido, com a mesma incerteza linear dos arranhacéus no longe, ou, mais longe ainda, no último horizonte, a Serra dos Órgãos. Porque a excessiva luminosidade ambiente dilui homens e coisas numa interpenetração, num mestiçamento que não respeita nem o mais puro ariano. Os corpos, os volumes, as consciências se dissolvem numa promiscuidade integral, desonesta. E o suor, numa lufalufa de lenços ingênuos, cola, funde todas as parcelas desintegradas dos seres numa única verdade causticante: CALOR!

Estou me recordando dos outros grandes momentos de calor que já vivi... Três deles se gravaram pra sempre em minha vida, momentos sarapantados de infelicidade, desses que depois de vividos a gente sente certo orgulho em recordar. O mais conscienciosamente sofrido dos três foi numa errada de meio-dia, alto sertão da Paraíba, junto à Borborema. Íamos de auto e fazia já seguramente duas horas que não encontrávamos ninguém, na estrada incerta que tomáramos. O mundo era pedra só, do seixo ao rochedo erguido feito um menir, tudo pulverizado de cinza, sob a galharia sem folha das juremas sacrais. Sob elas, o deus-menino do Nordeste, Mestre Carlos, o "que aprendeu sem se ensinar", adormecera pra sempre e se desencarnara, indo com mais amplitude fazer bem aos homens lá nos altos reinos. A hora aproximava do meio-dia, quando topamos afinal com uma casa, algum "morador" de fazenda, com certeza. Chamamos por gente, e no fim de certo tempo apareceu, palavra de honra que tivemos a noção perfeita de que o homem era Jesus. Um sertanejo belíssimo, completamente igual ao Jesus de Guido Reni, ou das verônicas que se vende por aí. Ficamos estarrecidos. Mas Jesus foi péssimo pra nós, a estrada que deveríamos tomar não era aquela não, mas a outra que fazia encruzilhada com a nossa, umas três horas de caminho atrás: era o pino do dia. Desde alta madrugada viajávamos assim, vindos do Açu, sem comer, recusando a água barrenta dos pousos, pois contávamos em breve almoçar e tirar um bom naco de conversa em Catolé do Rocha, espreitando os domínios do Suassuna. E agora só iríamos alcançar a cidadinha pela boca-da-noite, se Deus quisesse. Ah, ninguém não ouse imaginar o calor que principiou fazendo de repente! um calor de raiva, um calor de desespero e de uma sede pavorosa que a raiva inda esturricava mais. Esse foi o maior calor que nunca senti em vida, o calor dos danados, em que falei palavras-feias, pensei crimes e me desonrei lupulentamente.

De outra espécie, dolorido mas magnificentemente vicioso, foi o calor que aguentei no centro de Marajó, lago Arari. Entre as venturas da ilha, o verde inglês dos pastos, visita a búfalos e os sublimes pousos de aves, coisa de indescritível fantasmagoria, a nossa ingenuidade de turistas culminara de bom-humor com a vista do vilejo lacustre que boia na boca do lago. Nos transportamos para os tempos neolíticos, descobrimos a cerâmica, polimos a pedra e várias outras conversas de fácil erudição. Depois decidimos dar um passeio no lago e tomarmos assim um gostinho das inatingíveis jazidas do Pacoval, que ficavam do outro lado e estariam submersas naquela época de cheia. Porém naqueles mundos amazônicos não tem água que não guarde traição: nem bem avançávamos uns quinhentos metros no lago, que a lancha estremeceu, mordendo fundo no areão invisível, parou. Depois de uns três esforços para nos safarmos do encalhe, o mestre percebeu que a coisa era grave e o melhor era mandar o único bote em busca de socorro. Imaginamos logo o que seria de tempo, descer num bote de remo todo o rio mole, arranjar socorro e o socorro chegar até junto de nós... O calor já vinha afastando com severidade as brisas matinais do lago e o céu era sem nuvens. Nem foi tanto questão de calor, foi mais questão de luz. Aos poucos uma luz imensa, penetrante, foi engolindo tudo. Já mal se enxergava o vilarejo lacustre, as margens tinham desaparecido. O amarelado solar foi clareando impassível, foi se tornando cada vez mais branco, incomparavelmente branco, e o vilejo desapareceu também, imerso no algodão que escaldava. O azul do céu diluiu-se na alvura de fogo que as águas espelharam sem piedade, brancas, assombrosamente brancas. A primeira consciência de sofrimento que tive foi de estupor, não tem dúvida, espaventado com aquela trágica massa de brancos luminosos em que tudo se engolfou tumultuariamente, num estardalhaço espalhafatoso de cataclisma. Não havia mais olhar que ousasse apenas entreabrir, mas as próprias pálpebras fechadas eram incompetentes para nos livrar da fatalidade da luz. O branco penetrava pelos poros, pelos ouvidos, pela boca, nada agressivo agora, nada impetuoso, mas certo, irrevogável, irrecorrível, alcançando os ossos, alcançando o cérebro que de repente como que parava, convulsamente branco também.

Hoje, às vezes, tenho desejo de sentir de novo a sensação medonha que sofri, tenho como que uma saudade daquele branco em fogo. Mas isso deve ser vício, pureza é que não é. Se escolheram o branco para simbolizar a pureza, deve ser mesmo porque a pureza é impossível de sustentar. Mas agora estou lembrando aqueles tapuios do vilejo lacustre, que lá viviam e ainda vivem, na convivência do assombro. Pois então mudemos a conclusão e convenhamos que até com a pureza há gentes que conseguem se acostumar.

Enfim a terceira lembrança de calor que guardo nos transporta a Iquitos, no Peru. Mas nesta, o calor não se colore de raiva nem de luz, nem de coisíssima nenhuma, é um calor só calor, e talvez por isso mesmo degradante e de pouco interesse experimental. Nós chegáramos à cidade (assim mais ou menos do tamanho de Mogi das Cruzes) com a indumentária de célebres, recebidos com aparato e o nobre presidente, de ponto em branco, no cais flutuante, para nos saudar. Fazia um calor de estafa, e depois de todo um cerimonial longo, e por aí uma centena de apresentações e consequentes apertos-de-mão, "muito prazer", o presidente se retirou enquanto o secretário dele me advertia em segredo que dentro duma hora seríamos esperados em palácio, para retribuição oficial da visita oficial. Teríamos que vestir pelo menos um linho mais escanhoado e o suor nascia como fonte, diluindo qualquer esperança de discrição. Me lembrei de tomar um banho frio, daquele frio relativo e sempre sujo, das águas barrentas do Amazonas. Mas quando principiou a cerimônia de enxugar o corpo é que se deu o acontecimento cruel: verifiquei apavorado que não havia nenhuma possibilidade de me enxugar. Nem bem enxugava de um lado, que o outro chovia em suores inesgotáveis, que calor! Foi então que sentei na cama da cabina e tive, palavra de honra, tive, aos trinta e muitos anos daquela existência seca, uma sensação degradante: vontade de chorar. Me nasceu uma vontade manhosa de chorar, de chamar por Mamãe, me esconder no seio dela e me queixar, me queixar muito, contar que não aguentava mais, que aquele calor estava insuportável, desgraçado, maldito! Enquanto ela docemente enxugaria as minhas lágrimas, murmurando: "Tenha paciência, meu filho, o calor é assim mesmo"... Se não chorei foi de vergonha dos espelhos. Porém jamais me percebi mais diminuído em mim, mais afastado das bonitas forças da dignidade.

O calor desmoraliza, desacredita o ser, lhe tira aquela integridade harmoniosa que permitiu aos suaves climas europeus suas bárbaras noções cristãs, sua moral sem sutileza, e suas forças brutamontes de criação. Que se tenha conseguido implantar, neste calor brasileiro, laivos bem visíveis da civilização europeia, me parece admirável de força e tenacidade. E talvez tolice enorme... Melhormente nos formaríamos talvez como chins ou indianos, de místico e vagarento pensar.

SENSUALIDADES QUENTES

"As cantadas" / A costela do Grã Cão [11]

Terras bruscas, céus maduros,
Apalpam curvas os autos,
Ai, Guanabara,
Serão desejos incautos,
Ancas pandas, seios duros...
Senti as curvas dos autos
Nas praias de Guanabara.

Penetro as fendas dos morros,
Desafogos de amor, jorros
De sensualidades quentes,
Ai, ares de Guanabara,
Sou jogado em praias largas,
Coxas satisfeitas feitas
De ondas amargas.

Não posso mais... Nunca ousara
Pensar cajás, explosões
De melões,
Mulatas, uvas pisadas,
Ai, Guanabara,
Tuas noites fatigadas...
Me derramo todo em sucos
Malucos de ilhas Molucas.

Manhã. Brisas intranquilas
De volúpias mal ousadas
Passam por ti,
Num gosto naval de adeuses...
Há deusas...
Há Vênus, há Domitilas
Fazendo guanabaradas
Por aí...

Mas as palmeiras resistem.
Na deformação dos raios,
Templos, gentes, esperanças
Em desmaios
E transposições de níveis...
Só as palmeiras resistem
Como consciências incríveis!

As noites não são bem noites,
As músicas são cansaços,
Açoites
De convites, bocas, mar,
Ai, ares de Guanabara,
Vou suspirar...

Meus olhos, minhas sevícias,
Minha alma sem resistências,
A Guanabara te entregas
Sem Deus, sem teorias poéticas...
Os aviões saltam dos trilhos,
Perfuram morros, ardências,
Delícias, vícios, notícias...

Aiai, Guanabara!
Que todo me desfaleço
Por cento e dez avenidas,
Pela mulher de em seguida,
Por teus cheiros, por teus sais,
Pelos aquedutos, pelos
Morros de crespos camelos
E elefantes triunfais!

Eu não sei se mais gozara,
Iaiá, Sereia do Mar,
Se achara n'alma outra clara
Glória rara sol luar
Aurora uiara
Niágara realeza
Suprema, eterna surpresa,
Guanabara!...

QUALQUER COISA DE SEXUAL...

Excerto de O Turista Aprendiz [12]

Belém é a cidade principal da Polinésia. Mandaram vir uma imigração de malaios e no vão das mangueiras nasceu Belém do Pará. Engraçado é que a gente a todo momento imagina que vive no Brasil mas é fantástica a sensação de estar no Cairo que se tem. Não posso atinar porque... Mangueiras, o Cairo não possui mangueiras evaporando das ruas... Não possui o sujeito passeando com um porco-do--mato na correntinha... E nem aquele indivíduo que logo de manhãzinha pisou nos meus olhos, puxa comoção! inda com rabo de sobrecasaca abanando... Dei um salto pra trás e fui parar nos tempos de dantes. Diz-que meu avô Leite Morais quando ia na Faculdade ensinar as repúblicas de estudantes andava só desse jeito... Cartola sobrecasaca e "Meus senhores, tarati taratá, o réu abrindo o guarda-chuva das circunstâncias atenuantes" ... Então duma feita mais entusiasmado ele gritou celebremente: "Na contradança do Direito o delito dança vis-à-vis com a pena!" Tenho por quem puxar...

Às doze horas todos foram dormir e só acordei pro banho da tarde. O calor aqui está fantástico porém o paraense me falou que embora faça mesmo bastante calor no Pará o dia de hoje está excepcional. De cinco em cinco minutos saio do banho e me enxugo todo, sete lenços, dezessete lenços, vinte e sete lenços... Felizmente que trouxe três dúzias e hei-de ganhar da lavadeira.

20 de maio. Cônsul do Peru, 45$000. Passeio sublime pelo mercado. Provamos tanta coisa, que embora fosse apenas provar, ficamos empanturrados. Tudo em geral gos-

toso, muita coisa gostosíssima, porém fica sobrando uma sensação selvagem, não só na boca: no ser. Devia ter feito esta viagem com menos idade e muito menos experiência... Visita oficial e almoço íntimo com o presidente. Íntimo? Depois do sal, o prefeito se ergueu com champanha na taça, taça! fazia já bem tempo que com meus amigos ricos paulistas eu não bebia champanha em taça... Pois é: ergueu a taça e fez um discurso de saudação à dona Olívia. Aí é que foi a história. Aliás desde que o homenzinho se levantou fiquei em brasas, era fatal, eu teria que responder! Pois foi mesmo: nem bem o prefeito terminou que dona Olívia me espiou sorrindinho e com um leve, mas levíssimo sinal de espera me fez compreender que a resposta me cabia, nunca no mundo improvisei! Veio uma nuvem que escureceu minha vista, fui me levantando fatalizado, e veio uma ideia. Ou coisa parecida. Falei que tudo era muito lindo, que estávamos maravilhados, e idênticas besteiras verdadeiríssimas, e soltei a ideia: nos sentíamos tão em casa (que mentira!) que nos parecia que tinham se eliminado os limites estaduais! Sentei como quem tinha levado uma surra de pau. Mas a ideia tinha... tinham gostado. Mas isso não impediu que a champanha estivesse estragada, uma porcaria. Depois visitamos a igreja famosa de Nazaré e a esplêndida catedral, em frente ao arcebispado. E passeios pelo Sousa, de automóvel. Não sei, adoro voluptuosamente a natureza, gozo demais porém, quando vou descrever, ela não me interessa mais. Tem qualquer coisa de sexual o meu prazer das vistas e não sei como dizer.

NOITES DE CRIME

"Noturno" / *Pauliceia desvairada* [13]

Luzes do Cambuci pelas noites de crime...
Calor!... E as nuvens baixas muito grossas,
feitas de corpos de mariposas,
rumorejando na epiderme das árvores...

Gingam os bondes como um fogo de artifício,
sapateando nos trilhos,
cuspindo um orifício na treva cor de cal...

Num perfume de heliotrópios e de poças
gira uma flor-do-mal... Veio do Turquestã;
e traz olheiras que escurecem almas...
Fundiu esterlinas entre as unhas roxas
nos oscilantes de Ribeirão Preto...

— Batat'assat'ô furnn!...

Luzes do Cambuci pelas noites de crime!...
Calor... E as nuvens baixas muito grossas,
feitas de corpos de mariposas,
rumorejando na epiderme das árvores...

Um mulato cor de ouro,
com uma cabeleira feita de alianças polidas...
Violão! "Quando eu morrer..." Um cheiro pesado de baunilhas
oscila, tomba e rola no chão...
Ondula no ar a nostalgia das Baías...

E os bondes passam como um fogo de artifício,
sapateando nos trilhos,

〉〉〉〉

ferindo um orifício na treva cor de cal...

— Batat'assat'ô furnn!...

Calor!... Os diabos andam no ar
corpos de nuas carregando...
As lassitudes dos sempres imprevistos!
e as almas acordando às mãos dos enlaçados!
Idílios sob os plátanos!...
E o ciúme universal às fanfarras gloriosas
de saias cor-de-rosa e gravatas cor-de-rosa!...

Balcões na cautela latejante, onde florem Iracemas
para os encontros dos guerreiros brancos... Brancos?
E que os cães latam nos jardins!
Ninguém, ninguém, ninguém se importa!
Todos embarcam na Alameda dos Beijos da Aventura!
Mas eu... Estas minhas grades em girândolas de jasmins,
enquanto as travessas do Cambuci nos livres
da liberdade dos lábios entreabertos!...
Arlequinal! Arlequinal!
As nuvens baixas muito grossas,
feitas de corpos de mariposas,
rumorejando na epiderme das árvores...
Mas sobre estas minhas grades em girândolas de jasmins,
o estelário delira em carnagens de luz,
e meu céu é todo um rojão de lágrimas!...

E os bondes riscam como um fogo de artifício,
sapateando nos trilhos,
jorrando um orifício na treva cor de cal...

— Batat'assat'ô furnn!...

PANSEXUALIDADE

"Rondó do tempo presente" / Losango cáqui[14]

Noite de music-hall...
Não, faz sol. É meio-dia.
Hora das fábricas estufadas digerindo.
A rua elástica estica-se tal qual clown desengonçado
Farfalhando neblinas irônicas paulistas.
O Sol nem se reconhece mais de empoado
Ver padeiro que a gente encontra manhãzinha
Quando das farras vai na padaria comer pão.
                    Noite de music-hall...

Cantoras bem pernudas.
O olhar piscapisca dos homens aplaudindo.
Como se canta bem nas ruas de S. Paulo!
        O passadista se enganou.
        Não era desafinação
        Era pluritonalidade moderníssima.

Em seguida o imitador,
      Tenores bolchevistas,
            Tarantelas do Fascio...
                Ibsen! Ibsen!
      Peer Gynt vai pro escritório
      Com o rubim falso na unha legítima.
      Empregados públicos virginais
      Deslumbrados com o jazz dos automóveis.
Os cadetes mexicanos marcham que nem cavalos ensinados,
Está repleto o music-hall!
Mulheres-da-vida perfiladas nas frisas.
            — Olhar à direita!
            — Olhar à esquerda!

                                          »»

Taratá!
Olhar especula pra todos os lados!
Mas as continências livres do meu chapéu
Não se esperdiçarão mais com galões desconhecidos!
Prefiro mil vezes saudar os curumins!
Os meninos-prodígios caminham século-vinte
Sem esbarrão na confusão da multidão.
Bravíssimo!
Taratá!
Século Broadway de gigolôs, boxistas e pansexualidade!
Que palcos imprevistos!
Programas originais!
Permitido fumar.
Esteja a gosto.
Faz sol.
É meio-dia...

Noite de music-hall...

CAFTINAGEM DESLAVADA

Excerto de *Café* [15]

[...] O Gordinho falava pouco, sempre muito calmo, incapaz de rir. O grupo nunca atingia cinco pessoas, porque, se mais gente chegava, logo outros partiam, sempre com destino certo, num ritmo de obediência, como que mandados pra alguma parte. O que primeiro estivera ali, voltava horas depois. Vinha contando mais conversas, sempre num cochicho sereno. Muitos dos rapazes eram visivelmente pederastas, o que fazia à primeira vista imaginar uma caftinagem torpe. Alguns, de tão característicos no gesto, tão pálidos, podiam orientar a gente pra alguma quadrilha de vendedores de drogas. Eram isso tudo e a sociedade não era nada disso.

Aquilo não passava duma dessas manifestações de desgraça humana que só as cidades grandes podem produzir.

O Gordinho era um tipo abortado. Física e psicologicamente. Pequenino, aleijado, imberbe sempre, não podia nada neste mundo. Tinha já pra mais de trinta anos, e na fala uma tristeza rija, de efeito imediato sobre aqueles meninos, órfãos de qualquer finalidade. Estava há mais de quinze anos empregado numa tipografia italiana ali da vizinhança mesmo. Talvez não conhecesse banho mais que mensal, tão sujo que repugnava aos próprios companheiros. Não se corrigia por isso, mas não dava a mão a ninguém pra não sofrer o vexame duma repugnância demonstrada sem querer. Não tinha sequer a coragem dos seus vícios, era honesto. Sabia ler, escrever, e, dotado duma memória puramente sentimental, ele contava em frases escritas as experiências da vida que a literatura de cordel e de fascículos apresenta.

Não demonstrava jamais atração por mulher, não lhe conheciam ligação de espécie alguma. Diante dos rapazes, sempre se conservando impassível, aquela tristeza percuciente que trazia na voz, se aprofundava, adquirindo uma segurança reflexiva que comovia muito. E os perdidos, a que a própria circunstância de vida obrigava à inteligência e firmeza de observação, ficavam logo amicíssimos dele, confiantes, lhe contando a existência. Jamais tivera uma descompostura pra ninguém. Não o assombraria talvez nenhuma "proibição". Não praticava proibições, é certo, mas toda a felicidade dele consistia em sabê-las praticadas pelos moços. Nem jamais tivera intenção de desencaminhar ninguém não. Na tipografia, onde já tinha emprego qualificado, os novatos, as moças, os meninos encontravam nele sempre uma ajuda certa e mesmo conselhos bons.

Se servia do prestígio que tinha apenas pra dar coragem. E dava coragem pros que andavam direito como pros que praticavam proibições. A ação noturna que exercera sempre, mas episodicamente, ao acaso dos encontros e das relações procuradas, sistematizou-se afinal, desde princípios de 1927, naquela verdadeira associação de crapulice. Tomara o costume de se postar ali na praça. Lugar de passagem quase forçada, os já conhecidos o encontravam aí. Trouxeram companheiros. Em menos de seis meses estava formada a malta duns trinta rapazes de quinze a vinte anos, com as mais diversas "profissões". Chantagistas a varejo, inculcadores de fêmeas, frescos, vendedores de cocaína, e principalmente faz-tudos à espera de patranhas ocasionais.

O prestígio do Gordinho sobre todos era mesmo inconcebível. Aconselhava, dirigia, censurava, mandava, chegara mesmo a expulsar um do grupo. Porque roubara e o Gordinho não suportava o roubo enquanto o roubo consiste em se apropriar do alheio sem consentimento deste. Isso ele não tolerava, lhe repugnava porque seria incapaz de praticar roubo assim, e conseguira incutir nos meninos o mesmo sentimento. Permanecera sempre no grupo uma noção amargamente trágica da honra, em que todos aqueles indestinados como que se consolavam da vida, imaginando seguir uma profissão destinada. Ora o conceito mais vulgar do roubo, por causa do não consentimento dos roubados, "não era um ofício", como argumentara um dos mais inteligentes da malta! Decerto ecoando apenas uma moralidade falada pelo Gordinho. E nenhum reagia. Respeitavam-no e queriam bem ele. O Gordinho dera pra eles o que é tão difícil de ter na juventude, principalmente entre incultos, essa espécie de consciência profissional, e além disso, a volúpia dum perigo, que dantes os amedrontava demais. O que ele exigia era segredo. Um prazer de mistério dourava aquela gentinha infeliz. Contavam tudo pra ele, mas os chantagistas nada contavam diante dos que vendiam cocaína. Só os parceiros do mesmo trilho se sabiam por suas conversas, e todos se inteiravam uns dos outros por intermédio do Gordinho.

Naquela presidência de pedra, escutava o que fora o dia, lembrava uma festa pra uns, orientava outros pra tal cinema ou pra tal bairro. Discutia, ou antes, resolvia as possibilidades produtivas de tal luta de boxe num circo e delatava as marés da população. Hoje todos estavam se dirigindo pro Triângulo. Muitos automóveis estavam tomando pelo parque, se no Municipal não tinha nada, era decerto o cinema Paramount. Acertava sempre. Tinha uma admiração maternal pra descobrir as ondulações da cidade e quem se aconselhava com ele saía sempre ganhando.

E foi esse um tempo de vida gozada pro Gordinho e pros companheiros. Durou quase dois anos. Escutando pormenorizadamente as aventuras dos rapazes, o Gordinho sentia uma plenitude sublime. Não deixava escapar um detalhe que sensualizasse, e as frases curtas, tão tristes de som, com que interrompia os relatórios, eram sempre uma procura de si mesmo, em detalhes de perigo, de ação, de decisão, a que os rapazes calejados já não davam mais importância. Insistia, raspava minuto por minuto os casos, chupava o último apojo das sensações. Nos ofícios mais oprimentes, pela discrição de escolher os momentos em que eram só ele e o confessado, pela ambiência mesma de confissão que criava, conseguia saber tudo, sem que a vergonha amparasse nos coitadinhos um derradeiro resquício de individualidade.

Relatório acabado, vinha o conceito. Tinham agido muito bem, deviam ter demorado mais pra ceder, tivessem pedido seis mil-réis da moça em vez de cinco. E agora não fosse gastar os cinquentão numa farra só, guardasse. Ele mesmo guardava, se insistiam muito. Não gostava disso, mas guardava. Virava então duma usura terrível, não permitia gasto falso, o dinheiro voltava aos pingos pro bolso do rapaz e com destino sabido. E jamais não exigira dinheiro de ninguém. Mas visivelmente lhe agradava receber presentinhos, gravatas, lenços, distintivos, até o anel com monograma.

Esta prodigiosamente romântica associação não se acabou, desfez-se. Modificou-se. Pelos fins de 1929, ou exatamente, setembro, o Gordinho teve uma gripe que quase o matou. Quando apareceu, mês e meio depois, vinha ardente, empurrado por um desejo selvagem de tomar vingança do tempo perdido. Estava áspero, muito irrequieto, não podia esperar. Os rapazes passavam, festejavam com certa surpresa a cura dele, e parece que já estavam acostumados... Há sempre em nós uma tal ou qual decepção contra o moribundo que não morre... E na idade em que tudo se modifica do dia pra noite, aquelas férias de conselho tinham dado uma meia liberdade pros rapazes. A impaciência do Gordinho, lhe modificando o som da fala, desferindo ordens agudas, não os prendia muito. Desaparecera do grupo o único dom puríssimo que o justificava, a ambiência maternal. Os rapazes se percebiam homens-feitos ante as inquietações que afeminavam o Gordinho. Saíam, voltavam, não voltavam, uma razão verdadeira não existiu, bateu em todos um desinteresse contagioso pelo chefe. E o capenga recomeçou, como de primeiro, as vadiagens mancadas através da cidade. Deu pra vender bilhetes de loteria, o que lhe propiciava aproximar de toda a gente. Quase que diário era visto na praça do Correio, porém só de passagem. E se não se podia descobrir no aspecto dele qualquer demonstração de desespero ou desgraça, devia de fato sofrer muito. Não parava, lhe vinha aquele frenesi novo, que o tomara na convalescença, ia pra porta de tal cinema, de tal circo ou frontão, onde estava lhe palpitando encontrar algum sem-família moço por intermédio de quem ele pudesse viver.

 Esse gênero de associações tácitas, que não pode se confundir com simples agrupamentos de camaradas, é mais comum do que a gente pensa, nas cidades grandes. São verdadeiras cooperativas, muito mais de caráter defensivo aliás, que de auxílio no ofício ou repartição nos lucros. Na própria rua do Anhangabaú, em pleno bairro turco, passado o viadutinho, durante muito tempo se reuniu outra associação, feita de choferes, que era bem uma caftinagem deslavada. Gente feita de ar livre, moços de vinte a trinta anos, todos possuídos pela beleza física, polida a banho diário, cada qual dono do seu próprio automóvel de aluguel, luxuoso, inda aproveitavam o dólmã de fazenda boa pra mostrarem melhor a lindeza do corpo. Eram todos gigolôs de fêmeas caras, e depois de acompadrados no grupo, viravam inculcadores das próprias amantes e das dos manos. Noite chegando, rondavam pela cidade, em especial nos pontos onde era possível encontrar o serviço novo. A maioria já tinha posto de estacionamento nesses lugares propícios, vizinhança dos grandes hotéis principalmente. Viviam cheios de dinheiro mas, abastardados pela preguiça, não sabiam viver de ricos. Comiam estupidamente mal em freges de comida reles, dormiam pior em pardieiros sórdidos de que não percebiam o contraste medonho com os leitos de passagem onde pousavam. O ponto de reunião era aquele barzinho, muito iluminado, incapaz de possuir uma bebida mais fina, onde nem chope havia, servido por uma garçonete só, risonha. Essas associações acabam sem que às vezes haja um motivo pra isso. Mas na maioria dos casos o que põe fim a elas é um caso grave, uma briga, muitas vezes um crime. Então se desfazem sem a mínima resistência de vitalidade. Parece que só mesmo alguma profissão criminosa de grande perigo firma a estabilidade de certas quadrilhas, a não ser que essa estabilidade seja mais ou menos fantasia inventada. Não há código escrito, não há juramento que estabilize os associados, e mesmo quando reunidos são legitimamente animais de viver solitário. Labutando ao lado da lei, a única lei deles é o sentimento. O que não sentem, não fazem. Não podem respirar, se contrafeitos. A prática do que não sentem assume pra eles a repugnância dum exato crime contra a natureza, e principalmente por isso lhes é intolerável a traição. Não podendo se trair a si mesmos, valorizam ao excesso de virtude única e universal, a fidelidade profissional. Isso é que congrega, as mais das vezes sem razão, esses seres de viver solitário, ao mesmo tempo que lhes permite nutrir a possibilidade de serem... morais.

A IMPERFEIÇÃO IRREMEDIÁVEL

"Estâncias" / A costela do Grã Cão [16]

No caminho da cidade,
Oh vós, homens que andais pelo caminho,
Olhai-me, cercai-me todos, abraçai-me,
Abraçai-me de amor e de amigo, na meiga carícia indecisa,
Cegos, mudos, viris, na imperfeição irremediável!

No caminho da cidade
Meus olhos se rasgam na volúpia de amor,
Torres, chaminés perto, notícias, milhões de notícias,
Dor... Este profundo mal de amar indestinado,
Como a primavera que fareja a cidade através do sol frio.

No caminho da cidade
Que estranha ressonância, frautas, membis, andorinhas,
Tudo alargou, tudo está ereto de repente,
Minhas mãos penetram no ar reconhecidas,
Desfaleço, meus olhos se turvam, me encosto.

No caminho da cidade
Mas não posso esquecer!
Ôh meu amor, este grito avançando através das idades...
Me beija! me sufoca nos teus braços!
Que eu só desejo ser vencido logo
Para te perfurar com a cadência do dia e da noite
E sermos anulados numa paz sem colisão...

DETRÁS DA NOITE INCERTA

"Os gatos" / A costela do Grã Cão [17]

Que beijos que eu dava...
Não tigre, vossa boca é mesmo que um gato
Imitando tigre.
Boca rajada, boca rasgada de listas,
De preto, de branco,
Boca hitlerista,
Vossa boca é mesmo que um gato.

Nas paredes da noite estão os gatos.
Têm garras, têm enormes perigos
De exércitos disfarçados,
Milhares de gatos escondidos por detrás da noite incerta.
Irão estourar por aí de repente,
Já estão com mil rabos além de São Paulo,
Nem sei mais se são as fábricas que miam
Na tarde desesperada.

Penso que vai chover sobre os amores dos gatos.
Fugirão?... e só eu no deserto das ruas,
Oh incendiária dos meus aléns sonoros,
Irei buscando a vossa boca,
Vossa boca hitlerista,
Vossa boca mais nítida que o amor,
Ai, que beijos que eu dava...
Guardados na chuva...
Boiando nas enxurradas
Nosso corpo de amor...
Que beijos, que beijos que eu dou!

Vamos enrolados pelas enxurradas
Em que boiam corpos, em que boiam os mortos,
Em que vão putrefatos milhares de gatos...
Das casas cai mentira,
Nós vamos com as enxurradas,
Com a perfeita inocência dos fenômenos da terra,
Voluptuosamente mortos,
Os sem ciência mais nenhuma de que a vida
Está horrenda, querendo ser, erguendo os rabos
Por trás da noite, em companhia dos milhões de gatos verdes.

Me pus amando os gatos loucamente,
Ôh China!
Mas agora porém não são gatos tedescos,
Tudo está calmo em plena liberdade,
Se foram as volúpias e as perversões tão azedas,
Eu sou cravo, tu és rosa,
Tu és minha rosa sincera,
És odorante, és brasileira à vontade,
Feito um prazer que chega todo dia.

Mas eu te cresço em meu desejo,
Ai, que vivo arrasado de notícias!
Murmurando com medo ao teu ouvido:
Ôh China! ôh minha China!...

Tu te gastas sob o meu peso bom,
Teus lábios estão alastrados na abertura do reconhecimento,
Teus olhos me olham, me procuram todo...

Mas eu insisto em meu castigo, ôh China.

Como um gato chinês criado através de séculos de posse e de
                                [aproveitamentos,
Para meu gozo só, pra meu enfeite só de mim,

》》》》

Pra mim, pra mim, tu foste feita, ôh China!
Estou te saboreando, és gato china que apanhei
                      [vagamundo na rua,
Ôh China! ôh minha triste China,
Estarei pesando, te fazendo pesar sem motivo,
Estou... estava, ôh minha triste sina,
Até que fui guardar nos teus cabelos perdidos
Lágrima que não pude sem chorar.

COISAS DE SARAPANTAR

... ESTOU UM BOCADO ATURDIDO,
MARAVILHADO, MAS NÃO SEI...
HÁ UMA ESPÉCIE DE SENSAÇÃO FICADA DA
INSUFICIÊNCIA, DE SARAPINTAÇÃO, QUE
ME ESTRAGA TODO O EUROPEU CINZENTO
E BEM ARRANJADINHO QUE AINDA TENHO
DENTRO DE MIM.

O Turista Aprendiz

O ANIMAL DESEMBESTA

"Carnaval carioca" / Clã do jabuti [18]

A fornalha estrala em mascarados cheiros silvos
Bulhas de cor bruta aos trambolhões,
Cetins sedas cassas fundidas no riso febril...
Brasil!
Rio de Janeiro!
Queimadas de verão!
E ao longe, do tição do Corcovado a fumarada das nuvens
                                        [pelo céu.

Carnaval...
Minha frieza de paulista,
Policiamentos interiores,
Temores da exceção...
E o excesso goitacá pardo selvagem!
Cafrarias desabaladas
Ruínas de linhas puras
Um negro dois brancos três mulatos, despudores...
O animal desembesta aos botes pinotes desengonços
No heroísmo do prazer sem máscaras supremo natural.

Tremi de frio nos meus preconceitos eruditos
Ante o sangue ardendo povo chiba frêmito e clangor.
Risadas e danças
Batuques maxixes
Jeitos de micos piricicas
Ditos pesados, graça popular...
Ris? Todos riem...

O indivíduo é caixeiro de armarinho na Gamboa.
Cama de ferro curta por demais,
Espelho mentiroso de mascate
E no cabide roupas lustrosas demais...
Dança uma joça repinicada
De gestos pinchando ridículos no ar.
Corpo gordo que nem de matrona
Rebolando embolado nas saias baianas,
Braço de fora, pelanca pulando no espaço
E no decote cabeludo cascavéis saracoteando
Desritmando a forçura dos músculos viris.
Fantasiou-se de baiana,
     A Baía é boa terra...
        Está feliz.

Entoa à toa a toada safada
E no escuro da boca banguela
O halo dos beiços de carmim.
Vibrações em redor.
Pinhos gargalhadas assobios
Mulatos remelexos e boduns.
Palmas. Pandeiros. — Aí, baiana!
    Baiana do coração!
Serpentinas que saltam dos autos em monóculos curiosos,
Este cachorro espavorido,
Guarda-civil indiferente.
Fiscalizemos as piruetas...
Então só eu que vi?
Risos. Tudo aplaude. Tudo canta:
 — Aí, baiana faceira,
  Baiana do coração!
Ele tinha nos beiços sonoros beijando se rindo
Uma ruga esquecida uma ruga longínqua
Como esgar duma angústia indistinta ignorante...
Só eu pude gozá-la.

            〉〉〉〉

E talvez a cama de ferro curta por demais...

Carnaval...
A baiana se foi na religião do Carnaval
Como quem cumpre uma promessa.
Todos cumprem suas promessas de gozar.
Explodem roncos roucos trilos tchique-tchiques
E o falsete enguia esguia rabejando pelo aquário multicor.
Cordões de machos mulherizados,
Ingleses evadidos da pruderie,
Argentinos mascarando a admiração com desdéns superiores
Degringolando em lenga-lenga de milonga,
Polacas de indiscutível índole nagô,
Yankees fantasiados de norte-americanos...
Coiozada emproada se aturdindo turtuveando
Entre os carnavalescos de verdade
Que pererecam pararacas em derengues meneios cantigas,
                        [chinfrim de gozar!

Tem outra raça ainda.
O mocinho vai fuçando o manacá naturalizado espanhola.
Ela se deixa bolinar na multidão compacta.
                    Por engano.
Quando aproximam dos polícias
Como ela é pura conversando com as amigas!
Pobre do moço olhando as fantasias dos outros,
Pobre do solitário com chapéu caicai nos olhos!
Naturalmente é um poeta...

Eu mesmo... Eu mesmo, Carnaval...
Eu te levava uns olhos novos
Pra serem lapidados em mil sensações bonitas,
Meus lábios murmurejando de comoção assustada
Haviam de ter puríssimo destino...
É que sou poeta

                                        >>>>

E na banalidade larga dos meus cantos
Fundir-se-ão de mãos dadas alegrias e tristuras, bens e males,
Todas as coisas finitas
Em rondas aladas sobrenaturais.

Ânsia heroica dos meus sentidos
Pra acordar o segredo de seres e coisas.
Eu colho nos dedos as rédeas que param o infrene das vidas,
Sou o compasso que une todos os compassos,
E com a magia dos meus versos
Criando ambientes longínquos e piedosos
Transporto em realidades superiores
A mesquinhez da realidade.
Eu bailo em poemas, multicolorido!
Palhaço! Mago! Louco! Juiz! Criancinha!
Sou dançarino brasileiro!
Sou dançarino e danço! E nos meus passos conscientes
Glorifico a verdade das coisas existentes
Fixando os ecos e as miragens.
Sou um tupi tangendo um alaúde
E a trágica mixórdia dos fenômenos terrestres
Eu celestizo em euritmias soberanas,
Ôh encantamento da Poesia imortal!...
Onde que andou minha missão de poeta, Carnaval?
Puxou-me a ventania,
Segundo círculo do Inferno,
Rajadas de confetes
Hálitos diabólicos perfumes
Fazendo relar pelo corpo da gente
Semíramis Marília Helena Cleópatra e Francesca.
Milhares de Julietas!
Domitilas fantasiadas de cow-girls,
Isoldas de pijama bem francesas,
Alzacianas portuguesas holandesas...
       Geografia!

〉〉〉〉

Êh liberdade! Pagodeira grossa! É bom gozar!
Levou a breca o destino do poeta,
Barreei meus lábios com o carmim doce dos dela...

Teu amor provinha de desejos irritados,
Irritados como os morros do nascente nas primeiras horas
[da manhã.
Teu beijo era como o grito da araponga,
Me alumiava atordoava com o golpe estridente viril.
Teu abraço era como a noite dormida na rede
Que traz o dia de membros moles mornos de torpor.
Te possuindo eu me alimentei com o mel dos guarupus,
Mel ácido, mel que não sacia,
Mel que dá sede quando as fontes estão muitas léguas além,
Quando a soalheira é mais desoladora
E o corpo mais exausto.

Carnaval...
Porém nunca tive intenção de escrever sobre ti...
Morreu o poeta e um gramofone escravo
Arranhou discos de sensações...

I
Embaixo do Hotel Avenida em 1923
Na mais pujante civilização do Brasil
Os negros sambando em cadência.
Tão sublime, tão áfrica!
A mais moça bulcão polido ondulações lentas lentamente
Com as arrecadas chispando raios glaucos ouro na luz
[peluda de pó.
Só as ancas ventre dissolvendo-se em vaivéns de ondas em cio.
Termina se benzendo religiosa talqualmente num ritual.

E o bombo gargalhante de tostões
Sincopa a graça da danada.

II
Na capota franjada com xale chinês
Amor curumim abre as asas de ruim papelão.
Amor abandonou as setas sem prestígio
E se agarra na cinta fecunda da mãe.
Vênus Vitoriosa emerge de ondas crespas serpentinas,
De ondas encapeladas por mexicanos e marqueses
        [cavalgando autos perseguidores.
— Quero ir pra casa, mamãe!

Amor com medo dos desejos...

III
O casal jovem rompendo a multidão.
O bando de mascarados de supetão em bofetadas de
        [confetes na mulher.
— Olhe só a boquinha dela!
— Ria um pouco, beleza!
— Come do meu!
O marido esperou (com paciência) que a esposa se
        [desvencilhasse do bando de máscaras
E lá foram rompendo a multidão.
Ela apertava femininamente contra o seio o braço protetor do Esposo.
Do esposo recebido ante a imponência catedrática da Lei
E as bênçãos invisíveis – extraviadas? – do Senhor...

Meu Deus...
Onde que jazem tuas atrações?
Pra que lados de fora da Terra
Fugiu a paz das naves religiosas
E a calma boa de rezar ao pé da cruz?
Reboa o batuque.
São priscos risadas
São almas farristas

〉〉〉〉

Aos pinchos e guinchos
Cambeteando na noite estival.
Pierrots-fêmeas em calções mais estreitos que as pernas,
           Gambiarras iluminadas!
Oblatas de confetes no ar,
Incenso e mirra marca Rodo nacional
Açulam raivas de gozar.

O cabra enverga fraque de cetim verde no esqueleto.
Magro magro asceta de longos jejuns dificílimos.
Jantou gafanhotos.
E gesticula fala canta.
Prédicas de meu Senhor...
Será que vai enumerar teus pecados e anátemas justos?
A boca vai florir em bênçãos e perdões...

Porém de que lados de fora da Terra
Falam agora as tuas prédicas?
Quedê teus padres?
Quedê teus arcebispos purpurinos?
Quedele o tempo em que Felipe Neri
Sem fraque de cetim verde no esqueleto
Agarrava a contar as parábolas lindas
De que os padres não se lembram mais?
Por onde pregam os Sumés de meu Senhor?
Aqueles a quem deixaste a tua Escola
Fingem ignorar que gostamos de parábolas lindas,
E todos nos pusemos sapeando histórias de pecado
Porque não tinha mais histórias pra escutar...

Senhor! Deus bom, Deus grande sobre a terra e sobre o mar,
Grande sobre a alegria e o esquecimento humano,
Vem de novo em nosso rancho, Senhor!
Tu que inventaste as asas alvinhas dos anjos
E a figura batuta de Satanás;

                                                                                                                              ›››››

Tu, tão humilde e imaginoso
Que permitiste Isis guampuda nos templos do Nilo,
Que indicaste a bandeira triunfal de Dionísio pros gregos
E empinaste Tupã sobre os Andes da América...

Aleluia!
Louvemos o Criador com os sons dos saxofones arrastados,
Louvemo-Lo com os salpicos dos xilofones nítidos!
Louvemos o Senhor com os riscos dos recorrecos e os
                            [estouros do tam-tam,
Louvemo-Lo com a instrumentarada crespa do jazz-band!
Louvemo-Lo com os violões de cordas de tripa e as
                            [cordeonas imigrantes,
Louvemo-Lo com as flautas dos choros mulatos e os
                            [cavaquinhos das serestas ambulantes!
Louvemos O que permanece através das festanças virtuosas
                            [e dos gozos ilegítimos!
Louvemo-Lo sempre e sobre tudo! Louvemo-Lo com
                [todos os instrumentos e todos os ritmos!...

Vem de novo em nosso rancho, Senhor!
Descobrirei no colo dengoso da Serra do Mar
Um derrame no verde mais claro do vale,
Arrebanharei os cordões do carnaval
E pros carlitos marinheiros gigoletes e arlequins
Tu contarás de novo com tua voz que é ver o leite
Essas histórias passadas cheias de bons samaritanos,
Dessas histórias cotubas em que Madalena atapetava com
                            [os cabelos o teu chão...

... pacapacapacapão!... pacapão! pão! pão!...

Pão e circo!
Roma imperial se escarrapacha no anfiteatro da Avenida.
Os bandos passam coloridos,

                                                                >>>>

Gesticulam virgens,
Semivirgens,
Virgens em todas as frações
Num desespero de gozar.

Homens soltos
Mulheres soltas
Mais duas virgens fuxicando o almofadinha
Maridos camaradas
Mães urbanas
Meninos
Meninas
Meninos
O de dois anos dormindo no colo da mãe...
— Não me aperte!
           — Desculpe, Madama!
Falsetes em desarmonia
Coros luzes serpentinas serpentinas
Coriscos coros caras colos braços serpentinas serpentinas
Matusalém cirandas Breughel
                — Diacho!
Sambas bumbos guizos serpentinas serpentinas...
E a multidão compacta se aglomera aglutina mastiga em
           [aproveitamentos brincadeiras asfixias desejadas
                    [delírios sardinhas desmaios
Serpentinas serpentinas coros luzes sons
E sons!

           YAYÁ, FRUTA-DO-CONDE,
           CASTANHA-DO-PARÁ!...

                    Yayá, fruta-do-conde,
                    Castanha-do-Pará!...

O préstito passando.

Bandos de clarins em cavalos fogosos.
Utiaritis aritis assoprando cornetas sagradas.
Fanfarras fanfarrãs
            fenferrens
                    finfirrins...
                            Forrobodó de cuia!
Vitória sobre a civilização! Que civilização?... É Baco!

É Baco num carro feito de ouro e de mulheres
E dez parelhas de bestas imorais.
Tudo aplaude guinchos berros,
E sobre o Etna de loucuras e pólvoras
Os Tenentes do Diabo.
Alegorias, críticas, paródias
Palácios bestas do fundo do mar,
Os aluguéis se elevam...
        Os senhorios exigentes...
            Cães! infames! malditos!...

... Eu enxerguei com estes meus olhos que inda a terra
                                [há-de comer
Anteontem as duas mulheres se fantasiando de lágrimas.
A mais nova amamentava o esqueletinho.
Quatro barrigudinhos sem infância,
Os trastes sem conchego
No lar-de-todos da rua...
O solzão ajudava a apoteose
Com o despejo das cores e calores...

Segue o préstito numa via-látea de esplendores.
Presa num palanquim de ônix e pórfiro...
Ôta, morena boa!
Os olhos dela têm o verde das florestas,

〉〉〉〉

Todo um Brasil de escravos-banzo sensualismos,
Índios nus balanceando na terra das tabas,
Cauim curare caxiri
Cajás... Ariticuns... Pele de sol!
Minha vontade por você serpentinando...

O préstito se vai.

Os Blocos se amontoam me afastando de você...
Passa o Flor de Abacate,
Passa o Miséria e Fome, o Ameno Resedá...
O préstito se vai...

Você também se foi rindo pros outros,
Senhora dona ingrata
Coberta de ouro e prata...

Esfuzios de risos...
                          Arrancos de metais...
O schlschlsch monótono das serpentinas...

Monótono das serpentinas...

E a surpresa do fim: fadiga de gozar...

Claros em torno da gente.
Bolas de fitas de papel rolando pelo chão.
Manchas de asfalto.
Os corpos adquirem de novo as sombras deles.
Tem lugares no bar.
As árvores pousam de novo no chão graciosas ordenadas,
Os palácios começam de novo subindo no céu...

Quatro horas da manhã.
Nos clubes nas cavernas

〉〉〉〉

Inda se ondula vagamente no maxixe.
Os corpos se unem mais.
Tem cinzas na escureza indecisa da arraiada.
Já é quarta-feira no Passeio Público.
Numa sanha final
Os varredores carnavalizam as brisas da manhã
Com poeiras perfumadas e cromáticas.
Peri triste sentou na beira da calçada.
O carro-chefe dos Democráticos
Sem a falação do estandarte
Sem vida, sem mulheres
Senil buscando o barracão.
Democraticamente...

Aurora... Tchim! Um farfalhar de plumas áureas no ar.
E as montanhas que nem tribos de guaianás em rapinas
                                                           [de luz
Com seus cocares de penas de tucano.

O poeta se debruça no parapeito de granito.
A rodelinha de confete cai do chapéu dele,
Vai saracotear ainda no samba mole das ondas.

Então o poeta vai deitar.

Lentamente se acalma no país das lembranças
A invasão furiosa das sensações.
O poeta sente-se mais seu.
E puro agora pelo contato de si mesmo
Descansa o rosto sobre a mão que escreverá.

Lhe embala o sono
A barulhada matinal de Guanabara...
Sinos buzinas clácsons campainhas
Apitos de oficinas

〉〉〉〉

Motores bondes pregões no ar,
Carroças na rua, transatlânticos no mar...
É a cantiga-de-berço.
E o poeta dorme.

O poeta dorme sem necessidade de sonhar.

DESEJO DE MALEITA

"Maleita I" / *Táxi e crônicas no Diário Nacional* [19]

Uma tarde, quando eu já descia o Madeira em busca de Belém e da volta para estes meus pagos detestáveis, o vaticano parou na boca dum Igarapé. Isso por lá sucede sempre. Como os navios não podem determinar hora e até nem dia certo de chegar e as povoações estão no geral muito afastadas umas das outras, mesmo os maiores navios da navegação fluvial que são os vaticanos, fazem papel de bonde, dum bonde caroável, que para pra tomar passageiro em qualquer lugar da marcha, que para de seringal em seringal pra entregar carta ou receber borracha. No rio Madeira que é habitadíssimo, é "rio alegre" como me falaram comoventemente, lá, as paradas nos seringais são frequentíssimas, muitas por dia, e a viagem lenta por natureza, se torna trôpega, dando uma percepção excelente da paciência.

 Os rios grandes, o Amazonas, o Madeira, são principalmente monótonos e compreensíveis. Resumindo: é um mato vasto e conhecido paredando o beira-rio. Há porém os igarapés. Cada boca de igarapé é um não sei que mundo enorme de sugestões de boniteza, de prazer de aventura, de desejos viciosos de mistério, crime, indiada, nirvanização. São lindas. Uma calma humana sem aquela ostensividade crua e muito sobrenatural dos rios grandes; e por isso mesmo que humana e diminuta, muito mais misteriosa e sugestiva. Dá uma vontade louca da gente se meter igarapé acima, ir ter com não sei que flechas, que pajés, que êxtases parados de existir sem nada mais. E a maleita... O Amazonas é rio são, pouca maleita e só no tempo de vazante. O Madeira já não é mais "rio doente", a maleita vai diminuindo gradativamente. É rio que já não se compara com o Javari, por exemplo, que este é rio doente de verdade, não escapa ninguém. Os misteriosos igarapés, gráceis de curvas, partindo pras não-civilizações paradíssimas, dão principalmente esse desejo de maleita que se tornou desde essas sugestões amazônicas uma verdadeira obsessão na minha vida.

Eu sei que, sob o nosso ponto-de-vista litorâneo-europeu, é horroroso isso que estou falando. Sei também que qualquer sujeito que já tremeu um dia na cama, obrigando a casa a tremer, vai me chamar de "futurista" ou de maluco. Sei mais que existe o fácil argumento em contrário de que se quero ter maleita é só ir na beira do Mogi e... tomar maleita. Tudo isso é pueril. Não quero tomar maleita aqui em S. Paulo, sofrer horrorosamente a doença nesta cidade, onde os trabalhos, a luta pela vida, a Civilização, me tornavam desesperadamente odiosa, moral e fisicamente odiosos a doença, o depauperamento, a impossibilidade de trabalhar. Sei que com a nossa idiotíssima civilização importada, um indivíduo não se envergonha de arrebentar o fígado à custa de "whisky" e cocteis, não se envergonha de perder uma perna num desastre de automóvel ou quebrar o nariz numa virada de patinação, mas abomina os prazeres sensualíssimos, tão convidadores ao misticismo, do delicioso bicho-de-pé. Que por nós é considerado uma falta de educação. Não se amola de dormir num quarto de hotel, num trem noturno, onde a tuberculose dorme; sorrindo passa a língua num selo de carta, até sendo essa coisa esteticamente nojenta que é o selo amarelo e vermelho da Segunda República!... Pois passa a língua num selo desses e considerará uma depravação, a gente desejar a maleita!

O tapuio do Solimões, o maleiteiro do Javari, não morrem mais abundantemente que o paulistano ou o carioca, morre de outras doenças, e é só. A gritos de Higiene (não discuto e reconheço o valor da higiene), a berros de cirurgia e a enriquecimento de jornais, com anúncios de remédios que a gente ingere pela boca mortífera, nós nos iludimos dentro da nossa pseudo-sabedoria, imaginando que os nossos recursos são maiores, e que o conforto duma poltrona é maior que o do chão duro. Quando tudo não passa duma simples questã de mentalidade e costume.

Resta o argumento incontestável de que o acesso de tremedeira na maleita é um sofrimento danado. Não discuto. Deve de ser pois que todos os maleitosos afirmam isso. Assim a obsessão da minha vida, não é o acesso de febre. Nem no acesso de febre se resume a filosofia da maleita, com perdão da palavra. Está claro que o meu desejo é mais elevado. Quero, desejo ardentemente é ser maleitoso não aqui, com trabalhos a fazer, com a última revista, o próximo jogo de futebol, o próximo livro a terminar. Desejo a doença com todo o seu ambiente e expressão, num igarapé do Madeira com seus jacarés, ou na praia de Tambaú com seus coqueiros, no silêncio, rodeado de deuses, de perguntas, de paciências. Com trabalhos episódicos e desdatados, ou duma vez sem trabalho nenhum. Quanto ao sofrimento dos acessos periódicos, não é isso que desejo, mas a prostração posterior, o aniquilamento assombrado, cheio de medos sem covardia, a indiferença, a semi-morte igualitária. Que só em determinados lugares e não aqui posso ter. Quanto ao acesso, passa. E em nossa civilização o cocainômano, por prazeres possíveis, não aguenta galhardo a fungação, os trejeitos a que obriga o pó? Ninguém dirá, nem mesmo o morfinômano, que uma injeção seja agradável. Vamos além: a infinita maioria dos cocteils, a infinita maioria das bebidas fortes é soberanamente desagradável. E nós bebemos tudo isso, por uma infinidade de tendências, de aspirações, de curiosidades, de vaidades, impossíveis de analisar completamente. E pela satisfação de prazeres, de estados fisiopsíquicos posteriores, nós nos sujeitamos a todos esses horrores, e nos sujeitamos a fazer visitas, a participar nosso casamento, a acompanhar enterro, ler jornais, bancar de alegres, e outros sofrimentos e martírios mais maiores e mais quotidianos que o acesso de tremedeira. Ora vocês querem ser "civilizados", sejam! Mas eu tenho uma apaixonada atração pela maleita.

Ia contar aquela tarde do rio Madeira, não contei... Fica pra domingo.

VONTADE DE MULHER

Excerto de *Café*[20]

[...] Frontões. Muitos restaurantes noturnos. Quartiúnculos abertos na boca da rua, muita luz, muita gente dentro. Entrando, saindo. Sírios, mendigas, encostados nas paredes, vendendo amendoim. Pouco mais de meia-noite. Multidões penduradas nos bondes, cheios. Ondas de gente, era um mar. O mar verde, nordestino da vitrina da Casa Alemã. Uma jangada longe, quem que vinha nela? quem que vinha?... Pra Chico Antônio a imagem de Isabel era mais íntima, saída duma precisão sexual, Isabel era o amor casado que ele poderia gozar na frente mesmo de seu João, Isabel conciliava nele o desejo da noite com o pai. Os três juntos, sem se separar. Não era um caso proibitivo de outros prazeres, que nem o velho estava imaginando, era uma conciliação momentânea. Chico Antônio estava real, irreal. Numa sensualidade que ele nem pensava em disfarçar, não pondo reparo. Magnificamente pensando Isabel. Um detalhe de corpo. Um aboio, cheiro pesado de engenho, as filhas do senhor de engenho tomando banho, eram Isabel. O mar da vitrina era

agora um mar verdadeiro onde os manequins se moveram logo em caboclas peitudas, bem nuas; eram Isabel, e Chico Antônio nadava custoso no meio do povaréu da calçada, puxado por seu João, quem que vinha na jangada?
— Vam' comer pipoca!
O velhote inventava um desafogo enquanto não achava jeito de entrar no assunto. Nem era dificuldade de entrar no assunto que isso em gente do povo se entra de supetão, olhe, Chico Antônio, vamos falar duma coisa séria, como foi o caso com a Isabel?, era mas a dificuldade de falar essa frase pura, a discrição de não se mostrar mais sério e mais perfeito, aquela delicadeza de alma que no velho era mesmo duma perfeição maravilhosa, apesar de não cultivada.
Comiam pipoca na esquina. Os olhos de ambos, reconhecendo, atravessaram a praça, foram penetrar no café expresso de faz pouco. Astrogildo. Seu João pensava no Jorge e estava satisfeito porque tirara o filho duma aventura sem-vergonha. Percebeu ingenuamente, com verdade e sem ela, que fora o Jorge a causa de Chico Antônio... turquinho safado! Chico Antônio calmava desesperadamente. Os sentidos se fechavam como asas sonolentas, mas o moço estava muito triste. Pusera a imagem de Isabel do pensamento do velho, e agora só mesmo um ralho bem firme do pai o havia de repor na sua inconsciência habitual. Mas a pipoca, seu João de novo espertinho, o ralho não chegava, era capaz de não vir mais... e Chico Antônio recomeçava insistindo, agora só com a cabeça, de pique, na vontade de mulher. Os olhos foram ondulando sobre os magotes de gente, mais esparsos agora, até lá no alto donde a avenida escachoava sobre a praça como um enorme vagalhão. De repente acreditou nítido que enxergava Isabel numa barca bem no meio dum mar de navegar. Isabel vinha pra ele, sentiu, vinha pra ele atravessando o verde mar de navegar. Brotaram-lhe ritmos do coração, mais inquietado. De navegar... Uma linha apenas imaginada, de melodia. Mas como Isabel não pudesse vencer

as ondas, parada de pé no meio da barquinha, diz-que vindo mas não fazendo nada pra chegar junto dele, a barquinha desapareceu súbito. Chico Antônio enfiava maquinalmente punhados de pipoca na boca, esperando que seu João falasse de Isabel e o censurasse. Fazia esforço cabeçudo pra recordar como era a barca que enxergara e não via mais. A miragem não tinha sentido, mas ele enxergara sim. É porque Isabel estava sem remo... Por isso é que estava de pé na barquinha... Seu João, ficara muito sério e falou de Isabel.

— Vam' sentar. Se toma um trago.

Entraram no bar da esquina. Seu João pediu cerveja e:

— Você casou com ela?

— Nhor-sim...

— Ela era boa?

— Boa... ela era.

Todo o ser dele chorava internamente, numa desgraça felicíssima. A sexualidade, a vontade de mulher desaparecera por completo. Os olhos do coqueiro se entregaram pra seu João, em busca de castigo. Mas seu João estava ainda apenas uma censura insuficiente, mexendo lento a cabeça. Chico Antônio teve uma raiva de botar um defeito bem grande em Isabel, porém jamais que imaginasse nisso e não mentia, se lembrou que ela estava prenhe.

— ... nunca que ela quis ter um filho de mim...

Teve medo logo do que falara sem querer, só pelo desejo invencível de prejudicar Isabel. Não pela falsidade mas porque estava desejando que seu João ralhasse bem com ele, e a frase o defendia. Mas seu João ralhava mesmo. Principiou de mansinho, voz grave, falando vagarento. Ainda não estava bem no movimento da parolagem que lhe era tão da natureza, e às vezes entreparava esperando uma deixa. E isso maltratava Chico Antônio porque as ausências repentinas de voz não tinham mais nexo pra ele, lhe interceptavam a liberdade de cismar. Porém seu João aos poucos agarrara num discurso muito igual e sem parada, indo até as portas da infância do coqueiro, pra poder censurar perdoando. Chico Antônio estava imóvel, de cabeça baixa, arrependido. Seu João, a voz de seu João o botava numa perfeição agradabilíssima, lhe recordava tantas coisas de si mesmo, como que lhe dava passado, tradição, como que lhe ajuntava tudo o que ele já fora e fizera, ao homem de agora. No seu natural desmancho de ser, o moço criava a sua vida apenas do momento que tinha na frente, jamais o moviam as experiências do passado. Por isso o deliciavam sensualmente esses momentos de consciência de ser, tão raros, como o que as palavras de seu João lhe estavam dando agora. A voz, as expressões às vezes duras mas conhecidas, lhe batiam no corpo feito mão que acarinhasse. Surgiam detalhes, às vezes provocados por alguma frase, alguma expressão que já escutara num tempo vastamente atrás, em circunstâncias especiais. Viu, viu de fato a famosa vaca vermelha correndo que enlouquecera de com sede, seu João agarrara ele, enganchara ele no pescoço do cavalo, mais o Ramiro com o Dico na garupa, galoparam fugindo, depois mataram a vaca, ficava com raiva porque era sempre ele que mandava arrancar mandioca, um dia fugiu, havia de mandar buscar Isabel porque seu João havia de abraçá-lo quando ele voltou não aguentando mais de fome... Havia poucos fregueses no bar. E o grupo, lá junto do balcão tomando café expresso, Jorge, se ligava mais era com o Ramiro, tão forte, que ensinava bem as habilidades do sertão e o amava por causa da cantoria, agora ia casar, seu João contara, ele também já estava casado, e aquela feita em que os dois foram, qual o quê! não conseguiram espantar a boisada que arrebentara a cerca do açude, sujara toda a água onde seu João até batia neles por causa de irem brincar com as barquinhas sempre amarradas com linha de carretel de Mãe, porque senão a barquinha ia lá pro meio do açude, seu João via, quem foi? foi Isabel... Seu João pagava a cerveja, se levantavam, era bem tarde, seu João mostrara que eram quase duas horas, estavam limpando o bar, já meio descidas as portas de ferro. Saíram na praça outra vez. Mas Chico Antônio estava completamente atordoado, em plena integridade. Tomara com uma esfrega mãe, seu João dissera boas pra ele, e Chico Antônio forte, com o corpo retesado numa plenitude perfeita, inda se sentia mais forte aguentando as censuras do pai. Bastava um peteleco seu João ia longe, mas seu João que batia, Chico Antônio se deixava bater, o que inda mais lhe dava uma masculinidade absurda, heroica, cheia de complacência.

Seu João estava bastante fatigado, quando pararam na esquina, se orientando. A praça ficara monumental assim, quase vazia, sem bonde mais. Os homens solitários, parados nas esquinas, vindos de algum trabalho noturno, de alguma farra, com medo de arrancar a pé pros bairros longínquos, esperavam o primeiro bonde da madrugada. Tinha dois sentados na calçada em frente. Outros não esperavam nada, esperavam a vida, sabendo que a praça do Correio era o lugar mais propício para esperar a vida. Passou um automóvel deslumbrante, chato, branco e preto, moços chiques dentro e aquela menina sem chapéu, olhando francamente pra ele. Chico Antônio baixou os olhos.

Caminharam silenciosos, subindo à praça Antônio Prado, donde seu João podia se orientar. O velho ia meio com medo do moço. Chico Antônio estava tão mudo, não falara nada, tão vago, tão úmido de saúde alumiada na pele brilhante, seu João teve receio, como se estivesse junto dum animal bravo. Tomou instintivamente o partido de enfraquecer, a ladeira era tão íngreme que explicava tudo.

NA NOITE DO MATO-VIRGEM

"Lenda das mulheres de peito chato" / *Remate de males*[21]

Macunaíma, Maria,
Viajando por essas terras
Com os dois manos, encontrou
Uma cunhã tão formosa
Que era um pedaço de dia
Na noite do mato-virgem.
Macunaíma, Maria,
Gostou da moça bonita.
Porém ela era casada,
E jamais não procedia
Que nem as donas de agora,
Que vivem mais pelas ruas
Do que na casa em que moram;
Vivia só pro marido
E os filhos do seu amor,
Fiava, tecia o fio,
Pescava, e março chegado,
Mexendo o corpo gostoso,
Ela fazia a colheita
Do milho de beira-rio.
Que bonita que ela é!… Bom.
Macunaíma, Maria,
Não pôde seguir, ficou.
Que que havia de fazer!
Amar não é desrespeito,
Falou pra ela e ela se riu.
Então lhe subiu do peito
A escureza da paixão,

〉〉〉〉

E o apaixonado cegou.
Pegou nela, mas a moça
Possuía essa grande força
Que é a força de querer bem:
Forceja que mais forceja,
Até deu nele! Não doeu.
Macunaíma, Maria,
Largou da moça.
                Ôh, meu Deus!

Como estava contrariado!
Pois um moço que ama então
Não tem direito de amar!
Tem, Maria, tem direito!
Te juro que tem direito!
Macunaíma fez bem!
O amor dele era tão nobre
Ver o do outro que casou.
Casar é uma circunstância
Que se dá, que não se dá,
Porém amar é a constância,
Porta num, se abanca, e o pobre
Tem que lhe matar a fome,
Dar cama pra ele dormir.
Macunaíma, Maria,
Era como eu brasileiro,
E em todas as moradias
Que se erguem no chão quentinho
Do nosso imenso Brasil,
Não tem uma que não tenha
Um quarto-de-hóspedes pronto!
Pobre do Macunaíma,
Não tem culpa de penar!
Foi brasileiro, amor veio,
Ele teve que hospedar!

— Eu te amo, (que ele falava)
Moça linda! Você tem
Esse risco de urucum
Na beira do olhar somente
Pra não ver quem te quer bem!
Olhos de jabuticaba!
Colinho de cujubim!...
Te adoro como se adora
Com doçura e com paixão!
Maria... Vamos embora!
(Que ele falava pra moça)
Eu quero você pra mim!

Bom. O coitado, Maria,
De tanta contrariedade,
Pôs reparo que é impossível
Se ser feliz neste mundo,
Em plena infelicidade...
Se vingou. Tinha ali perto
Dois cachos de bananeira.
Cortou deles... você sabe,
Os mangarás pendurados,
Que de tão arroxeados
Têm mesmo a cor da paixão.
Lá no Norte chamam isso
De "filhotes da banana",
E a bananeira dá fruta
Uma vez, não dá mais não...
Macunaíma, Maria,
Pegou na moça, arrancou
Os peitinhos emproados
Do colo de cujubim,
Pendurou no lugar deles
Os filhotes da paixão.

Por isso essa moça dura,
De quem nós todos nascemos,
Tem o colo que nem de homem,
De achatado que ficou.
E hoje as donas são assim...

Adianta a lenda que a moça
Ficou feia... Não sei não...

PORNOGRAFIA RELIGIOSA

Excerto de *Café*[22]

[...] num daqueles pardieiros seminovos e sujíssimos da rua do Seminário, no próprio quarteirão do Correio, morou quase um ano um marinheiro alemão de tipo raro. Muito viajado, com seus quarenta anos talvez, esse era bem capaz dos crimes piores, só que tinha a paciência maruja de não procurar coisa nenhuma, esperando. E como no tempo em que viveu em São Paulo nenhuma falcatrua lhe surgiu, viveu sem nenhuma, perfeitamente adaptado e sem pressa de viver. Sabia muita coisa, falava mal várias línguas e, curiosamente, um português asiático, mais dolente ainda e menos colorido que os diversos portugueses do Brasil. Tatuava como ninguém. O próprio corpo dele era uma renda minuciosa, já muito escalavrada por berevas antigas estrelando em franziduras e beiços polidos de cortes. Mostrava o corpo com uma indiferença espetacular. Solicitado, retirava o dólmã e a calça e já estava nu. Não chegava a repugnar, mas afastava com um quê de sobre-humano e de relíquia. Principalmente isso: uma tamanha anormalidade de epiderme que impressionava como se fosse o resultado duma velhice milenar.

Ainda ajudava essa impressão a fantasia horripilante da maioria das tatuagens, tão audaz na sua pornografia religiosa a ponto de parecer ou realmente ser aquela inocência amedrontadora do paranoico. É impossível descrever aquele mundo de desenhos, alguns pueris e não interessando nada, mas chocando por essa mesma violência de contraste com a grande maioria cultivando uma religiosidade de sensualíssima espécie. A particularidade inesquecível eram uns a modo de borrões irregulares, duma grafia meticulosíssima, representando chumaços de pelos. Totalmente depilado por natureza, apenas com uma penugem dourada nas partes e nos sovacos, essas restingas de pelo abundante e crespino das tatuagens não sei como explique a sensualidade, a pornografia que emanavam. Sobretudo a quase cabeleira em torno do umbigo e se alongando feito asa nodosa pelas pregas entre a barriga e a peitaria. O chumaço acabava à direita na boca escancarada dum perfil feminino, boniteza de folhinha, topete e birote ainda, com um nome embaixo.

Esse marinheiro tatuou muita gente em São Paulo. Copiava nos corpos distintivos de clubes esportivos, frases votivas de amor, bandeiras, figurinhas de revistas, que reduzia com admirável habilidade a uma bastante viva síntese linear. Mais raro, e só com prévio consentimento gravava imoralidades. Só então não exigia modelos, inventava; e sempre as imoralidades saíam eivadas de ardor religioso. Eram de interpretação obscura, pouco sedutoras pros que se deixavam tatuar, gente simples, operários moços, amantes, futeboleres, vadios. Mas no caso de fazer alguma, vinha sempre acompanhada dum chumaço de pelo.

HISTÓRIA BEM PICANTE

"O Pai dos Cearenses" / *O Turista Aprendiz* [23]

Hoje o paroara da terceira me contou uma história bem picante, nem sei se deva repetir...

Diz-que antigamente os cearenses eram fisicamente mais bem-dotados que qualquer homem da terra. Ninguém poderia nunca apostar com eles nos passes e encompridamentos do gosto de amor, pois além de poderosissimamente servidos, os cearenses, o que cada mortal homem possuía num par apenas, eles possuíam nada menos que quatro. A tal de imperatriz com eles, não havia de se cansar somente, ficava mais que saciadíssima. Mas tudo foi isso de irem para o Amazonas. Não vê que o Pai dos Cearenses era um homem guapo mesmo, desses descritos acima, só que excepcionalmente bem-provido e bem-disposto. Tão bem-disposto que não se sujeitou com o sofrimento danado quando a seca bateu de verdade pela primeira vez no Nordeste. "Vamos pro Amazonas – ele disse – Tem água". E partiu com todos os paroaras. Bem: chegou aqui, era enérgico mesmo, ganhou muito dinheiro que, quando era por demais, ele dava uma chegada em Manaus pra gastar. Acendia charuto com nota de quinhentos mil-réis, perdia oitenta contos numa noite de jogo sem piscar. Ficou logo o maior jogador do Amazonas, como já corria fama que era o maior amante do mundo. Isso, homem casado pra ele era menos que nada e as senhoras andavam mas satisfeitíssimas.

Pois não é que de repente o Pai dos Cearenses deixou de dar em cima de nenhuma! Foi um escândalo medonho e não se falava noutra coisa, até que veio-se a saber a razão. O Pai dos Cearenses agora andava nada mais nada menos que maridado com a Iara. É que um dia a fama dele acabou chegando no fundo do rio imenso e a Iara ficou muito ciumenta. Assentada naquele mundão de esqueletos que a tinham desiludido, imaginou como seria aquele cearense tão rico que, em vez de dois, possuía quatro nuquiiris. Então mandou propor casamento a ele, que isso de deusa é casamento no duro, não tinha amigação nem bigamia. Dependência ou morte.

Vai o herói aceitou que a glória de ser marido da Iara, só mesmo cearense é digno disso. A deusa impusera uma condição que ele jurou sem hesitar, até se rindo: cada vez que o desejo chegasse e ela pedisse, ele tinha que largar o seu trabalho, largar tudo e ir lá no fundo do rio pra brincar. E foi sublime, meu filho. A noite de núpcias até muitos peixes morreram porque tomados de espavento da luta entre aqueles dois amantes fortíssimos, esqueceram de respirar. A deusa não se saciava mas quem disse o Pai dos Cearenses ficar atrás! Até que romperam as barras da aurora e o Pai dos Cearenses teve que ir no seringal, foi. Era aquela energia assombrosa... Numa hora golpeou setenta seringueiras, mas de repente parava o trabalho e ficava rindo sozinho. É que o Pai dos Cearenses estava lembrando a noite boa que passara.

Nisto, não fazia nem duas horas que ele estava trabucando, chegou uma abelhinha zumbindo, zumbiu bem rodeando a cabeça dele e contou que a Iara já estava querendo outra vez e mandava chamar. Ele fez que sim e foi. Voltou meia hora depois meio envermelhecido e de vez em quando lá chegava a abelha zumbindo porque a Iara mandara chamar. E o Pai dos Cearenses ia.

Sucedeu porém que ele ajuntara, naquele fim de colheita, pra mais de duzentos contos e ficara o homem mais rico do mundo. Então foi questão dele ir aplicar aquela dinheirama toda no jogo em Manaus. Falou com a deusa e ela secundou logo que por isso não, porque podia se mudar para o palácio que tinha lá no fundo do Rio Negro, foram.

Quando o Pai dos Cearenses chegou em Manaus ali por volta do meidia, se dirigiu imediatamente pro Cassino. Era cedo, muito, mas sempre pôde bancar um bacará bravinho. Mas nem bem estava ali duas horas e perdera apenas uns vinte contos, que a abelha chegou zumbindo e disse aquilo que sabemos. O Pai dos Cearenses pediu licença com muita delicadeza, falando que ia lá dentro. Quando ele virou as costas, todos riram porque a felicidade dele era mais que sabida do mundo.

Ao cabo de meia hora o Pai dos Cearenses voltou meio envermelhecido e caíram no jogo outra vez. Ao cabo de outras duas horas chegou a abelha com aquele zumbido, zum-zum-zum, e o Pai dos Cearenses já perdera bem trinta e cinco contos. Pediu licença, foi, e assim o jogo já se interrompera quatro vezes, quando a abelhinha chegou com aquele zumbido infernizante, zum-zum-zum, e agora o Pai dos Cearenses estava ganhando quinze mil-réis. Isso também era por demais, e o herói gritou embrabecido "Deixo o jogo não! Diga a ela que vá plantar batatas!" A abelhinha foi.

Já era mais de meia-noite, todos estavam caindo de sono e o Pai dos Cearenses perdera toda a sua riqueza. Quando ele voltara ao seu lar do fundo do rio depois de entardecer! A deusa devia estar furiosa... Estava não. Quando ele chegou, se barbeou pra não espinhar muito e foi aproximando daquela cama bonita, de ouro e prata, meio ressabiado, que dúvida! a Iara até sorriu pra ele, molenga, e ergueu aqueles braços lindos, cor mesmo de leite novo da seringueira. E o Pai dos Cearenses, compadecido de tamanho amor, afundou naquela gostosura.

Mas que gostosura aquela que ele jamais provara assim tão nova! Era esquisito... jamais que o prazer não se abrira tanto e depois se fechava e vinha cerrando, cerrando como um ímã que guardasse tudo, tudo, até os nuquiiris! O Pai dos Cearenses deu um urro deliciado e surpreendido:

— O que vassuncê está fazendo, dona! ele exclamou.

— Estou plantando batatinhas.

Ele meio que não compreendeu e foi pra esconder o

quengo nos lindíssimos cabelos verdes da Iara, mas nisto ligou os fatos e ficou horrorizado. Quis se afastar da deusa mas percebeu que estava preso. Aí o Pai dos Cearenses, que era mesmo enérgico, berrou que nem touro, deu um safanão tal que foi aquela pororoca nos rios. Mas o Pai dos Cearenses conseguira se livrar todo sangrando. A Iara rindo muito, se espreguiçava naquele riso perverso, foi-se espreguiçando, espreguiçando, dissolvendo, dissolvendo e virou um estirão alvo de praia. Logo foi subindo nos ares aquela palmeira linda e aqueles dois pés robustos de batata. E quando o Pai dos Cearenses foi ver, estava cortado pela metade e só com duas batatinhas. As outras, Iara plantou.

Os cearenses sempre foram muito mais heroicos e animosos que os gaúchos. Só que por causa da malvadeza da Iara, eles ficaram igualmente como os outros homens desse mundo. Quer dizer, um pouco menorzinhos.

DESEJO DE PESO DE CORPOS

"Poema Abúlico" / *Poesias completas*[24]

Imobilidade aos solavancos.
Mário, paga os 200 réis!

Ondas de automóveis
        árvores
        jardins...
As maretas das calçadas vêm brincar a meus pés.
E os vagalhões dos edifícios ao largo.
Viajo no sulco das ondas
                ondulamente...

Sinto-me entre mim e a Terra exterior.
                    TERRA SUBCONSCIENTE DE NINGUÉM
      Mas não passa ano sem guerra!
Nem mês sem revoluções!
Os jornaleiros fascistas invadem o bonde, impondo-me a
                                [leitura dos jornais...
    Mussolini falou.
        Os delegados internacionais chegaram a Lausane.
            Naturalmente o Brasil vai mandar Rui Barbosa...
      Ironias involuntárias!

Esta mulher terá sorrisos talvez...
    Pouca atração das mulheres sérias!
    Sei duma criança que é um Politeama de convites, de
                                [atrações...

As brisas colorem-me os lábios com as rosas do Anhangabaú.
Sol pálido chauffeur japonês atarracado como um boxista.
                Luz e força!
               Light & Power
Eu sou o poeta das viagens de bonde!
Explorador em busca de aventuras urbanas!
Cendrars viajou o universo vendo a dança das paisagens...
Viajei em todos os bondes de Pauliceia!
Mas em vez da dança das paisagens,
contei uma por uma todas as rosas paulistanas
e penetrei o segredo das casas baixas!

    Oh! quartos de dormir!...
    Oh! alcovas escuras e saias brancas de morim!...
    Conheço todos os enfeites das salas de visitas.
    Almofadas do gato preto;
    lustres floridos em papel de seda...
      Tenho a erudição das toalhas crespas de crochê, sobre
           [o mármore das mesinhas e no recosto dos sofás!

〉〉〉〉

Sei de cor milhares de litografias e oliogravuras!
Desdêmona dorme muito branca
Otelo, de joelhos, junto ao leito, põe a mão no coração.
Have you pray'd to-night, Desdemona?
E os bibelôs gêmeos sobre os pianos!
A moça está de azul
Ele de cor-de-rosa...
Valsas lânguidas de minha meninice!

Em seguida: Invasão dos Estados Unidos.
Shimmyficação universal!
O fox-trot é a verdadeira música!
Mas Liszt ainda atrai paladares burgueses...
    Polônias interminavelmente escravizadas!
      Paderewski desiludiu-se do patriotismo e voltou
aos aplausos internacionais...
    Como D'Annunzio.
    Como Clemenceau.
      Os homens que foram reis hão de sempre
        [acabar fazendo conferências?!...
Mas para mim os mais infelizes do mundo
são os que nascem duvidando se são turcos ou gregos...
        franceses ou alemães?
      Nem se sabe a quem pertence a
        [ilha de Martim Garcia!...
HISTÓRIA UNIVERSAL EM PEQUENAS SENSAÇÕES
    Terras-de-Ninguém!...
      ... como as mulheres no regime bolchevista...
No entanto meus braços com desejo de peso de corpos...
Um torso grácil, ágil, musculoso...
Um torso moreno, brasil...
Exalação de seios ardentes...
Nuca roliça, rorada de suor...
Uns lábios uns lábios preguiçosos esquecidos n'um
        [beijo de amor...

        〉〉〉〉

Crepito.
E uma febre...
Meus braços se agitam.
Meus olhos procuram de amor.
Sensualidade sem motivo...
É o olor ólio das magnólias no ar voluptuoso desta rua.

MOÇAS LINDÍSSIMAS MONTADAS EM BOTOS

Excerto de O Turista Aprendiz[25]

3 de junho. Madrugada cheia. Um jacaré morto boiando, de barriga pra cima e os pés espetadinhos no ar. Mais de setecentas (me deram o número) mais de duzentas garças abrem voo do capinzal verde claro. No almoço o peixe tambaqui, ótimo, de uma delicadeza superfina. E tartaruga com recheio da mesma, obra-prima. Pelas duas horas portaremos em Itacoatiara, primeira cidade do estado do Amazonas. Vista em sonhos. É a mais linda cidade do mundo, só vendo. Tem setecentos palácios triangulares feitos com um granito muito macio e felpudo, com uma porta só de mármore vermelho. As ruas são todas líquidas, e o modo de condução habitual é o peixe-boi e, pras mulheres, o boto. Enxerguei logo um bando de moças lindíssimas, de encarnado, montadas em botos que as conduziam rapidamente para os palácios, onde elas me convidavam pra entrar em salas frias, com redes de ouro e prata pra descansar ondulando. Era uma rede só e nós dois caíamos nela com facilidade. Amávamos. Depois íamos visitar os monumentos públicos, onde tornávamos a amar porque todos os burocratas estavam ocupados, nem olhavam. As ruas não se chamavam com nome de ninguém, não. Tinha a rua do Meu Bem, a rua das Malvadas, a rua Rainha

do Café, a rua das Meninas, a rua do Perfil Duro, a rua do Carnaval, a rua Contra o Apostolado da Oração. E todas as moças lindíssimas deixavam facilmente eu cortar os cabelos delas. Eu cortava que mais cortava, era um mar de cabelos, delicioso mas um bocado quente. Foi quando me acordaram.

PURO ÊXTASE DESCONTROLADO

Excerto de O Turista Aprendiz [26]

14 de julho. Partida de Guajará-Mirim, seis horas. Enfim, estamos definitivamente "voltando". Parada às onze pra visitar a cachoeira do Ribeirão. Passeio esplêndido sobre as pedras. Fotos. Almoço no trem. Um bem-estar geral que se resolve em cantoria. Canto que não paro mais. Paradinhas. Encontramos o trem "horário", como também aqui se diz. E desce um luar sublime sobre a terra. Tudo em volta do trem é de uma luminosidade encantada, cheia de respeito e de mistério. E eu canto, canto tudo o que sei, desamparado. Canto ao luar, desabaladamente em puro êxtase descontrolado, com a melhor voz que jamais fiz na minha vida, voz sem trato, mas com aquela natureza mesmo, boa, quente, cheia, selvagem mas sem segunda-intenção, generosa. O que eu sinto dentro de mim! nem eu sei! não poderia saber, nem que pudesse me analisar, estou estourando de luar, tenho este luar como nunca vi, me... em mim, nos olhos, na boca, no sexo, nas mãos indiscretas. Indiscretas de luar, nada mais. Sou luar! e de repente me agacho, fico quietinho, pequenino, vibrando, imenso, fulgurando por dentro, sem pensar, sem poder pensar, só.

Chegada a Porto Velho, meia-noite. Sono de pedra.

PRESENÇA DA DONA AUSENTE

ESTA NOITE TIVE UM SONHO,
UM SONHO MUITO ATREVIDO:
APALPEI NA MINHA CAMA
A FORMA DO TEU VESTIDO.

As melodias do boi e outras peças

A FALTA FÍSICA DO AMOR

Excerto d'*O sequestro da Dona Ausente*[27]

A Dona Ausente é o sofrimento causado pela falta de mulher nos navegadores de um povo de navegadores. O marinheiro parte em luta com o mar e, por todas as dificuldades que fazem o trabalho marítimo, é obrigado a abandonar a amada em terra. O ramerrão do mar, em síntese, é o mesmo da terra, luta pela vida, comer, dormir... Mas a dona está ausente, e sem dúvida este é o mais sofrido dos males a que o marujo está exposto em viagem. O mar todo-poderoso exige dos que lhe manejam o rito, viverem em castidade completa. Mas a saudade da mulher persegue o casto, o desejo dela o castiga demais. E o marujo, especialmente o lusitano que foi o maior dos navegadores, busca disfarçar o martírio nas imagens e nos símbolos da poesia. O folclore luso-brasileiro se enriqueceu, com isso, de uma série numerosa e admirável de quadrinhas e cantigas.

[...] O que será muito importante de verificar são as causas da "falta física do amor branco" terem sido sequestradas. Qual a razão do sequestro? Por que a verificação de que não havia mulher branca para amar aqui tornava difícil a vida? As razões são evidentemente claras. Entre os que vinham pra América muitos eram casados e deixavam a mulher na Europa. A saudade, principalmente amplificada pelo desejo sexual é penosa e a ambição da conquista e a tradicionalização de aventura nessa gente os levava a evitar recordações e pensamentos penosos que os enfraquecessem, afrouxassem, impedindo assim a conquista de riquezas rápidas que permitissem volta rápida. Existe ainda a razão do pecado, mais geral. Se desejava mulher para cumprir simplesmente com um desejo sexual. Desejo este, se sabe que importantíssimo, criando as licenças homossexuais da vida marinheira, e as fáceis vitórias contra a relutância de hábito, permitindo amar nos portos as mulheres de todas as raças, cores e cheiros. Mas contra isso havia nesses portugueses não só a consciência tradicional religiosa como a presença constante do padre. Eram estas ambas, apontando ao espírito do viajante, como dedos acusadores, o pecado mortal. Se este praticamente lhes importou muito pouco, derrotado pelas ambições e pela liberdade de vida numa terra sem rei nem lei, permanecia virtualmente na consciência e era penosa. O simples fato de contar a ausência de mulher que os satisfizesse implicava na constatação franca de pecado. Sequestrada a primeira, a segunda *ipso facto* desaparecia também ou se abrandava.

[...] O tema da "dona ausente" em que por mil formas se transformou o desejo sexual irrealizável é sem dúvida um dos mais belos, mais elevados, mais líricos e mais permanentes do folclore universal. Convertido a uma imagem determinada pelo sequestro colonial, ele tomou aqui duas formas primordiais em que essa beleza, esse lirismo e essa elevação se conservam. A imagem de dois amantes com um rio de permeio proibindo-os de se juntarem é de uma boniteza absolutamente clássica. E ainda a imagem da amante embarcada vindo para junto do amante preso num rochedo ou numa praia possui a mesma intensa boniteza. Já esse valor de boniteza intensa e tão intensamente lírica é suficiente para justificar a tradicionalização do tema.

Porém ainda pela psicologia essa tradicionalização se justifica. A insatisfação sexual é talvez a maior propulsora de lirismo dentre as preocupações profanas. A "desgraça" tão frequente nos poetas jovens não é afinal das contas nenhuma hipocrisia nem propriamente uma moda romântica. É antes um derivativo ao "mal do amor" cada vez menos inexistente devido a liberdade de costumes cada vez maior. Mas enquanto esta não for absoluta, se é que chegue a isso, o mal de amor, a insatisfação sexual há de mesmo permanecer como fonte de lirismo e de sequestros. Ora, justamente o Sequestro da

Dona Ausente nas fisionomias diversas da sua temática, traz uma simbologia necessariamente simpática aos insatisfeitos.

[...] O Sequestro da Dona Ausente afinal se resume na sua mais primária ideia ao presente duma mulher. Ou ela espera no outro lado do rio, ou vem de barca pra nos se dar, ou já conosco ("Ôh pescador de barquinha! — O que é lá!") seja mulher de soldado, seja nossa dama, sejam as esposas do Mangue, já conosco voga no barquinho epitalâmico. E milhor presente não é possível se imaginar do que mulher pra capadócios, pra mocinhos seresteiros, pra cantadores de saraus de bairro, pra estudantes, pra meninões à espera de buço, para coqueiros inconscientemente safados no meio da sensualidade peguenta de canto e ouvintes, pra todos os homens afinal. A toda essa gente macha a quem um preconceito, uma vergonha, uma timidez, uma disgra, uma pindaíba, uma religião, uma moral, um andar no desvio, uma recusa enfim, esquivavam o prazer incomparável nesse mundo, a mulher.

[...] Ora o sonho sendo essencialmente a satisfação dum desejo, tem isso de particular, demonstrado satisfatoriamente por Freud, que vem sempre muito impregnado da infância do indivíduo sonhador. "No sonho é a criança que permanece com todos os seus impulsos" chega Freud a afirmar, talvez um bocado exageradamente. [...] E tudo isso podemos reconhecer na temática mais fixa do Sequestro da Dona Ausente. A transposição do vasto mar oceano pra um rio; os veleiros intercontinentais traduzidos em barquinhas; a facilidade das mulheres livres traduzida discretamente pra tradição da "mulher de soldado"; o naufrágio do mar apequenado a uma barca virada em rio nadável etc.: tudo isso são infantilidades, sem dúvida que de lirismo delicioso e comovente, mas infantilidades. Coisas de que a grandiosidade trágica desapareceu, purificada a premência da vida no círculo gracioso dos sustos infantis.

[...] Cantigas de roda pra adultos em Portugal vivem no Brasil como cantigas de roda pra crianças (dar algum exemplo). Tudo isso me leva pois à hipótese de que inventado o tema, forma mais primária, mais delicada e invisível, ele tenha sido relegado a *ad usum delphini*. E se coadunando muito com o mundo de sustos, de tendências, de instintos, de ideais e de sexualidade infantil, é já agora fácil de compreender e bem argumentável a razão porque foi aceito, se generalizou e tradicionalizou no recreio fedelho. [...]

Embarque, sr. embarque
Bote o pé, não molhe a meia
Vá casar à sua terra
Não case na terra alheia

Alguém no porto gritou
"Canoeiro vai passar.
Si for homem deixe lá
Si mulher passe pra cá."

Ó barqueiro, volta co'a barca,
Qu'eu também já fui barqueiro;
Já passei a tua dama,
E não lhe levei (cobrei) dinheiro.

Travessei o rio a nado,
Eu saí foi de mergulho:
Somente para te ver,
Beiço de caju maduro.

A Joaquina caiu n'água
Caiu n'água e se molhou
Ai quem me dera a Joaquina
Molhada como ficou.

Na outra banda do rio
Não chove, nem faz orvalho,
Se vós tendes de ser minha

〉〉〉〉

Não me deis tanto trabalho.

Lá do outro lado do rio
Está uma rosa por se abrir;
Quem me dera ser sereno
Para na rosa cair.

Esta noite sonhei eu
Que te estava dando beijos;
Acordei achei-me só,
Tive dobrados desejos.

MOÇA NO ESCURO DO MATO

"Toada do Pai-do-Mato" / *Clã do jabuti* [28]

A moça Camalalô
Foi no mato colher fruta.
A manhã fresca de orvalho
Era quase noturna.
    — Ah...
Era quase noturna...

Num galho de tarumã
Estava um homem cantando.
A moça sai do caminho
Pra escutar o canto.
    — Ah...
Ela escuta o canto...

Enganada pelo escuro
Camalalô fala pro homem:

>>>>

Ariti, me dá uma fruta
Que eu estou com fome.
    — Ah...
Estava com fome...

O homem rindo secundou:
— Zuimaalúti se engana,
Pensa que sou ariti?
Eu sou Pai-do-Mato.

Era o Pai-do-Mato!

MOÇO NO FUNDO DO RIO

"Poema" / Clã do jabuti [29]

Neste rio tem uma iara...

De primeiro o velho que tinha visto a iara
Contava que ela era feiosa, muito!
Preta gorda manquitola ver peixe-boi.
Felizmente velho já morreu faz tempo.
Duma feita, madrugada de neblina,
Um moço que sofria de paixão
Por causa duma índia que não queria ceder pra ele,
Se levantou e desapareceu na água do rio.
Então principiaram falando que a iara cantava, era moça,
Cabelos de limo verde do rio...
Ontem o piá brincabrincando
Subiu na igara do pai abicada no porto,
Botou a mãozinha na água funda
E vai, a piranha abocanhou a mãozinha do piá.

Neste rio tem uma iara...

UM CASO DE PSICOLOGIA MUITO FORA DO COMUM

"Os monstros do homem – II" / *Táxi e crônicas no Diário Nacional*[30]

O meu último artigo, publicado no domingo atrás com o título acima, provocou uma carta de leitor que me pareceu digna de ser publicada. Realmente o assunto é outro, não estuda o fenômeno dos monstros imaginados pelo homem, porém me pareceu um caso de psicologia muito fora do comum. O missivista nem quis assinar, fez bem. Isso me permite fazer público o drama dele, sem a mínima indiscrição. Aqui vai:

"Li a sua última crônica no *Diário Nacional* sobre os 'Monstros do Homem', e as suas finas observações sobre a natureza dos pesadelos me reportou a toda uma fase dolorosa da minha vida. Estas fases, os angustiosos dramas que nós tantas vezes vivemos na orgulhosa solidão do ser, ficam amargando, mesmo depois de passados. Por que? Estou que sendo o ser humano eminentemente social, esses frutos da experiência pessoal QUE NÃO MAIS DOEM, continuam causando amargura enquanto o depositário deles, não os oferece aos seus companheiros de vida. Note o sr. que é reconhecido pela unanimidade normal que quando contamos algum nosso segredo, crime ou desgraça a outrem, nós nos sentimos aliviados. Eu mesmo já estive por várias ocasiões no quase de contar o que se passou comigo, e agora, diante das suas observações que me tocaram fundo, não resisto mais.

"Aos trinta e dois anos, quando já estava de posse de todas as minhas forças da inteligência e do corpo, amei uma criatura, e foi o amor desordenado. Não direi que a moça era linda, tanto mais que agora, quase oito anos passados, nem consigo mais conceber que ela possa provocar em alguém um desejo veemente. No entanto eu a amei apaixonadamente. E também com perfeição pois que os meus sentimentos foram sempre os mais nobres, e as minhas intenções as mais puríssimas. Posso mesmo garantir-lhe que jamais a mínima ideia imperfeita, o mínimo desejo grosseiro me veio em mente. E no entanto não me acredito mais elevado que o comum dos homens. Tenho também meus desejos e ideias grosseiras. Mas a respeito de outras mulheres, nunca a respeito dessa que eu ansiei por esposa e mãe dos meus filhos.

"Mas Luísa (dou-lhe um nome qualquer pra não escrever 'mas ela'), mas Luísa não me correspondia ao amor. Apesar de muito moça ainda e leviana por moda, foi piedosa para comigo, jamais me iludiu. Soube mesmo tecer de indiferenças tão frias as nossas relações sociais que eu seria um louco se mantivesse a mínima esperança. Eu tinha absoluta certeza que nenhuma felicidade me aguardava naquele amor desgraçado mas, por mais que reagisse, procurasse me afastar e distrair-me, a imagem de Luísa era como que a única razão de ser da minha vida.

"Sempre fui um estudioso apaixonado de Psicologia, e o que lera em vários tratados sobre a natureza do sonho, provocou-me uma ideia que, embora romântica, sempre me pareceu muito linda. Pois que não podia casar com Luíza e tê-la por esposa em minha vida, imaginei casar-me com ela em sonho. O sr. sabe tão bem como eu que é possível a uma pessoa provocar sonhos. Foi o que eu fiz. Depauperado fisicamente como estava já então, sentindo Luísa em todos os gestos e olhares meus, quis sonhar com ela. Minhas intenções eram puríssimas sempre. Provoquei os sonhos com ela por meio dos processos comuns. Não só agora forçava a imagem dela a não me sair dias inteiros do pensamento, como dormia na intenção firme de sonhar, pronunciando mil vezes o querido nome, e evocando a amada em sua imaculada graça.

"Veio o sonho. Veio sim, veio por duas vezes, mas em manifestações tão feias, tão brutais, tão grosseiras que fiquei desesperado. A primeira vez a cena sonhada é indescritível, tão violentamente imoral ela foi. A que eu evocava sempre no recato do lar, entre flores, filhinhos e paisagens suaves, surgiu-me despida, numa entrega fácil do seu corpo e fui vil. Amanheci tão triste, tão desesperado que não posso descrever as minhas aflições. Agora tinha medo de sonhar, tinha vergonha de sonhar e conspurcar de novo a imagem de Luísa. Até isso intensificava inda mais a imagem dela em mim. E sonhei outra vez, agora uma Luísa bastarda, sempre despida, mas rindo, caçoando de mim, comendo castanhas. Estas castanhas me é impossível explicar, mesmo por todos os processos da Psicoanálise.

"Veja agora o fenômeno que mais interessa. Eu despertava horrorizado com essas amadas monstruosas que me dava o sonho, e, depois da segunda vez, o medo doutro sonho imperfeito era tão grande, que eu conseguia passar muitas horas sem evocar Luísa. Mas o mais curioso ainda é que mesmo quando a imagem dela me aparecia, ela não me atraía mais! Não sei se era medo de deturpar outra vez a amada, não sei se era horror de mim, mas à revelação violenta daqueles sonhos, a repugnância que eu sentia de mim, como que se estendia à imagem evocada. Imagem que de resto nunca pôde ser perfeita, pois vinha sempre associada às figuras horrorosas do sonho.

"E foi assim que eu me curei da paixão! A imagem de Luísa se apagava aos poucos, e se jamais me foi odiosa, sou obrigado a confessar que cada vez mais a repugnância que primeiramente sentira só de mim, eu transportava sobre Luísa. E poucos meses depois eu nem a queria mais! Pude lhe apertar a mão, perguntar-lhe como estava passando, sem ideias, sorrindo para a existência com a pureza dos despreocupados."

Sem comentários.

UM SONHO MUITO ATREVIDO

Excerto d'As melodias do boi e outras peças[31]

Essa noite eu tive um sonho
Sonho de muita alegria
Que me casavam à força
Com quem eu muito queria.

Vou-me embora, vou-me embora,
Tão cedo eu aqui não venho:
Vou buscar três carapina
Pra levantar meu engenho.

*

Esta noite tive um sonho,
que meu amô morreu,
veiu a ingrata e me disse,
"ante" ele do que eu.

Esta noite tive um sonho
e fiquei encomodado:
sonhei que o meu bemzinho
na cama 'tava deitado.

Esta noite tive um sonho,
que dormi no bassorá,
acordei, estive preso,
nos braços de Nhá Corá.

Esta noite tive um sonho,
mas não conto p'ra ninguém,
abracei o "travissêro"
pensando que era o meu bem.

ABRE A ROSA OCULTA

"Poemas da amiga III e XI" / *Remate de males*[32]

Agora é abril, ôh minha doce amiga,
Te reclinaste sobre mim, como a verdade,
Fui virar, fundeei o rosto no teu corpo.

Nos dominamos pondo tudo no lugar.
O céu voltou a ser por sobre a terra,
As laranjeiras ergueram-se todas de-pé
E nelas fizemos cantar um primeiro sabiá.

Mas a paisagem logo foi-se embora
Batendo a porta, escandalizadíssima.

    *

A febre tem um vigor suave de tristeza,
E os símbolos da tarde comparecem entre nós;
Não é preciso nem perdoar nem esquecer os crimes
Pra que venha este bem de sossegar na pouca luz.

É a nossa intimidade. Um fogo arte, esquentando
Um rumor de exterior bem brando, muito brando,
E dá clarões duma consciência intermitente.
A poesia nasce.
Tu sentes que o meu fluido se aninha em teu colo e te
                                      [beija na face,
E, por camaradagem, me olhas ironicamente.

Mas estamos sem mesmo a insistência dos nossos brinquedos.
E o vigor suave da febre
Não intimida os nossos corações tranquilos.

MOMENTOS DE FÍSICO AMOR

"Poemas da negra X e XI" / *Remate de males*[33]

Há o mutismo exaltado dos astros,
Um som redondo enorme que não para mais.
Os duros vulcões ensanguentam a noite,
A gente se esquece no jogo das brisas,
A jurema perde as folhas derradeiras
Sobre Mestre Carlos que morreu.
Dir-se-ia que os ursos
Mexem na sombra do mato...
A escureza cai sobre abelhas perdidas.
Um potro galopa.
Ponteia uma viola
De sertão.

Nós estamos de pé,
Nós nos enlaçamos,
Somos tão puros,
Tão verdadeiros...
Ôh, meu amor!
O mangue vai refletir os corpos enlaçados!
Nossas mãos já partem no jogo das brisas,
Nossos lábios se cristalizam em sal!
Nós não somos mais nós!
Nós estamos de pé!
Nós nos amamos!

    *

Ai momentos de físico amor,
Ai reentrâncias de corpo...

〉〉〉〉

Meus lábios são que nem destroços
Que o mar acalanta em sossego.

A luz do candeeiro te aprova,
E... não sou eu, é a luz aninhada em teu corpo
Que ao som dos coqueiros do vento
Farfalha no ar os adjetivos.

UM VALE ARDENTE ENTRE MORROS

Excerto de "O besouro e a rosa" / Os contos de Belazarte [34]

Belazarte me contou:
    Não acredito em bicho maligno mas besouro, não sei não. Olhe o que sucedeu com a Rosa... Dezoito anos. E não sabia que os tinha. Ninguém reparara nisso. Nem dona Carlotinha nem dona Ana, entretanto já velhuscas e solteironas, ambas quarenta e muito. Rosa viera pra companhia delas aos sete anos quando lhe morreu a mãe. Morreu ou deu a filha que é a mesma coisa que morrer. Rosa crescia. O português adorável do tipo dela se desbastava aos poucos das vaguezas físicas da infância. Dez anos, quatorze anos, quinze... Afinal dezoito em maio passado. Porém Rosa continuava com sete, pelo menos no que faz a alma da gente. Servia sempre as duas solteironas com a mesma fantasia caprichosa da antiga Rosinha. Ora limpava bem a casa, ora mal. Às vezes se esquecia do paliteiro no botar a mesa pro almoço. E no quarto afagava com a mesma ignorância de mãe de brinquedo a mesma boneca, faz quanto tempo nem sei! lhe dera dona Carlotinha no intuito de se mostrar simpática. Parece incrível, não? porém nosso mundo está cheio desses incríveis: Rosa mocetona já, era infantil e de pureza infantil. Que as

purezas como as morais são muitas e diferentes... Mudam com os tempos e com a idade da gente... Não devia ser assim, porém é assim, e não temos que discutir. Mas com dezoito anos em 1923, Rosa possuía a pureza das crianças dali... pela batalha do Riachuelo mais ou menos... Isso: das crianças de 1865. Rosa... que anacronismo!

[...] Essa noite muito quente, quis dormir com a janela aberta. Rolava satisfeita o corpo nu dentro da camisola, e depois dormiu. Um besouro entrou. Zzz, zzz, zzzuuuuuummmm, pá! Rosa dormida estremeceu à sensação daquelas pernas metálicas no colo. Abriu os olhos na escureza. O besouro passeava lentamente. Encontrou o orifício da camisola e avançava pelo vale ardente entre morros. Rosa imaginou u'a mordida horrível no peito, sentou-se num pulo, comprimindo o colo. Com o movimento, o besouro se despegara da epiderme lisa e tombara na barriga dela, zzz tzzz... tz. Rosa soltou um grito agudíssimo. Caiu na cama se estorcendo. O bicho continuava descendo, tzz... Afinal se emaranhou tzz-tzz, estava preso. Rosa estirava as pernas com endurecimentos de ataque. Rolava. Caiu.

Dona Ana e dona Carlotinha vieram encontrá-la assim, espasmódica, com a espuma escorrendo do canto da boca. Olhos esgazeados relampejando que nem brasa. Mas como saber o que era! Rosa não falava, se contorcendo. Porém dona Ana orientada pelo gesto que a pobre repetia, descobriu o bicho. Arrancou-o com aspereza, aspereza pra livrar depressa a moça. E foi uma dificuldade acalmá-la... Ia sossegando sossegando... de repente voltava tudo e era tal-e-qual ataque, atirava as cobertas rosnava, se contorcendo, olhos revirados, uhm... Terror sem fundamento, bem se vê. Nova trabalheira. Lavaram ela, dona Carlotinha se deu ao trabalho de acender fogo pra ter água morna que sossega mais, dizem. Trocaram a camisola, muita água com açúcar...

— Também por que você deixou janela aberta, Rosa...

Só umas duas horas depois tudo dormia na casa outra vez. Tudo não. Dois olhos fixando a treva, atentos a qualquer ressaibo perdido de luz e aos vultos silenciosos da escuridão. Rosa não dorme toda a noite. Afinal escuta os ruídos da casa acordando. Dona Ana vem saber. Rosa finge dormir, desarrazoadamente enraivecida. Tem um ódio daquela coroca! Tem nojo de dona Carlotinha... Ouve o estalo da lenha no fogo. Escuta o barulho do pão atirado contra a porta do passeio. Rosa esfrega os dedos fortemente pelo corpo. Se espreguiça. Afinal levantou.

Agora caminha mais pausado. Traz uma seriedade nunca vista ainda, na comissura dos lábios. Que negrores nas pálpebras! Pensa que vai trabalhar e trabalha. Limpa com dever a casa toda, botando dez dedos pra fazer a comida, botando dois braços pra varrer, botando os olhos na mesa pra não esquecer o paliteiro. Dona Carlotinha se resfriou. Pois Rosa lhe dá uma porção de amizade. Prepara chás pra ela. Senta na cabeceira da cama, velando muito, sem falar. As duas velhas olham pra ela ressabiadas. Não a reconhecem mais e têm medo da estranha. Com efeito Rosa mudou, é outra Rosa. É uma rosa aberta. Imperativa, enérgica. Se impõe. Dona Carlotinha tem medo de lhe perguntar se passou bem a noite. Dona Ana tem medo de lhe aconselhar que descanse mais. É sábado porém podia lavar a casa na segunda-feira... Rosa lava toda a casa como nunca lavou. Faz uma limpeza completa no próprio quarto. A boneca... Rosa lhe desgruda os últimos crespos da cabeça, gesto frio. Afunda um olho dela, portuguesmente, à Camões. Porém pensa que dona Carlotinha vai sentir. A gente nunca deve dar desgostos inúteis aos outros, a vida é já tão cheia deles!... pensa. Suspira. Esconde a boneca no fundo da canastra.

Quando foi dormir teve um pavor repentino: dormir só!... E si ficar solteira! O pensamento salta na cabeça dela assim, sem razão. Rosa tem um medo doloroso de ficar solteira. Um medo impaciente, sobretudo impaciente, de ficar solteira. Isso é medonho! É UMA VERGONHA!

Se vê bem que nunca tinha sofrido, a coitada! Toda a noite não dormiu. Não sei a que horas a cama se tornou insuportavelmente solitária pra ela. Se ergue. Escancara a janela, entra com o peito na noite, desesperadamente temerária. Rosa espera o besouro. Não tem besouros essa noite. Ficou se cansando naquela posição, à espera. Não sabia o que estava esperando. Nós é que sabemos, não? Porém o besouro não vinha mesmo. Era uma noite quente... A vida latejava num ardor de estrelas pipocantes imóveis. Um silêncio!... O sono de todos os homens, dormindo indiferentes, sem se amolar com ela... O cheiro de campo requeimado endurecia o ar que parara de circular, não entrava no peito! Não tinha mesmo nada na noite vazia. Rosa espera mais um poucadinho. Desiludida, se deita depois. Adormece agitada. Sonha misturas impossíveis. Sonha que acabaram todos os besouros desse mundo e que um grupo de moças caçoa dela zumbindo: Solteira! às gargalhadas. Chora em sonho.

No outro dia dona Ana pensa que carece passear a moça. Vão na missa. Rosa segue na frente e vai namorar todos os homens que encontra. Tem de prender um. Qualquer. Tem de prender um pra não ficar solteira. Na venda de seu Costa, Pedro Mulatão já veio beber a primeira pinga do dia. Rosa tira uma linha pra ele que mais parece de mulher-da-vida. Pedro Mulatão sente um desejo fácil daquele corpo, e segue atrás. Rosa sabe disso. Quem é aquele homem? Isso não sabe. Nem que soubesse do vagabundo e beberrão, é o primeiro homem que encontra, carece agarrá-lo sinão morre solteira. Agora não namorará mais ninguém. Se finge de inocente e virgem, riquezas que não tem mais... Porém é artista e representa. De vez em quando se vira pra olhar. Olhar dona Ana. Se ri pra ela nesse riso provocante que enche os corpos de vontade.

Na saída da missa outro olhar mais canalha ainda. Pedro Mulatão para na venda. Bebe mais e trama coisas feias. Rosa imagina que falta açúcar, só pra ir na venda. É Pedro que traz o embrulho, conversando. Convida-a pra de-noite. Ela recusa porque assim não casará. Isso pra ele é indiferente: casar ou não casar... Irá pedir.

Desta vez as duas tias nem chamam Rosa, homem repugnante não? Como casá-la com aqueles trinta-e-cinco anos!... No mínimo, de trinta-e-cinco pra quarenta. E mulato, amarelo pálido já descorado... pela pinga, Nossa Senhora!... Desculpasse, porém a Rosa não queria casar. Então ela aparece e fala que quer casar com Pedro Mulatão. Elas não podem aconselhar nada diante dele, despedem Pedro. Vão tirar informações. Que volte na quinta-feira.

As informações são as que a gente imagina, péssimas. Vagabundo, chuva, mau-caráter, não serve não. Rosa chora. Há-de casar com Pedro Mulatão e si não deixarem, ela foge. Dona Ana e dona Carlotinha cedem com a morte na alma.

Quando o João soube que a Rosa ia casar, teve um desespero na barriga. Saiu tonto, pra espairecer. Achou companheiros e se meteu na caninha. Deixaram ele por aí, sentado na guia da calçada, manhãzinha, podre de bebedeira. O rondante fez ele se erguer.

— Moço, não pode dormir nesse lugar não! Vá pra sua casa!

Ele partiu, chorando alto, falando que não tinha a culpa. Depois deitou no capim duma travessa e dormiu. O sol o chamou. Dor-de-cabeça, gosto ruim na boca... E a vergonha. Nem sabe como entra em casa. O estrilo do pai é danado. Que insultos! seu filho disto, seu não-sei-que-mais, palavras feias que arrepiam... Ninguém imaginaria que homem tão bom pudesse falar aquelas coisas. Ora! todo homem sabe bocagens, é só ter uma dor desesperada que elas saem. Porque o pai de João sofre deveras. Tanto como a mãe que apenas chora. Chora muito. João tem repugnância de si mesmo. De-tarde quando volta do serviço, a Carmela chama ele na cerca. Fala que João não deve de beber mais assim, porque a mãe chorou muito. Carmela chora também. João percebe que si beber outra vez, se prejudicará demais. Jura que não cai noutra, Carmela e ele suspiram se olhando. Ficando ali.

Ia me esquecendo da Rosa... Conto o resto do que sucedeu pro João um outro dia. Prepararam enxoval apressado pra ela, menos de mês. Ainda na véspera do casamento, dona Carlotinha insistiu com ela pra que mandasse o noivo embora. Pedro Mulatão era um infame, até gatuno, Deus me perdoe! Rosa não escutou nada. Bateu o pé. Quis casar e casou. Meia que sentia que estava errada porém não queria pensar e não pensava. As duas solteironas choraram muito quando ela partiu casada e vitoriosa, sem uma lágrima. Dura.

Rosa foi muito infeliz.

MISTURADAS NUM CORPO SÓ

Excerto de "Nízia Figueira, sua criada" / *Os contos de Belazarte*[35]

[...] Nízia... Teve um homem que veio morar bem perto da chacrinha dela. Não durou muito uma família vizinhou com o tal. E aos poucos foi se fazendo a rua Guaicurus, foi se fazendo mais um bairro desta cidade ilustre. Uns se davam com os outros; uns não se davam com os outros; ninguém não se dava com Nízia; prima Rufina se dava com todos. Nízia serenamente continuava esquecida do mundo.

Deu mas foi pra beber. Banzando pela casa, quis matar uma barata e encontrou debaixo da cama de prima Rufina a garrafa que servia pra de-noite. Roubou um pouco por curiosidade. Muito pouquinho, com vergonha da outra. A primeira sensação é ruim, porém o calor que vem depois é bom.

Não levou nem mês, prima Rufina percebeu. Não falou nada, só que trouxe um garrafão de pinga, e principiaram bebendo juntas, cada mona!... Não digo que fosse todo dia, pelo contrário. Nízia trabalhava, prima Rufina vendia, sempre as mesmas. Trintonas, quarentonas, isto é, prima Rufina, sempre muito mais velha que a outra. Dera pra envelhecer rápido, essa sim, uma coitada que não o mundo porém a vida esquecera, quasi senil, arrastando corpo sofrido, cada nó destamanho no tornozelo, por causa do artritismo. Quando a dor era demais, lá vinha o garrafão pesado:

— Mecê também qué, mia fia?
— Me dá um bocadinho pra esquentar.
— Puis é, mia fia, beba mêmo! Mundo tá rúim, cachaça dexa mundo bunito pra nóis.

Era dia de bebedeira. Prima Rufina dava pra falar e chorar alto. Nízia bebia devagar, serenamente. Não perdia a calma, nem os traços se descompunham. A boca ficava mais aberta um pouco, e vinha uma filigrana vermelha debruar a fímbria das narinas e dos olhos embaçados. Punha a mão na cabeça e o bandó do lado esquerdo se arrepiava. Ficava na cadeira, meia recurvada, com as mãos nos joelhos, balanceando o corpo instável, olhar fixo numa visão fora do mundo. Prima Rufina, se encostando em quanta parede achava, dando embigada nos móveis, puxava Nízia. Nízia se erguia, agarrava o garrafão em meio, e as duas, se encostando uma na outra, iam pro quarto.

Prima Rufina quasi que deixou cair a companheira. Rolou na cama, boba duma vez, chorando, perna pendente, um dos pés, arrastando no assoalho. Nízia sentava no chão e recostava a cabeça na perna de prima Rufina. Bebia. Dava de beber pra outra. Prima Rufina punha a mão sem tato na cabeça de Nízia e consolava a serena:

— É isso mêmo, mia fia... num chore mais não! A gente toma pifão, pifão dá gosto e bota disgraça pra fora... Mecê pensa que pifão num é bom... é bão sim! pifão... pifãozinho... pra esquentá desgraça desse mundo duro... O fio de mecê, num sei que-dele ele não. Fio de mecê deve de andá pur aí, rapaiz, dicerto home feito... Dicerto mecê já isbarrô cum ele, mecê num cunheceu seu fio, seu fio num cunheceu mecê... Num chore mais ansim não!... Pifão faiz mecê esquecê seu fio, pifão... pifão... pifãozinho...

Nízia piscava olhos secos, embaçados, entredormindo. Escorregava. Ia babar num beijo mole sobre o pezão de prima

Rufina. Esta queria passar a mão na outra pra consolar, vinha até a borda da cama e caía sobre Nízia, as duas se misturando num corpo só. Garrafão, largado, rolava um pouco, parava no meio do quarto. Prima Rufina inda se mexia, incomodando Nízia. Acabava se aconchegando entre as pernas desta e fazendo daquela barriga estufada um cabeceiro cômodo. Falava "pifão" não sei quantas vezes e dormia. Dormia com o corpo todo, engruvinhado de tanta vida que passara nele, gasta, olhos entreabertos, chorando.

Nízia ficava piscando, piscando devagar, mansamente. Que calma no quarto sem voz, na casa... Que calma na terra inexistente pra ela... Piscava mais. Os cabelos meio soltos se confundiam com o assoalho na escureza da noitinha. Mas inda restava bastante luz na terra, pra riscar sobre o chão aquele rosto claro. Muito sereno, um reflexo leve de baba no queixo, rubor mais acentuado na face conservada, sem uma ruga, bonita. Os beiços entreabriam pro suspiro de sono sair. Adormecida calma, sem nenhum sonho e sem gestos.

Nízia era muito feliz.

IMORALIDADES E DESMORA-LIDADES

[...] O ÚNICO, ÍNTIMO DEFEITO, OU MODALIDADE DE SER OU FATALIDADE CLIMÁTICA E POLÍTICA E SOCIAL PRINCIPALMENTE QUE TEMOS E É NOSSA BASE DE AÇÃO E ATÉ DE SENTIR: DESORGANIZAÇÃO MORAL.

carta de 7 mar. 1941 a José Osório de Oliveira

AS PARTES MAIS ESCANDALOSAS DELAS

"Índios dó-mi-sol" / *O Turista Aprendiz* [36]

É curioso constatar como, mesmo entre concepções tão diferentes de existência que nem as da gente e desses índios dó-mi-sol, certas formas coincidem. É assim que também esses índios usam se enfeitar com flores e cultivam grandes jardins trabalhados por jardineiros sapientíssimos. As cunhãs, que sempre foram muito mais sexuais que os homens, se enfeitavam, atraindo a atenção dos machos para as partes mais escandalosas delas, que como já sabemos, são cara e cabeça. E assim, enfeitavam o pescoço com mururês e vitórias-régias. Tempo houve mesmo que lançaram a moda de enfeitar diretamente a cabeça, apesar desta continuar coberta. Mas foi tal o escândalo, os próprios homens se sentiram repugnados com tamanha sem-vergonhice. E a moda se acabou, não, aliás, sem terem sido devoradas na praça pública umas quatro ou cinco senhoras mais audazes que, de cabeças floridas, tinham resolvido enfrentar a opinião pública. As outras se acomodaram logo, se reservando o direito de enfeitar o pescoço. Já os rapazes, porém, se floriam sem a menor sexualidade. Preferiam uma espécie de lírio sarapintado de roxo e amarelo que dava na beira dos brejos, e tinha uma haste muito fina e comprida. Cortavam a flor com haste e tudo e a enfiavam no... no assento – o que lhes dava um certo ar meditabundo.

IMUNDÍCIES TERRENAS

Excerto de *Amar, verbo intransitivo*[37]

[...] NÃO EXISTE MAIS UMA ÚNICA PESSOA INTEIRA NESTE MUNDO E NADA MAIS SOMOS QUE DISCÓRDIA E COMPLICAÇÃO.

O que chama-se vulgarmente personalidade é um complexo e não um completo. Uma personalidade concordante, milagre! Pra criar tais milagres o romance psicológico apareceu. De então, começaram a pulular os figurinos mecânicos. Figurinos, membros, cérebros, fígados de latão, que, por serem de latão, se moveram com a vulgaridade e a gelidez prevista do latão.

Oh! positivistas da fantasia! oh ficções monótonas e resultados já sabidos!... Fräulein é senhorinha modesta e um pouco estúpida. Não é dama nem padre de Bourget. Pois uma vez em defesa própria afirmou: "Hoje a filosofia invadiu o terreno do amor", que surpresa pra nós! Ninguém esperava por isso, não é verdade? Daí uma sensação de discordância, eminentemente realista.

Eu sempre verifiquei que nós todos, os do excelente mundo e os da ficção quando excelente, temos os nossos gestos e ideias geniais... Pois tomemos essa frase de Fräulein por uma ideia genial que ela teve. E tanto assim que produziu uma surpresa nos leitores e outra em Sousa Costa e dona Laura. De tal força que os abateu. Estão, faz quase um minuto, mudos e parados. Sousa Costa olha o chão. Dona Laura olha o teto. Ah! criaturas, criaturas de Deus, quão díspares sois! As Lauras olharão sempre o céu. Os Felisbertos sempre o chão. Alma feminina ascensional... É o macho apegado às imundícies terrenas. Ponhamos imundícies terráqueas.

— Mas Laura você devia ter falado comigo primeiro!

— Mas quando é que eu havia de imaginar!... A culpa foi de você também!

— Ora essa é boa! eu fiz o que devia! E agora ela vai-se embora!

A lembrança de que Fräulein partia lhes deu o sossego desejado. O mal foi dona Laura acentuar:

— E ele é tão criança!

— Tão criança? você não vê como ele está!

Sousa Costa não vira quase nada ou coisa nenhuma, o argumento porém era fortíssimo.

— Pois eu lamento profundamente que Fräulein vá embora, Carlos me preocupa... Está aí o filho do Oliveira! E tantos!... Eu não queria que Carlos se perdesse assim!

Viram imediatamente o menino mais que trêmulo, empalamado, bêbedo e jogador. Rodeavam-no, ponhamos, três amantes. Uma era morfinômana, outra eterômana, outra cocainômana, os dois cônjuges tremendo horrorizados. Carlos desencabeçara duma vez. Nojento e cachorro. E o imenso amor verdadeiro por aquele primogênito adorado cresceu dentro deles estrepitosamente. Dona Laura abaladíssima desafogava as memórias:

— Você não imagina... passa o dia inteiro junto de Fräulein. Dela não me queixo não... se porta muito discretamente. Eu seria incapaz de adivinhar!... As crianças têm progredido muito... Maria Luísa já fala bem o alemão... Pois até elas já perceberam! Você sabe o que são essas crianças de hoje! toda hora mandam Carlos ir bulir com Fräulein!

Sousa Costa gostou da inteligência das filhas.

— É!... Pestinhas!

Depois se assustou. Crianças não devem saber dessas coisas, principalmente meninas. Lembrou remédio decisivo:

— Você proíba elas de falarem isso! ah, também agora Fräulein parte!... Acaba-se com isto!

Suspirou. A ideia de que Fräulein partia lhes deu o desassossego.

— A história é Carlos...

— Eu também tenho medo...

— Laura, as coisas hoje têm de ser assim, a gente não pode mais proceder como no nosso tempo, o mundo está perdido... Olhe: contam tantas desses rapazes... Não se sabe de nenhum que não tenha amante! E vivem nos lupanares! Jogadores! isso então? não tem um que não seja jogador!... Eu também não digo que não se jogue... afinal... Um pouco... de noite... depois do jantar... não faz mal. E quando se tem dinheiro, note-se! E juízo. Essa gente de hoje?!... Depois dão na morfina, é o que acontece! Veja a cor do filho do Oliveira! aquilo é morfina!

— Carlos...

Sousa Costa se extasiando com o discurso:

— Fräulein preparava ele. Depois isso não tem consequência... Quem me indicou Fräulein foi o Mesquita. O Zezé Mesquita, você conhece, ora! aquele um que mudou-se pro Rio o ano passado...

— Sei.

— Se utilizaram dela, creio que pro filho mais velho. E o pior perigo é a amante! São criançolas, levam a sério essas tolices, principiam dando dinheiro por demais... e com isso vêm os vícios! O perigo são os vícios! E as doenças! Por que que esses moços andam todos desmerecidos, moles?... Por causa das amantes! e depois você pensa que Carlos, se não tivesse Fräulein, não aprendia essas coisas da mesma forma? aprendia sim senhora! Se já não aprendeu!... E com quem! Bom! o melhor é não se falar mais nisso, até me dá dor de cabeça. Está acabado e pronto.

Porém agora os dois convencidíssimos de que aquilo não devia acabar assim. Aliás, a convicção se firmara desde que Sousa Costa empregara, por reminiscências românticas, a palavra "lupanar". Eu já falei que toda a gente tem ideias geniais. Careciam de Fräulein. Pra sossego deles, Fräulein devia ficar.

— Quem sabe... você falando com ela... ela ficava...

— Eu acho melhor, Laura. Francamente: acho. Fräulein

falava tudo pra ele, abria os olhos dele e ficávamos descansados, ela é tão instruída! Depois pregávamos um bom susto nele. (Se ria.) Ficava curado e avisado. Ao menos eu salvava a minha responsabilidade. Depois não é barato não! tratei Fräulein por oito contos! Sim senhora: oito contos, fora a mensalidade. Naturalmente não barateei. Mais caro que o Caxambu que me custou seis e já deu um lote de novilhas estupendas. Mas isso não tem importância, o importante é o nosso descanso.

Pausa.

— Você proíba as crianças de falarem mais nisso...

— Pois é. Talvez ela fique... Você fala com ela amanhã...

Se ergueram. Entraram no hol. Mas aquilo continuar... Era bem melhor que Fräulein partisse. E depois, ora! ele que se arrume! boa educação tivera, exemplos bons em casa... E o mundo não era tão feio como parecia. Nem Carlos nenhum arara... E as crianças já tinham percebido... que espertas!

Avançavam no peso do ambiente. Dona Laura estava pensando também assim mais ou menos. Apesar disso, largou mais uma vez, arrependida já do que falava:

— Amanhã você fala com ela... Talvez ela resolva ficar...

Mas Sousa Costa já não estava mais querendo que Fräulein ficasse e teve um argumento ótimo:

— Ah! mas, eu falar?!... Preferível você! Vocês são mulheres, lá se entendam!

— Mas eu estou envergonhadíssima com ela, Felisberto! Com que cara agora vou pedir pra ela ficar!

— Por isso mesmo! Você arranjou o embrulho...

— Como você está áspero hoje!

— Mas você compreende que uma coisa destas não é nada agradável pra mim!

— Nem pra mim, então!... Sabe duma coisa? se quiser falar com ela, fale, eu não falo! O que eu posso é depois pedir desculpas pra ela... E também não quero saber mais disso, lavo minhas mãos. Você é que acha melhor Fräulein ficar...

Sousa Costa positivamente não achava melhor Fräulein ficar. Porém tinha achado. Enfiou as mãos nos bolsos e convicto:

— Eu... eu acho sim. Falo com ela amanhã.

Exaustos, mortalmente tristes, os cônjuges vão dormir. Duas horas da manhã. Vejo esta cena.

No leito grande, entre linhos bordados dormem marido e mulher. As brisas nobres de Higienópolis entram pelas venezianas, servilmente aplacando os calores do verão. Dona Laura, livre o colo das colchas, ressona boca aberta, apoiando a cabeça no braço erguido. Braço largo, achatado, nu. A trança negra flui pelas barrancas moles do travesseiro, cascateia no álveo dos lençóis. Concavamente recurvada, a esposa toda se apoia no esposo dos pés ao braço erguido. Sousa Costa completamente oculto pelas cobertas, enrodilhado, se aninha na concavidade feita pelo corpo da mulher, e ronca. O ronco inda acentua a paz compacta.

Estes dois seres tão unidos, tão apoiados um no outro, tão Báucis e Filamão, creio que são felizes. Perfeitamente. Não tem raciocínio que invalide a minha firme crença na felicidade destes dois cidadãos da República. Aristóteles... me parece que na *Política* afirma serem felizes os homens pela quantidade de razão e virtude possuídas e na medida em que, por estas, regram a norma do viver... Estes cônjuges são virtuosos e justos. Perfeitamente. Sousa Costa se mexe. Tira um pouco, pra fora das cobertas, algumas ramagens do bigode. Apoia melhor a cara no sovaco gorducho da esposa. Dona Laura suspira. Se agita um pouco. E se apoia inda mais no honrado esposo e senhor. Pouco a pouco Sousa Costa recomeça a roncar. O ronco inda acentua a paz compacta. Perfeitamente.

QUE ESCÂNDALO!

"Moral quotidiana" / *Obra imatura*[38]

TRAGÉDIA

PERSONAGENS
Amante   primadona.
Mulher   coisa que acontece.
Marido   joguete nas Mãos do Destino.
Coros

No Guarujá. Presente. Hotel. São 14 horas, muito dia, luz de verão puro-sangue. Terraço. Mesas. Cadeiras. Tudo chique. O *smoking* dum criado dependurado impassível na porta. Vêm a Amante e a Mulher. Esta brasileira. Brasileirinha. 24 anos. Morena, cabelos negros viva etc. Uma pomba. Aquela belíssima e francesa. Alta. Cabelos quase rubros. Olhos verdes. Esplendor aos 35 anos.

3º E ÚNICO ATO

1ª CENA
Amante (*arranhando*)   Me conhecia, não é verdade?
Mulher   Creio que sim...
Amante   Só "creio"!
Mulher   Creio que sim... Deve fazer um ano...
Amante   Parece que esqueceu a data...
Mulher (*bocejando*)   Creio que sim... Não guardo datas.
Amante   Quer que ajude?
Mulher   É inútil.
Amante   Saía da casa de sua mãe na Avenida...
Mulher   Ah...
Amante   Passei de automóvel...

(*Silêncio*).
com seu marido....
(*2º silêncio*)
Lembra-se agora?

Mulher   É possível.

Amante (*fustigando*)   A senhora se esquece muito cedo das suas dores. Deu um grito. Pelo óculo do automóvel que seu marido me dera vi a senhora derrubar a sombrinha... Sofreu muito!

Mulher (*sorriso abaunilhado, sem sofrer*)   Naturalmente teve dó de mim...

Amante (*otélica*)   Não! Odeio-a! Não tenho dó.

Mulher   Não teve dó.

Amante   Não tenho dó!

Mulher   Mas não carece mais ter dó! Já me conformei.

Amante   Não se conformou! Tanto que procura me roubar o seu marido!

Mulher (*muito verdadeira*)   Procuro, não. Ele é que me procurou... me procura... (*cheia de trunfos*) Me ama...

Amante   Não é verdade!

Mulher   É verdade.

Amante   Pois saiba que seu marido é meu! A mim é que ele tem de amar! Há quatro anos que vivemos juntos!

Mulher   Já sei.

Amante (*perdendo terreno*)   Ele contou!

Mulher (*num orgulho casto de matrona*)   Me conta tudo.

Amante (*gritando já*)   É mentira!

(*3º silêncio. Grande silêncio de gozo pra Mulher, de raciocínio aterrador pra Amante. Como é linda a cor do mar nas tardes de verão no Guarujá. O azul envolvente do céu reflete uns verdes idílicos. A própria areia tem reflexos verdes. O automóvel passou. Que alegria de moças! Calças brancas no meio delas. Namorado!... Duas gaivotas nascem afroditicamente da espuma verde mais longe. Calmaria. Excesso de felicidade milionária sem cuidados bem vestida.*)

Amante (*baixinho*)   Porque me rouba o meu amor!... Nunca fiz mal pra senhora... Amei-o primeiro... Abandonei tudo por causa dele... o outro que me protegia... era rico... que hei de fazer sem ele!...

Mulher   E eu!... Não o amo também? Teve o seu tempo... Me deixe ter o meu, ora essa!

Amante   Mas eu o amei primeiro! Ele me amou... Fomos tão felizes!...

Mulher   E eu!

Amante   Me deixe com ele! Porque fazer de mim assim uma abandonada, uma desgraçada!... Quem mais há-de me querer!

Mulher (*gasta*)   Mas... e eu! e eu! Pensa que fui feliz casando com o homem que amava e me mentiu? Que mentiu que me amava?

Amante   Mas fui a primeira!...

Mulher   Que me importa se você foi a primeira! Comigo é que ele casou. Suportei tudo. Suportei a afronta, calada. Imóvel. Se ele me amou foi porque quis. Não fiz nada pra isso. Hoje tenho a certeza que ele me ama. Me adora! (*Saboreando a sonata-ao-luar da outra*) — Agora não largo mais dele!... Por que não fala com ele mesmo?... Era mais simples.

Amante   Por piedade!

Mulher   E eu! Teve piedade de mim quando me viu com os braços no ar enquanto a senhora passava nos braços de meu marido? Não teve... disse há pouco que me odiava...

Amante (*amarelo terroso*)   Odeio-a... Odeio-a!...

Mulher (*se levantando sublimemente vitoriosa*)   Pois eu nem sequer a odeio. Me é indiferente. Sei que meu marido me ama. Vim pra cá só pra me certificar disso. Ele não podia vir... Pois veio. E a senhora seguiu atrás como um cachorrinho, como um cachorro... Detesto-a!

Amante (*desfeita*)   ...por... por piedade! Não me roube o meu amor! Não imagina como amo seu marido!... Pôde

aguentar calada... pôde sofrer sozinha... Mas eu... Eu não posso... não posso! Por piedade!...
Mulher   Detesto-a! Vá-se embora! Chore na cama! (*Melodiosa maldosa mimosa tão delicada e melindrosa*) Por que não procura meu marido? Vá chorar pro seu amante! (*denticulada*) Garanto que ele virá me castigar... Com carinhos.
Amante (*golpeada*)   Não!
Mulher   com abraços...
Amante (*gritando*)   Não!
Mulher   com beijos...
Amante   Não! (*Louca se atira sobre a outra, procurando esganá-la*) Infame! Sem-vergonha! Tinha um criado como disse. Ainda tem. (*Neste final rápido de cena oscilou nas mãos no corpo. Agora entrou no interior do hotel*).

INTERMÉDIO
O intermédio dura dois minutos. Enquanto estes se gastam briga feia entre as duas donas. A brasileira é mais frágil. Ágil. E é mais forte porque se lembra do marido que a defenderia se estivesse ali. Finca as unhas nos pulsos da Amante. Liberta-se. Avançam danadinhas uma pra outra. Eternamente as garras nos cabelos. Chapéus mariposas poc! no chão. Labaredas em torno do rosto da Amante. A noite cai nos ombros da Mulher. Cadeiras empurradas. Mesas reviradas. Tapas. Mordidas. Mordidas e beliscões. A brasileira atira um direto no estômago da francesa. "Aie!... Au secours!..." Vêm os coros apressados. Quatro grupos. Se postam um na direita, outro na esquerda e os outros dois no fundo da cena. A Amante caída no centro soluça alto escondendo o rosto nos braços estirados abandonados. Fogueira que lambe o chão. A Mulher se arranja rápido. Ergue a mariposa de palha e flores. Está de novo brasileiramente arranjadinha. E mais o ofego dos seios sob a renda. Carmim legítimo nas faces. Que *shimmy* gentil nos lábios trêmulos!

2ª CENA

Coro das senhoras casadas   Ridículo! Ridículo! Espetáculo destes num hotel! Uma mulher que bate na amante do marido! Onde jamais se viu sem-vergonhice tal! Ridículo! Ridículo! Espetáculo destes num hotel!...

Coro dos senhores casados   Que escândalo! Que escândalo! Onde jamais se viu sem-vergonhice tal! Fazer cena e ter ciúmes do marido! Pois um pobre marido não pode ter amante? Mais de uma até! Que escândalo! Que escândalo! Onde jamais se viu sem-vergonhice tal!

Marido (*de flanela entra e se espanta. Traz vinte dúzias de cravos paulistanos pra Mulher*)   Mas... que é isso, Jojoca!

Coro das senhoras idosas   Belíssimo! Belíssimo! Gente de hoje não sabe se conter! Uma amante... que tinha? É natural. Por quê não divorciou? É muito mais honrado. Francesa, não? Como se chama? Quem é? Terá filhos? Belíssimo! Belíssimo! Gente de hoje não sabe se conter!

Coro dos senhores idosos   Coitada! Francesa! Tão loira! Tão linda! Mas essa menina... quem foi que a educou! Coitada! Francesa! Que pernas! Que meias! Naturalmente fecho de ouro na liga... Se não tiver dou eu! Tão linda! Tão loira! Coitada! Francesa!

Mulher (*debruçada aos cravos protegida pelo marido, virando-se pro coral*)   Foi ela que me quis bater!

Coro dos senhores casados   Não é verdade! As francesas não sabem fazer isso!

Coro das senhoras casadas   É mentira! As amantes não sabem fazer isso!

Mulher   É verdade. Quis me esganar porque amo meu marido.

Amante (*sempre no chão erguendo os braços entre os reposteiros flamejantes*)   Ela roubou o meu collage! O homem que eu amo! que eu adoro!

Coro das senhoras idosas   Ridículo! Ridículo! Roubar o amante da francesa porque então! Pois não tem tantos por aí? Não saber se conformar com a civilização!... Ridículo! Ridículo! Gente de hoje não sabe se conter!

Coro dos senhores idosos   Que escândalo! Que escândalo! Amar dessa maneira o seu próprio marido!... Mas quem diria que hoje em dia inda apareceria uma tão crassa velharia!... Que escândalo! Que escândalo! Amar dessa maneira o seu próprio marido!

Marido   Que é que os senhores têm com isso!

Coro das senhoras casadas   Impertinente! Impertinente!

Mulher (*onça*)   Impertinentes são vocês!

Coro dos senhores casados   Afastemos esse par escandaloso! Tão mau exemplo não pode aqui florir! Vamos! Fora a mulher que ama o marido!

Coro das senhoras casadas   Vamos! Fora o marido que ama a esposa!

Coro dos senhores idosos   Vamos! Fora!

Coro das senhoras idosas   Vamos! Fora!

Coro dos senhores casados   Fora! Fora!

Coro das senhoras casadas   Fora! Fora!

Coros de senhoras e senhores idosos   Fó-fó-fó-ra!

Coros de senhoras e senhores casados   Fó-fó-fó-fó-ra!

O quarteto coral (*fortíssimo*)   Fó-fó-fó-ra! Fó-fó-fó-ra! Vamos! Vamos! Vá-vá-vá-vá-vá-vamos! Fó-fó-fó-fóra! Vá-Fó-Vá-Fó-vá-vá-vá-Fó-fó-fó-mos-ra! Vá-Fó-mos! ra--Mos-rá! ra! Fó-fó-Vá-vá-ra! mos! ra! mos! ra!-ra!-ra!-ra!--ra!-ra!-ra!-ra!-ra!-ra!-ra!-ra!-ra!-ra!-ra!-ra!-ra!-ra!-ra!-raaaaaaaaaaaaaaaaaaáá!...

(*Aplausos frenéticos da assistência*)

Marido   Vamos embora, Jojoca!

Marido e Mulher (*com os olhos grudados no maestro*)   Adeus! Adeus! Adeus! oh Civilização! Vamos livrar o nosso amor maravilhoso do teu contágio pernicioso! Nós queremos a honestidade! Nós queremos ter filhos! E nós cremos no Código Civil! Lá longe dentro dos matos americanos onde os chocalhos das cascavéis charram, onde zumbem milhões de insetos venenígeros seguiremos o conselho de Rousseau, de João Jaques Rousseau e segundo as bonitas teorias do sr. Graça Aranha nos integraremos no Todo Universal! (*Vão-se embora. A Amante desesperada estende os braços pro par que desapareceu. Senta-se pra ficar mais à vontade e entoa a Cavatina da Abandonada. Dá perspectiva à Cavatina um arreglo do* Matuto *de Marcelo Tupinambá pra flauta, 3 violões e gramofone*).

CAVATINA DA ABANDONADA
Oh! meu amante, vem! Vem de novo, feliz, despreocupado e belo, para o reino de luz dos meus abraços, dos meus beijos! Partes então?... E para sempre! E os nossos dias de felicidade imaculada: calca-los tu aos pés! Oh! meu amante, vem! (*soluços sincopados do coral*) Já te esqueceste pois, dos bons dias alegres, em que, entre os jasmineiros do jardim, na vivenda clandestina, eu te esperava, com Pompom pompeando nos meus joelhos! Oh! Meu amante ingrato! Escuta – ainda uma vez! – a voz da Abandonada!... O meu peito biparte-se em soluços desesperados! As minhas brancas mãos, que já dormiram pousadas nos teus flancos brandos, mordem-se, agora, torturadas, martirizam-se, agora, desdenhadas! Que farei? Dos tesouros perfeitos do meu Corpo! das riquezas inesgotáveis da minha Alma! (Pois que o meu amante me deixou?)! Para que servem mais estes dedos róseos? Se não podem brincar nos teus cabelos? Oh! Amante infiel! Onde pousarão "meus braços serpentinos", se o teu pescoço se lhes não oferta mais!?... e os meus seios, então? – travesseiro divino! – onde tantas (e tantas!) noites inesquecíveis, tu sonhaste, infiel! o teu sonho mais puro, e, dormiste, ingrato! o teu sono mais manso!...?

Ah! Pérfido! Se os teus não lhes respondem mais, para sempre!!!!!!! meus beijos emurchecerão! Triste! Triste! da abandonada!...

As trevas, já, escurecem os olhos meus... (Os meus soluços aumentam.) Fantasmas amigos me rodeiam, e antevendo a futuro, eu quase sou feliz... Sombras nuas! Sois vós, amigas minhas?... Aí? (Sorrio encantada!) És tu, Cleópatra! Minha Aspásia querida? Manon beija meus olhos! Elisabeth de Inglaterra!...! A marquesa de Santos ampara-me a cabeça e Elsa Lasker Schüller canta... os seus Lieder para o meu dormir... (Sinto que vou morrer).

Brisas meigas da praia! Ondas glaucas do mar! levai ao meu amante ingrato! Àquele que: me mata, e que eu adoro, o derradeiro adeus da Abandonada; (!) os últimos sus! (*gagueja soluçante*) piros da infeliz, que vai morrer. "!".

(*Morre. O coro das senhoras idosas com gestos chaplineanos de deploração estende sobre a morta um grande manto branco. Os coros de senhores idosos e senhores casados dançam em torno do cadáver um hiporquema grave e gracioso desfolhando sobre a Amante as 20 dúzias de cravos que o* smoking *fora buscar das mãos da mulher e repartira entre eles. As senhoras casadas desnastrando as respectivas comas sobre o rosto levantam nos ombros alvíssimos aquela que sempre viva se conservará na memória dos mortais. E então tendo na frente um abundantíssimo jazz que executa a* Marcha Fúnebre *de Chopin, op. 35, o cortejo desfila, desfilará pela terra inteira e civilizações futuras até a vinda por todos os humanos desejada do Anticristo*).

UMA VIDA BASTANTE LIBERDOSA

"Sobrinho de Salomé" / *Os filhos da Candinha*[39]

A respeito do sr. general que protestou por Menotti del Picchia ter abusado do nome dele num romance, lembrei de tirar dos meus guardados esta carta que encontrei numa revista alemã e traduzi:

"Sr. Diretor:

"Muito me penalizou o estudo 'Psicologia de Salomé' publicado no número de agosto da vossa conceituada revista. Eu que sou leitor assíduo dela e conceituado (sic) em nosso comércio não posso francamente compreender que motivo levou o Sr. e o autor do artigo, que não me conhecem, a me ferir tão profundamente em minha honorabilidade. O mais provável é ser o referido artigo fruto da campanha antissemita que agora principia se desenvolvendo entre nós. Mas o Sr. não achará, por acaso, que é a mais clamorosa injustiça culpar uma pessoa do sangue que lhe corre nas veias? Tanto mais sendo essa pessoa tão bom cidadão do Império que deixou no abandono a joalheria herdada, para se sujeitar patrioticamente aos horrores e desperdícios do serviço militar! Minha tia Salomé não deixou filhos, é verdade, mas eu sou sobrinho dela, único sobrinho, pois minha santa Mãe também não queria filhos. Mas como sobrinho não deixarei sem reconsideração os exageros e mesmo mentiras tão levianamente expostos no referido estudo.

"Assim, são positivamente exageradas as afirmações do articulista sobre a liberdade moral de minha tia Salomé. Posso lhe garantir, Sr. Diretor, que ela não foi uma rameira vulgar, nem jamais se deu à conquista de potentados, imperadores e reis, sem que tivesse o mínimo *penchant*, o mínimo *béguin* por eles. Não posso contestar que minha tia manteve uma vida bastante liberdosa, tendo mesmo compartilhado o leito de vários senhores, sem que santificassem tais convívios as bênçãos de Deus. Mas nunca, oh nunca, Sr. Diretor, ela se deixou levar pela ambição do dinheiro, mas por fatalidades afetivas que nem poderemos chamar levianas, porque era a própria intensidade prodigiosa desses afetos que provocava a rápida caducidade deles. Eis aí, Sr. Diretor, uma sutileza psicológica que escapou ao psicólogo da vossa revista! A rapidez com que se desfazem e morrem as paixões intensas demais isso é que ele devia estudar, justificando por suas observações a tresloucada vida de minha tia Salomé. E será propriamente ela a culpada dos desvarios que praticou, ela, mulher fraca, e não os detestáveis costumes da vossa e minha gloriosa Alemanha? Não seria esse o momento para o articulista profligar a imoralidade em que vive atualmente a nossa alta nobreza (a carta é anterior a 14, bem se vê), imoralidade de que minha tia foi infeliz vítima, imoralidade que certamente conduzirá o nosso país à guerra e à ruína? Não dou dez anos, não haverá mais joalherias nem dinheiro na Alemanha! E por minha tia ser semita, havemos de prejulgar levianamente que ela se conduziu apenas pela paixão do dinheiro? O vosso articulista, Sr. Diretor, não passa dum psicólogo vulgar.

"E que mentiras mais desbragadas, essas a que ele dá curso, afirmando que minha tia dançava nua e tinha instintos sanguinários, pelo complexo do Anti-Édipo! Onde ele ouviu isso! Minha santa Mãe, que foi inseparável de minha tia Salomé e frequentava as mesmas festas, muitas vezes entre lágrimas, quando papai estava na joalheria, evocava comigo os tempos de dantes e me contava quem foi minha célebre tia. Pois jamais ela se referiu a essas coisas. Posso lhe garantir, posso mesmo lhe jurar pela memória de minha mãe, que minha tia Salomé não foi bailarina. E como poderia ela dançar, se todos sabiam que ela manquejava um pouquinho desde jovem, devido ao escandaloso incidente de Friedrichstrasse, em que a bala do príncipe W. lhe espatifou o joelho direito? Minha tia Salomé jamais dançou, e muito menos dançou nua, embora aos seus familiares confessasse muitas vezes ser um dos seus maiores desejos dançar num terraço, ao pálido clarão do luar, uma valsa de *Waldteufel*.

"Quanto ao incidente do príncipe W., instinto sanguinário teve ele que a quis matar. E posso ainda lhe garantir que nunca ela pediu a cabeça do príncipe a ninguém, pois até minha tia confessava constantemente a coincidência estranha de jamais ter se encontrado, em festas íntimas, com o nosso grande Imperador! A quem pediria ela então a cabeça do príncipe? De resto, minha tia não se chamava Salomé! Eis um detalhe psicológico que não escaparia ao vosso articulista, se ele fosse profundo no assunto. Salomé foi nome adotado. O verdadeiro nome de minha tia era Judith.

"Esperando, Sr. Diretor, que esta carta tenha o merecido acolhimento de vossa revista, e assim se faça justiça à minha tia já morta, continuo seu admirador estomagado (o termo era intraduzível) e respeitoso,

FRANZ"

O ESCALPELO DA MORAL

Excerto de "Carta pras Icamiabas" / Macunaíma[40]

Ás mui queridas súbditas nossas, Senhoras Amazonas.

[...] Sabereis mais que as donas de cá não se derribam á pauladas, nem brincam por brincar, gratuitamente, senão que á chuvas do vil metal, repuxos brasonados de *champagne*, e uns monstros comestíveis, a que, vulgarmente dão o nome de lagostas. E que monstros encantados, senhoras Amazonas!!! Duma carapaça polida e sobrosada, feita a modo de casco de nau, saem braços, tentáculos e cauda remígeros, de muitos feitios; de modo que o pesado engenho, deposto num prato de porcelana de Sêvres, se nos antoja qual velejante trirreme a bordeisjar água de Nilo, trazendo no bojo o corpo inestimável de Cleópatra.

Ponde tento na acentuação deste vocábulo, senhoras Amazonas, pois muito nos pesara não preferísseis conosco, essa pronúncia, condizente com a lição dos clássicos, á pronúncia Cleopátra, dicção mais moderna; e que alguns vocabulistas levianamente subscrevem, sem que se apercebam de que é ganga desprezível, que nos trazem, com o enxurro de França, os galiparlas de má morte.

Pois é com esse delicado monstro, vencedor dos mais delicados véus paladinos, que as donas de cá tombam nos leitos nupciais. *Assim haveis de compreender de que alvíssaras falàmos*; porque as lagostas são caríssimas, caríssimas súbditas, e algumas hemos nós adquiridas por sessenta contos e mais; o que, convertido em nossa moeda tradicional, alcança a vultosa soma de oitenta milhões de bagos de cacau... Bem podereis conceber, pois, quanto hemos já gasto; e que já estamos carecido do vil metal, para brincar com tais difíceis donas. Bem quiséramos impormos á nossa ardida chama uma abstinéncia, penosa embora, para vos pouparmos despesas; porêm que ánimo forte não cedera ante os encantos e galanteios de tão agradáveis pastoras!

[...] Tudo isso as donas paulistanas aprenderam com as mestras de França; e mais o polimento das unhas e crescimento delas, bem como aliás "horresco referens", das demais partes córneas dos seus companheiros legais. Deixai passe esta florida ironia!

E muito há que vos diga ainda sobre o jeito com que cortam as comas, de tal maneira gracioso e viril, que mais se assemelham elas a éfebos e Antínous, de perversa memória, que a matronas de tão directa progénie latina. Todavia, convireis conosco, no desacerto de longas tranças por cá, si atenderdes ao que mais atrás ficou dito; pois que os doutores de São Paulo não derribam as suas requestadas pela força, senão que a troco de oiro e de locustas, as ditas comas são de somenos; acrescendo ainda que assim se amainam os males, que tais comas acarretam, de serem moradia e pasto habitual de insectos mui daninhos, como entre vós se dá.

Pois não contentes de terem aprendido de França, as subtilezas e passes da galantaria á Luís XV, as donas paulistanas importam das regiões mais inhóspitas o que lhes acrescente ao sabor, tais como pezinhos nipónicos, rubis da índia, desenvolturas norte-americanas; e muitas outras sabedorias e tesoiros internacionais.

Já agora vos falaremos ainda, bem que por alto, dum nitente armento de senhoras, originárias da Polónia, que aqui demoram e imperam generosamente. São elas mui alentadas no porte e mais numerosas que as areias do mar oceano. Como vós, senhoras Amazonas, tais damas formam um gineceu; estando os homens que em suas casas delas habitam, reduzidos escravos e condenados ao vil ofício de servirem. E por isso não se lhes chamam homens, sinão que á voz espúria de *garçons* respondem; e são assaz polidos e silentes, e sempre do mesmo indumento gravebundo trajam.

Vivem essas damas encasteladas num mesmo local, a que chamam por cá de quarteirão, e mesmo de pensões ou "zona estragada"; sobrelevando notar que a derradeira destas expressões não caberia, por indina, nesta notícia sobre as coisas de São Paulo, não fora o nosso anseio de sermos exacto e conhecedor. Porém si, como vós, formam essas queridas senhoras um clan de mulheres, muito de vós se apartam no físico, no género de vida e nos ideais. Assim vos diremos que vivem á noute, e se não dão aos afazeres de Marte nem queimam o destro seio, mas a Mercúrio cortejam tão somente; e quanto aos seios, deixam-nos evolverem, á feição de gigantescos e flácidos pomos, que, si lhes não acrescentam ao donaire, servem para numerosos e árduos trabalhos de excelente virtude e prodigiosa excitação.

Ainda lhes difere o físico, tanto ou quanto monstruoso, bem que de amável monstruosidade, por terem elas o cérebro nas partes pudendas, e, como tão bem se diz em linguagem madrigalesca, o coração nas mãos.

Falam numerosas e mui rápidas línguas; são viajadas e educadíssimas; sempre todas obedientes por igual, embora ricamente díspares entre si, quais loiras, quais morenas, quais fossem *maigres*, quais rotundas; e de tal sorte abundantes no número e diversidade, que muito nos preocupa a razão, o serem todas e tantas, originais dum país somente. Acresce ainda que a todas se lhes dão o excitante, embora injusto, epíteto de "francesas". A nossa desconfiança é que essas damas não se originaram todas da Polónia, porém que faltam á verdade, e são iberas, itálicas, germánicas, turcas, argentinas, peruanas, e de todas as outras partes férteis de um e outro hemisfério.

Muito estimaríamos que compartilhásseis da nossa desconfiança, senhoras Amazonas; e que convidásseis também algumas dessas damas para demorarem nas vossas terras e Império nosso, por que aprendais com elas um moderno e mais rendoso género de vida, que muito fará avultar os tesoiros do vosso Imperador. E mesmo, si não quiserdes largar mão da vossa solitária Lei, sempre a existência de algumas centenas dessas damas entre vós, muito nos facilitará o "modus in rebus", quando for do nosso retorno ao Império do Mato Virgem, cujo este nome, aliás, proporíamos se mudasse para Império da Mata Virgem, mais condizente com a lição dos clássicos.

Todavia para terminar negócio tão principal, hemos por bem advertir-vos dum perigo que essa importação acarretara, si não aceitásseis alguns doutores possantes nos limites do Estado, enquanto dele estivermos apartado. Com serem essas damas mui fogosas e livres; bem pudera pesar-lhes em demasia o sequstro inconsequente em que viveis, e, por não perderem elas as sciências e segredos que lhes dão o pão, bem poderiam ir ao extremo de utilizarem-se das bestas-feras, dos bogios, dos tapires e dos solertes candirus. E muito mais ainda nos pesaria á consciência e sentimento nobre do dever, que vós, súbditas nossas, aprendásseis com elas certas abusões, tal como foi com as companheiras da gentil declamadora Safô na ilha rósea de Lesbos — vícios esses que não suportam crítica á luz das possibilidades humanas, e muito menos o escalpelo da rígida e sã moral.

NUAS E PELADAS

Excerto de O Turista Aprendiz [41]

4 de junho. Com a história de ser acordado perdi o sono, mas tive pra compensar uma madrugada maravilhosa. Aliás já tenho reparado e vou me acostumando, esta gente de bordo não tem hora pra nada. A qualquer hora da noite que o calor bote a gente pra fora da cabina, se encontra mais pessoas, pijamas, até mulheres, passeando sozinhos ou conversando por aí. Às vezes acordamos o homem do bar.

E foi um dia divertidíssimo por causa dos encantos de beira-rio, muito povoado, estamos nos aproximando de Manaus. O vapor para pra cortarem canarana, alimento dos bois que vão a bordo pra nos alimentar. Eis senão quando sai do canavial das canaranas uma barquinha. Vêm nela três mulheres, mas só a velha embarca. Uma das moças era simplesmente sublime no tipo e na gostosura, que corpo, nossa!... Inda por cima ela é que remava, com o corpo arrebentando no vestidinho estreito de cassa branca. Porque chamei de "cassa" a fazenda é que não sei, deve ser problema de classe. Fizemos um barulhão por causa da moça, mas nem por isso ela deu sequer um olhar para nós, não olhou! Mas o que carece mesmo exaltar, nestas índias das classes inferiores da Amazônia, é a elegância discreta embora desenvolta com que elas sabem ficar nuas, que diferença das mulheres civilizadas! Na Grécia, na Renascença, pelo menos com o que vem contado nos quadros e nas esculturas, ainda as mulheres ficavam nuas bem, mas duns tempos pra cá!... ficam nuas mas tomam um ar de saia-e-blusa completamente caipira e abobalhado. É horrível. Nunca vi uma burguesa minha contemporânea que não tomasse ar de saia-e-blusa ao se despir. É lógico que estou falando sob o ponto de vista da beleza, porque no resto sempre as nuas foram companhias impressionantes. Mas o vaticano parou outra vez. Era um porto de lenha, porém não estávamos precisados de lenha. Vamos contemporizando pra chegar em Manaus pela manhã, e assim a recepção ficar muito bonita.

[...] Banzeiro: movimento agitado das águas, quando o navio passa e deixa a esteira violando a mansidão do rio. Mas que calor! mais quente que Belém.

*

Festa da Moça-Nova, rito de puberdade entre os ticunas. Um mês antes fecham a púbere numa casa, depois a embriagam inteiramente com caiçuma, a rapariguinha está rolando no chão. Os homens com máscaras de animais dançando em torno. As mulheres da tribo chegam e principiam depilando a moça-nova, até ficar completamente pelada. Nem um fio de cabelo escapa. E é o corpo todo. Também, onde se viu contar uma coisa dessas perto de moças – ficaram numa excitação danada. Eu que aguente!

SABENDO SAFADEZAS MAS SEM TENTAR NENHUMA

Excerto de "Vestida de preto" / *Contos novos*[42]

Tanto andam agora preocupados em definir o conto que não sei bem se o que vou contar é conto ou não, sei que é verdade. Minha impressão é que tenho amado sempre... Depois do amor grande por mim que me brotou aos três anos e durou até os cinco anos mais ou menos, logo o meu amor se dirigiu para uma espécie de prima longínqua que frequentava a nossa casa. Como se vê, jamais sofri do complexo de Édipo, graças a Deus. Toda a minha vida, mamãe e eu fomos muito bons amigos, sem nada de amores perigosos.

Maria foi o meu primeiro amor. Não havia nada entre nós, está claro, ela como eu nos seus cinco anos apenas, mas não sei que divina melancolia nos tomava, se acaso nos achávamos juntos e sozinhos. A voz baixava de tom, e principalmente as palavras é que se tornavam mais raras, muito simples. Uma ternura imensa, firme e reconhecida, não exigindo nenhum gesto. Aquilo aliás durava pouco, porque logo a criançada chegava. Mas tínhamos então uma raiva impensada dos manos e dos primos, sempre exteriorizada em palavras ou modos de irritação. Amor apenas sensível naquele instinto de estarmos sós.

E só bem mais tarde, já pelos nove ou dez anos, é que lhe dei nosso único beijo, foi maravilhoso. Se a criançada estava toda junta naquela casa sem jardim da Tia Velha, era fatal brincarmos de família, porque assim Tia Velha evitava correrias e estragos. Brinquedo aliás que nos interessava muito, apesar da idade já avançada para ele. Mas é que na casa de Tia Velha tinha muitos quartos, de forma que casávamos rápido, só de boca, sem nenhum daqueles cerimoniais de mentira que dantes nos interessavam tanto, e cada par fugia logo, indo viver no seu quarto. Os melhores interesses infantis do brinquedo, fazer comidinha, amamentar bonecas, pagar visita, isso nós deixávamos com generosidade apressada para os menores. Íamos para os nossos quartos e ficávamos vivendo lá. O que os outros faziam, não sei. Eu, isto é, eu com Maria, não fazíamos nada. Eu adorava principalmente era ficar assim sozinho com ela, sabendo várias safadezas já mas sem tentar nenhuma. Havia, não havia não, mas sempre como que havia um perigo iminente que ajuntava o seu crime à intimidade daquela solidão. Era suavíssimo e assustador.

Maria fez uns gestos, disse algumas palavras. Era o aniversário de alguém, não lembro mais, o quarto em que estávamos fora convertido em despensa, cômodas e armários cheinhos de pratos de doces para o chá que vinha logo. Mas quem se lembrasse de tocar naqueles doces, no geral secos, fáceis de disfarçar qualquer roubo! estávamos longe disso. O que nos deliciava era mesmo a grave solidão.

Nisto os olhos de Maria caíram sobre o travesseiro sem fronha que estava sobre uma cesta de roupa suja a um canto. E a minha esposa teve uma invenção que eu também estava longe de não ter. Desde a entrada no quarto eu concentrara todos os meus instintos na existência daquele travesseiro, o travesseiro cresceu como um danado dentro de mim e virou crime. Crime não, "pecado" que é como se dizia naqueles tempos cristãos... E por causa disto eu conseguira não pensar até ali, no travesseiro.

— Já é tarde, vamos dormir. — Maria falou.

Fiquei estarrecido, olhando com uns fabulosos olhos de imploração para o travesseiro quentinho, mas quem disse travesseiro ter piedade de mim. Maria, essa estava simples demais pra me olhar e surpreender os efeitos do convite: olhou em torno e afinal, vasculhando na cesta de roupa suja, tirou de lá uma toalha de banho muito quentinha que estendeu sobre o assoalho. Pôs o travesseiro no lugar da cabeceira, cerrou as venezianas da janela sobre a tarde, e depois deitou, arranjando o vestido pra não amassar.

Mas eu é que nunca havia de pôr a cabeça naquele restico de travesseiro que ela deixou pra mim, me dando as costas. Restinho sim, apesar do travesseiro ser grande. Mas imaginem numa cabeleira explodindo, os famosos cabelos assustados de Maria, citação obrigatória e orgulho de família. Tia Velha, muito ciumenta por causa duma neta preferida que ela imaginava deusa, era a única a pôr defeito nos cabelos de Maria.

— Você não vem dormir também? — ela perguntou com fragor, interrompendo o meu silêncio trágico.

— Já vou, — que eu disse — estou conferindo a conta do armazém.

Fui me aproximando incomparavelmente sem vontade, sentei no chão tomando cuidado em sequer tocar no vestido, puxa! também o vestido dela estava completamente assustado, que dificuldade! Pus a cara no travesseiro sem a menor intenção de. Mas os cabelos de Maria, assim era pior, tocavam de leve no meu nariz, eu podia espirrar, marido não espirra. Senti, pressenti que espirrar seria muito ridículo, havia de ser um espirrão enorme, os outros escutavam lá da sala-de-visita longínqua, e daí é que o nosso segredo se desvendava todinho.

Fui afundando o rosto naquela cabeleira e veio a noite, senão os cabelos (mas juro que eram cabelos macios) me machucavam os olhos. Depois que não vi nada, ficou fácil continuar enterrando a cara, a cara toda, a alma, a vida, naqueles cabelos, que maravilha! até que o meu nariz tocou num pescocinho roliço. Então fui empurrando os meus lábios, tinha uns bonitos lábios grossos, nem eram lábios, era beiço, minha boca foi ficando encanudada até que encontrou o pescocinho roliço. Será que ela dorme de verdade?... Me ajeitei muito sem-cerimônia, mulherzinha! e então beijei. Quem falou que este mundo é ruim! só recordar... Beijei Maria, rapazes! eu nem sabia beijar, está claro, só beijava mamãe, boca fazendo bulha, contato sem nenhum valor sensual.

Maria, só um leve entregar-se, uma levíssima inclinação pra trás me fez sentir que Maria estava comigo em nosso amor. Nada mais houve. Não, nada mais houve. Durasse aquilo uma noite grande, nada mais haveria porque é engraçado como a perfeição fixa a gente. O beijo me deixara completamente puro, sem minhas curiosidades nem desejos de mais nada, adeus pecado e adeus escuridão! Se fizera em meu cérebro uma enorme luz branca, meu ombro que doía no chão, mas a luz era violentamente branca, proibindo pensar, imaginar, agir. Beijando. [...]

A DIVINA IMPUREZA DE MINHA ALMA

"XXXIII Platão" / *Losango cáqui*[43]

Platão! por te seguir como eu quisera
Da alegria e da dor me libertando
Ser puro, igual aos deuses que a Quimera
Andou além da vida arquitetando!

Mas como não gozar alegre quando
Brilha esta alva manhã de primavera
– Mulher sensual que junto a mim passando
Meu desejo de gozos exaspera!

A vida é bela! Inúteis as teorias!
Mil vezes a nudeza em que resplendo
À clâmide da ciência, austera e calma!

E caminho entre aromas e harmonias
Amaldiçoando os sábios, bendizendo
A divina impureza de minha alma.

PRAZERES INDESTINADOS

> TE GOZO!...
> E BEM HUMANAMENTE, RAPAZMENTE.
> MAS AGORA ESTA INSISTÊNCIA EM FAZER
> VERSOS SOBRE TI...
>
> "XXXVII", *Losango cáqui*

BRASILEIRO COR-DE-JAMBO

"Cabo Machado" / *Losango cáqui*[44]

Cabo Machado é cor-de-jambo,
Pequeninho que nem todo brasileiro que se preza.
Cabo Machado é moço bem bonito.
É como se a madrugada andasse na minha frente.
Entreabre a boca encarnada num sorriso perpétuo
Adonde alumia o sol de ouro dos dentes
Obturados com um luxo oriental.

Cabo Machado marchando
É muito pouco marcial.
Cabo Machado é dançarino, sincopado,
Marcha vem-cá-mulata.
Cabo Machado traz a cabeça levantada
Olhar dengoso pros lados.
Segue todo rico de joias olhares quebrados
Que se enrabicharam pelo posto dele
E pela cor-de-jambo.

Cabo Machado é delicado, gentil.
Educação francesa mesureira.
Cabo Machado é doce que nem mel
E polido que nem manga-rosa.
Cabo Machado é bem o representante duma terra
Cuja Constituição proíbe as guerras de conquista
E recomenda cuidadosamente o arbitramento.
Só não bulam com ele!
Mais amor menos confiança!
Cabo Machado toma um jeito de rasteira...

Mas traz unhas bem tratadas
Mãos transparentes frias,
Não rejeita o bom-tom do pó-de-arroz.
Se vê bem que prefere o arbitramento.
E tudo acaba em dança!
Por isso cabo Machado anda maxixe.

Cabo Machado... bandeira nacional!

MORENO E LINDO MESMO

"Bom Jardim" / *Os filhos da Candinha*[45]

Na anca do terreno o sol se achata no amarelo sem gosto da bagaceira. Perfume lerdo, que não toma corpo bem, não se sabe se de pinga, de açúcar, de caldo de cana. Bois. Três, quatro bois imóveis, mastigando a cana amassada, fortes, alguns de bom estilo caracu no casco, no pelo. Mas já os estigmas do zebu principiam aparecendo na zona...

Vem o cambiteiro com os jericos, três, no passo miudinho de quem dança um baiano. Nos cambitos triangulares a cana vai deitada, últimos restos da safra do ano, arrastando no bagaço os topes de folha verde, feito um adeus.

Através da porta do engenho, escurentada mais pela força da luz de fora, dois homens vêm, um na frente outro atrás, rituais, eretos, no sempre passo miudinho e dançarino dos brejeiros. Carregam a padiola com os bagaços da cana já moída. Trazem apenas calças e o chapéu de palha de carnaúba, chinesíssimo na forma. E que cor bonita a dessa gente!... Envergonha o branco insosso dos brancos... Um pardo dourado, bronze novo, sob o cabelo de índio às vezes, liso, quase espetado.

Entro no engenho. É dos de banguê, tocado a vapor. Os homens se movendo na entressombra malhada de sol, seminus, sempre os chapéus chins: meio se colonializa a sensação em mim. Não parece bem Brasil... Está com jeito da gente andarmos turistando pelas Áfricas e Ásias do atraso inglês, francês, italiano, não sei que mais... Todos os atrasos da conveniência imperialista.

Depois do engenho verde, a construção faz uma queda. No outro plano de lá é a casa de caldeira. Estão fazendo meladura. O canalete conduz o caldo de cana pra cascatear pesado, pesado de açúcar, num tanque de cimento, o parol, como se diz. A fantasista etimologia popular anda já falando em "farol"...

Fronteiro ao parol está o grupo das tachas fabricando açúcar. Outro malaio, bigodinho ralo, trabuca ali. É o "cunzinhadô", como dizem lá em Pernambuco – o "mestre", o homem importante que dá o ponto no mel. A musculatura dele exemplifica a anatomia do costado humano. Felizmente que não sei anatomia. Vejo, mas é o ouro duro daquele corpo, se movendo no esforço, transportando em cocos enormes de cabo preso no teto, o caldo fervendo, ouro claro, duma para outra caldeira. Às vezes o vento vem e achata a fumaça da fervedura. Esconde tudo. Fumaça acaba aos poucos, e a cena revive, o ouro pesado do homem perfilando sobre o ouro claro da espuma das tachas. Na derradeira o mel está no ponto. A espuma, mais profunda, quase cor das epidermes daqui, foi se entumescendo, entumescendo oval, com um biquinho no centro, ver peito de moça. "Peito de moça" é que falam mesmo, peito de moça... É o açúcar, delicioso, alimentar, apaixonante. Moreno e lindo mesmo, como um peito de moça daqui.

ECLIPSE, BOI QUE FALA, CATACLISMA

"Girassol da madrugada" / Livro azul[46]

I
De uma cantante alegria onde riem-se as alvas uiaras
Te olho como se deve olhar, contemplação,
E a lâmina que a luz tauxia de indolências
É toda um esplendor de ti, riso escolhido no céu.

Assim. Que jamais um pudor te humanize. É feliz
Deixar que o meu olhar te conceda o que é teu,
Carne que é flor de girassol! sombra de anil!
Eu encontro em mim mesmo uma espécie de abril
Em que se espalha o teu sinal, suave, perpetuamente.

II
Diga ao menos que nem você quer mais desses gestos
                                               [traiçoeiros
Em que o amor se compõe feito uma luta;
Isso trará mais paz, porquanto o caminho foi longo,
Abrindo o nosso passo através dos espelhos maduros.

Você não diz, porém o vosso corpo está delindo no ar,
Você apenas esconde os olhos no meu braço e encontra a
                                             [paz na escuridão...
A noite se esvai lá fora serena sobre os telhados,
Enquanto o nosso par aguarda, soleníssimo,
Radiando luz, nesse esplendor dos que não sabem mais
                                                [pra onde ir.

III
Se o teu perfil é puríssimo, se os teus lábios
São crianças que se esvaecem no leite,
Se é pueril o teu olhar que não reflete por detrás,
Se te inclinas e a sombra caminha na direção do futuro:

Eu sei que tu sabes o que eu nem sei se tu sabes,
Em ti se resume a perversa e imaculada correria dos fatos,
És grande por demais para que sejas só felicidade!
És tudo o que eu aceito que me sejas
Só pra que o sono passe, e me acordares
Com a aurora incalculavelmente mansa do sorriso.

IV
Não abandonarei jamais de-noite as tuas carícias,
De-dia não seremos nada e as ambições convulsivas
Nos turbilhonarão com as malícias da poeira
Em que o sol chapeará torvelins uniformes.

E voltarei sempre de-noite às tuas carícias,
E serão búzios e bumbas e tripúdios invisíveis
Porque a Divindade muito naturalmente virá.
Agressiva Ela virá sentar em nosso teto,
E seus monstruosos pés pesarão sobre nossas cabeças,
De-noite, sobre nossas cabeças inutilizadas pelo amor.

V
Teu dedo curioso me segue lento no rosto
Os sulcos, as sombras machucadas por onde a vida passou.
Que silêncio, prenda minha... Que desvio triunfal da verdade,
Que círculos vagarosos na lagoa em que uma asa gratuita
                                    [roçou...

Tive quatro amores eternos...
O primeiro era a moça donzela,

O segundo... eclipse, boi que fala, cataclisma,
O terceiro era a rica senhora,
O quatro és tu... E eu afinal me repousei dos meus cuidados.

VI
Os trens-de-ferro estão longe, as florestas e as bonitas cidades,
Não há senão Narciso entre nós dois, lagoa,
Já se perdeu saciado o desperdício das uiaras,
Ha só meu êxtase pousando devagar sobre você.

Ôh que pureza sem impaciência nos calma
Numa fragrância imaterial, enquanto os dois corpos se
                                    [agradam,
Impossíveis que nem a morte e os bons princípios.
Que silêncio caiu sobre a vossa paisagem de excesso dourado!
Nem beijo, nem brisa... Só, no antro da noite, a insônia
                                    [apaixonada
Em que a paz interior brinca de ser tristeza.

VII
A noite se esvai lá fora serena sobre os telhados
Num vago rumor confuso de mar e asas espalmadas,
Eu, debruçado sobre vossa perfeição, num cessar ardentíssimo,
Agora pouso, agora vou beber vosso olhar estagnado, ôh
                                    [minha lagoa!

Eis que ciumenta noção de tempo, tropeçando em maracás,
Assusta guarás, colhereiras e briga com os arlequins,
Vem chegando a manhã. Porém, mais compacta que a morte,
Para nós é a sonolenta noite que nasce detrás das carícias
                                    [esparsas.

Flor! flor!...
        Graça dourada!...
                Flor...

SUSPIROS APERTADOS, SONHOS IMORAIS

"Momento" / *Poesias completas*[47]

Com este calor quem dormiria...

A escureza se ajunta em minha rua,
Encapuça a cabeça alemã dos lampiões.
Eu careço de alguém...

Meus olhos catam a escuridão
Porém calor somente se mexendo
Sob a vigilância implacável dos astros.

Parece que os burgueses dormem...
        Casais suados
        Virgens vazias
        Crianças descobertas...
O que mais me comove é pensar nos solteirões.
Os solteirões mastigam o silêncio.
Os solteirões viram de lado
Ofegando em suspiros apertados.
São sonhos imorais...

A noite hesita em seguir pra diante.
De repente se deita nas hortênsias!

E eu velo...
Eu velo o sono dos burgueses,
Condescendentemente.

UMA SEXUALIDADE PROFUNDA

Excerto de *Café*[48]

[...] O canto parou.

Ninguém tinha vontade de música mais. Uma sexualidade profunda pesava no ambiente, derivada em gestos, em caçoadas. Os rapazes se davam socos, rasteiras. Brisou um ventinho com cheiro de podre, vindo do brejão. As crianças menores choramingavam chamando as mães, pra dormir. Nisto passou um burro na galopada, fugindo de algum saci. Chegou uma sensação de mistério, de fatalidade, que inda acendeu mais todos. Boa-noite pra aqui, boa-noite, boa-noite, iam-se embora todos, sem pressa mas com decisão. Os rapazes paravam, guardados na sombra, uns mijando, outros caluniando. Estavam livremente safados, se contando coisas inexatas sobre as moças, sobre os patrões. Para as moças, tudo ficara muito engraçado, e as risadas abertas, os segredinhos, os ditos altos, se espaçando pouco a pouco, inda perseveraram tempo na várzea, deturpando a escuridão.

Chico Antônio entrou no rancho. Isabel já caíra no sono outra vez. O coqueiro guardou o ganzá e foi deitar sem nenhum pensamento. Dormiu num átimo porque estava muito fatigado.

O dia seguinte Chico Antônio andou tristonho. Isabel entrara no comum, inteiramente sossegada. O malestar desaparecera, e a moça readquirira essa inexistência desprovida de reação, que era dela e das nossas mulheres no geral. Os homens, no trabalho, percebendo Chico Antônio tão afastado de tudo, indagavam se ele estava doente, mas o coqueiro de verdade não sentia nada e secundava que não tinha nada. Sorria e todos ficavam convencidos, enquanto ele se entregava inda mais atencioso ao trabalho, completando os serviços com uma perfeição pouco dele. Continuou assim até de noite, cujas primeiras horas passou encostado na porteira do curral com os outros homens, gastando uns trocos de conversa mole.

Então bateu nele uma vontade de partir pro Sul, ver seu João. Aquilo foi de chofre e a porteira ficou logo incômoda. Tudo se decidira naquele instante não preparado e tratava-se de partir agora já. Mas Chico Antônio se tornara, também, imediatamente ordinário, não podia contar pra ninguém porque ficava difícil, a Isabel não havia de ir, ia-se embora fugindo. Era já bem na hora de todos dormirem, mas o moço estabanou-se pra acabar com a conversa e partir. Ficou mais uns minutos, ciente de disfarçar. Estava já representando. Ou melhor, perdido na decisão. Foi apertando a mão de todos, fora de costume, e na voz dele havia um carinho sensível. Sorria naquele desaponto em que ficava nos afetos, houve um instante em que parou no meio da roda, quase que contava tudo. Ficou cheio de vergonha, todos olhavam pra ele meio incomodados com aqueles apertos de mão. Mas Chico Antônio estava decidido a não contar, não podia. Inventou:

— Já dei boas-noites pra todos...

Não era bem uma pergunta, era a comoção contando tudo. Partiu rápido. E também os outros logo depois foram embora pra seus ranchos. Não tinham posto reparo em nada mas aqueles modos de Chico Antônio deixara a conversa tão impossível de continuidade [...].

Desembocaram da rua de São Bento na praça Antônio Prado, e o espanto do arranha-céu os fez parar.

— Para, Chico Antônio!

O moço obedeceu ao chamado e veio pra junto dos dois. Então Jorge, estimulado pela aparente escuta do amigo, fez uma preleção em decretos, como era só possível a ele. Tinha uma natureza de Deus, simplório e tranchante. Não concebia a dúvida nem a possibilidade de errar, e se acaso numa conversa acontecia alguém provar que ele errara, não sofria a noção do erro, percebia apenas ter havido uma mudança de verdades. Uma verdade fora trocada por outra verdade. Jorge era assim, e num minuto de discurso diante do Martinelli, inda mais pôs à prova a admiração de seu João pelo monstro, com uma dúzia de afirmações estupidíssimas. Quanto a Chico Antônio, viu um bocado e esqueceu imediatamente quanto ouviu. Caíra num vazio modorrento, exacerbado pelo cansaço de ter puxado os outros dois até ali. Quando continuaram andando, subindo a rua Quinze cheia de gente, foi ele a ser puxado por Jorge, agora já na posse legítima do amigo.

Seu João falava. Jorge respondia mal. As frases que tinha eram pra Chico Antônio, porém poucas, porque unidos numa intimidade muito suave, os dois já tinham muito rara coisa a se falar. Havia multidão e a todo momento os dois eram seccionados um do outro por grupos contrários, mais coesos na ostensividade do prazer. Num momento em que a precisão de abrir caminho os uniu por demais, as mãos deles se roçaram. Então deram-se as mãos, como é tanto costume entre sírios. Chico Antônio deixou-se pegar pelos dedos e seguiram mais sossegados. O alvitre fora bom porque a velhice de seu João, não permitindo entre os amigos total liberdade de conversa, os desligava ainda um pouco. Principiou um diálogo de mãos em que puderam finalmente se dizer as melhores verdades.

Avançavam felizes, no dualismo conquistado, porque não tem nada capaz de fundir melhor o corpo e espírito, e nos dar o gosto do ser integral, que a presença dum companheiro íntimo. O homem sozinho raramente chega a ser completo porque a unidade entrega demais a gente a essa contradição naturalmente monstruosa que é o ser racional. O indivíduo se perde no fio do pensamento, meio que abandona o corpo, e a integridade se desequilibra. Também os momentos de vida social nos fazem perder muito de nós mesmos, quer pelo excesso de presença física que organiza o prazer coletivo, quer pelas circunstâncias violentamente individualistas de luta e competência. O homem só fica inteiro, só fica bem equilibrado, na intimidade de mais um. Intimidade que é puro engano a gente imaginar exija conhecimento firme, convivência longa e até amizade. Pra maioria isso não é necessário. Por um poder invisível de simpatia ou coincidência momentânea de destino, ideal, desejo, ofício, às vezes a gente fica íntimo dum ser ignorado faz pouco, mas, acima de igual, nosso idêntico. Essa era a intimidade em que estavam Jorge e Chico Antônio: uma congruência momentânea, auxiliada no último pela despersonalização contínua que o tornava aceitador de tudo e todos, em Jorge por causa da simpatia sentida pelo outro, tornando o sírio amoldável e identificador.

Viveram um momento pequeno assim, nesse prazer perfeito da intimidade sem mais nada. Porém a ignorância os tornava muito inexperientes pra que estimassem conservar um prazer assim tão indestinado, só esperavam uma direção por onde a intimidade se justificasse. A direção estava ali mesmo, era a sexualidade. Bastou uma mulher cruzá-los sozinha, os dois nem se consultaram, olharam pra ela. Praticaram esse rito comum da sexualidade, olharam pras pernas da mulher. Um aperto de dedos pelo sírio os levou pras costumadas bandalheiras dos homens. Sorriram muito satisfeitos, o sírio pelo exterior, buscando o olhar não dado do amigo, o coqueiro num recato de desaponto.

SEM MÁSCARA

"Paisagem nº 3" / *Pauliceia desvairada*[49]

Chove?
Sorri uma garoa de cinza,
muito triste, como um tristemente longo...
A casa Kosmos não tem impermeáveis em liquidação...
Mas neste largo do Arouche
posso abrir o meu guarda-chuva paradoxal,
este lírico plátano de rendas mar...

Ali em frente... — Mário, põe a máscara!
— Tens razão, minha Loucura, tens razão.
O rei de Tule jogou a taça ao mar...

Os homens passam encharcados...
Os reflexos dos vultos curtos
mancham o petit-pavé...
As rolas da Normal
esvoaçam entre os dedos da garoa...
(E se pusesse um verso de Crisfal
No *De Profundis*?...)
De repente
um raio de Sol arisco
risca o chuvisco ao meio.

INSTINTOS ESPAVENTADOS, DESEJOS CURIOSOS, PERIGOS DESUMANOS

"Frederico Paciência" / *Contos novos*[50]

Frederico Paciência... Foi no ginásio... Éramos de idade parecida, ele pouco mais velho que eu, quatorze anos.

Frederico Paciência era aquela solaridade escandalosa. Trazia nos olhos grandes bem pretos, na boca larga, na musculatura quadrada da peitaria, em principal nas mãos enormes, uma franqueza, uma saúde, uma ausência rija de segundas intenções. E aquela cabelaça pesada, quase azul, numa desordem crespa. Filho de português e de carioca. Não era beleza, era vitória. Ficava impossível a gente não querer bem ele, não concordar com o que ele falava.

Senti logo uma simpatia deslumbrada por Frederico Paciência, me aproximei franco dele, imaginando que era apenas por simpatia. Mas se ligo a insistência com que ficava junto dele a outros atos espontâneos que sempre tive até chegar na força do homem, acho que se tratava dessa espécie de saudade do bem, de aspiração ao nobre, ao correto, que sempre fez com que eu me adornasse de bom pelas pessoas com quem vivo. Admirava lealmente a perfeição moral e física de Frederico Paciência e com muita sinceridade o invejei. Ora em mim sucede que a inveja não consegue nunca se resolver em ódio, nem mesmo em animosidade: produz mas uma competência divertida, esportiva, que me leva à imitação. Tive ânsias de imitar Frederico Paciência. Quis ser ele, ser dele, me confundir naquele esplendor, e ficamos amigos.

Eu era o tipo do fraco. Feio, minha coragem não tinha a menor espontaneidade, tendência altiva para os vícios, preguiça.

Inteligência incessante mas principalmente difícil. Além do mais, naquele tempo eu não tinha nenhum êxito pra estímulo. Em família era silenciosamente considerado um caso perdido, só porque meus manos eram muito bonzinhos e eu estourado, e enquanto eles tiravam distinções no colégio, eu tomava bombas.

Uma ficou famosa, porque eu protestei gritado em casa, e meu Pai resolveu tirar a coisa a limpo, me levando com ele ao colégio. Chamado pelo diretor, lá veio o marista, irmão Bicudo o chamávamos, trazendo na mão um burro de Virgílio em francês, igualzinho ao que me servira na cola. Meio que turtuviei mas foi um nada. Disse arrogante:

— Como que o sr. prova que eu colei!

Irmão Bicudo nem me olhou. Abriu o burro quase na cara de Papai, tremia de raiva:

— Seu menino traduz latim muito bem!... mas não sabe traduzir francês!

Papai ficou pálido, coitado. Arrancou:

— Seu padre me desculpe.

Não falou mais nada. Durante a volta era aquele mutismo, não trocou sequer um olhar comigo. Foi esplêndido mas quando o condutor veio cobrar as passagens no bonde, meu Pai tirou com toda a naturalidade os níqueis do bolsinho mas de repente ficou olhando muito o dinheiro, parado, olhando os níqueis, perdido em reflexões inescrutáveis. Parecia decidir da minha vida, ouvi, cheguei a ouvir ele dizendo "Não pago a passagem desse menino". Mas afinal pagou.

Frederico Paciência foi minha salvação. A sua amizade era se entregar, amizade era pra tudo. Não conhecia reservas nem ressalvas, não sabia se acomodar humanamente com os conceitos. Talvez por isto mesmo, num como que instinto de conservação, era camarada de toda a gente, mas não tinha grupos preferidos nem muito menos amigos. Não há dúvida que se agradava de mim, inalteravelmente feliz de me ver e conversar comigo. Apenas eu percebia, irritado, que era a mesma coisa com todos. Não consegui ser discreto.

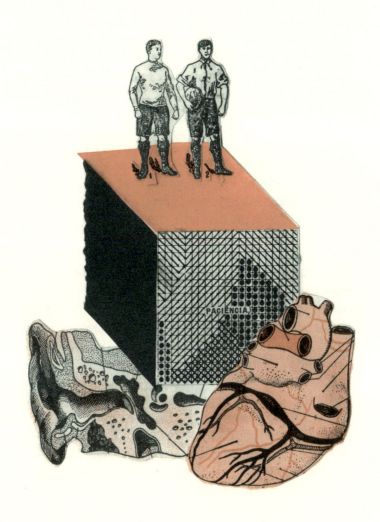

Depois da aula, naquela pequena parte do caminho que fazíamos juntos até o largo da Sé, puxando o assunto para os colegas, afinal acabei, bastante atrapalhado, lhe confessando que ele era o meu "único" amigo. Frederico Paciência entreparou num espanto mudo, me olhando muito. Apressou o passo pra pegar a minha dianteira pequena, eu numa comoção envergonhada, já nem sabendo de mim, aliviado em minha sinceridade. Chegara a esquina em que nos separávamos, paramos. Frederico Paciência estava maravilhoso, sujo do futebol, suado, corado, derramando vida. Me olhou com uma ternura sorridente. Talvez houvesse, havia um pouco de piedade. Me estendeu a mão a que mal pude corresponder, e aquela despedida de costume, sem palavra, me derrotou por completo. Eu estava envergonhadíssimo, me afastei logo, humilhado, andando rápido pra casa, me esconder. Porém Frederico Paciência estava me acompanhando!

— Você não vai pra casa já!
— Ara... estou com vontade de ir com você...

Foram quinze minutos dos mais sublimes de minha vida. Talvez que pra ele também. Na rua violentamente cheia de gente e de pressa, só vendo os movimentos estratégicos que fazíamos, ambos só olhos, calculando o andar deste transeunte com a soma daqueles dois mais vagarentos, para ficarmos sempre lado a lado. Mas em minha cabeça que fantasmagorias divinas, devotamentos, heroísmos, ficar bom, projetos de estudar. Só na porta de casa nos separamos, de novo esquerdos, na primeira palavra que trocávamos amigos, aquele "até-logo" torto.

E a vida de Frederico Paciência se mudou para dentro da minha. Me contou tudo o que ele era, a mim que não sabia fazer o mesmo. Meio que me rebaixava meu Pai ter sido operário em mocinho. Mas quando o meu amigo me confessou que os pais dele fazia só dois anos que tinham casado, até achei lindo. Pra que casar! é isso mesmo! O pior é que Frederico Paciência depusera tal confiança em mim, me fazia tais confissões sobre instintos nascentes que me obrigava a uma elevação constante de pensamento. Uns dias quase o odiei. Me bateu clara a intenção de acabar com aquela "infância". Mas tudo estava tão bom.

Os domingos dele me pertenceram. Depois da missa fazíamos caminhadas enormes. Um feriado chegamos a ir até a Cantareira a-pé. Continuou vindo comigo até a porta de casa. Uma vez entrou. Mas eu não gostava de ver ele na minha família, detestei até Mamãe junto dele, ficavam todos muito baços. Mas me tornei familiar na casa dele, eram só os pais, gente vazia, enriquecida à pressa, dando liberdade excessiva ao filho, espalhafatosamente envaidecida daquela amizade com o colega de "família boa".

Me lembro muito bem que pouco depois, uns cinco dias, da minha declaração de amizade, Frederico Paciência foi me buscar depois da janta. Saímos. Principiava o costume daqueles passeios longos no silêncio arborizado dos bairros. Frederico Paciência falava nos seus ideais, queria ser médico. Adverti que teria que fazer os estudos no Rio e nos separaríamos. Em mim, fiz mas foi calcular depressa quantos anos faltavam para me livrar do meu amigo. Mas a ideia da separação o preocupou demais. Vinha com propostas, ir com ele, estudar medicina, ou ser pintor pois que eu já vivia desenhando a caricatura dos padres.

Fiquei de pensar e, dialogando com as aspirações dele, pra não ficar atrás, meio que menti. Acabei mentindo duma vez. Veio aquele prazer de me transportar pra dentro do romance, e tudo foi se realizando num romance de bom-senso discreto, pra que a mentira não transparecesse, e onde a coisa mais bonita era minha alma. Frederico Paciência então me olhava com os olhos quase úmidos, alargados, de êxtase generoso. Acreditava. Acreditou tudo. De resto, não acreditar seria inferioridade. E foi esse o maior bem que guardo de Frederico Paciência, porque uma parte enorme do que de bom e de útil tenho sido vem daquela alma que precisei me dar, pra que pudéssemos nos amar com franqueza.

No ginásio a nossa vida era uma só. Frederico Paciência me ensinava, me assoprava respostas nos momentos de aperto, jurando depois com riso que era pela última vez. A permanência dele em mim implicava aliás um tal ou qual esforço da minha parte pra estudar, naquele regime de estudo abortivo que, sem eu ainda atinar que era errado, me revoltava. Um dia ele me surpreendeu lendo um livro. Fiquei horrorizado mas imediatamente uma espécie de curiosidade perversa, que eu disfarçava com aquela intenção falsa e jamais posta em prática de acabar com "aquela amizade besta", me fez não negar o que lia. Era uma *História da prostituição na Antiguidade*, dessas edições clandestinas portuguesas que havia muito naquela época. E heroico, embora sempre horrorizado, passei o livro a ele. Folheou, examinou os títulos do índice, ficou olhando muito o desenho da capa. Depois me deu o livro.

— Tome cuidado com os padres.
— Ah... está dentro da pasta, eles não veem.
— E se examinarem as pastas...
— Pois se examinarem acham!

Passamos o tempo das aulas disfarçando bem. Mas no largo da Sé, Frederico Paciência falou que hoje carecia ir já pra casa, ficando logo engasgadíssimo na mentira. Mas como eu o olhasse muito, um pouco distraído em observar como é que se mentia sem ter jeito, ele inda achou força pra esclarecer que precisava sair com a Mãe. E, já despedidos um do outro, meio rindo de lado, ele me pediu o livro pra ler. Tive um desejo horrível de lhe pedir que não pedisse o livro, que não lesse aquilo, de jurar que era infame. Mas estava por dentro que era um caos. Me atravessava o convulsionamento interior a ideia cínica de que durante todo o dia pressentira o pedido e tomara cuidado em não me prevenir contra ele. E dizer agora tudo o que estava querendo dizer e não podia, era capaz de me diminuir. E afinal o que o livro contava era verdade... Se recusasse, Frederico Paciência ia imaginar coisas piores. Na aparência, fui tirando o livro da mala com a maior naturalidade, gritando por dentro que ainda era tempo, bastava falar que ainda não acabara de ler, quando acabasse... Depois dizia que o livro não prestava, era imoral, o rasgara. Isso até me engrandeceria... Mas estava um caos. E até que ponto a esperança de Frederico Paciência ter certas revelações... E o livro foi entregue com a maior naturalidade, sem nenhuma hesitação no gesto. Frederico Paciência ainda riu pra mim, não pude rir. Sentia um cansaço. E puro. E impuro.

Passei noite de beira-rio. Nessa noite é que todas essas ideias da exceção, instintos espaventados, desejos curiosos, perigos desumanos me picavam com uma clareza tão dura que varriam qualquer gosto. Então eu quis morrer. Se Frederico Paciência largasse de mim... Se se aproximasse mais... Eu quis morrer. Foi bom entregar o livro, fui sincero, pelo menos assim ele fica me conhecendo mais. Fiz mal, posso fazer mal a ele. Ah, que faça! ele não pode continuar aquela "infância". Queria dormir, me debatia. Quis morrer.

No dia seguinte Frederico Paciência chegou tarde, já principiadas as aulas. Sentou como de costume junto de mim. Me falou um bom-dia simples mas que imaginei tristonho, preocupado. Mal respondi, com uma vontade assustada de chorar. Como que havia entre nós dois um sol que não permitia mais nos vermos mutuamente. Eu, quando queria segregar alguma coisa, era com os outros colegas mais próximos. Ele fazia o mesmo, do lado dele. Mas ainda foi ele quem venceu o sol.

No recreio, de repente, eu bem que só tinha olhos pra ele, largou o grupo em que conversava, se dirigiu reto pra mim. Pra ninguém desconfiar, também me apartei do meu grupo e fui, como que por acaso, me encontrar com ele. Paramos frente a frente. Ele abaixou os olhos, mas logo os ergue com esforço. Meu Deus! por que não fala! O olho, o procuro nos olhos, lhe devorando os olhos internados, mas o olho com tal ansiedade, com toda a perfeição do ser, implorando me tornar sincero, verdadeiro, digníssimo, que Frederico Paciência é que pecou. Baixou os olhos outra vez, tirando de nós dois qualquer exatidão. Murmurou outra coisa:

— Pus o livro na sua mala, Juca. Acho bom não ler mais essas coisas.

Percebi que eu não perdera nada, fiquei numa alegria doida. Ele agora estava me olhando na cara outra vez, sereno, generoso, e menti. Fui de uma sem-vergonhice grandiosa, menti apressadamente, com um tal calor de sinceridade que eu mesmo não chegava bem a perceber que era tudo mentira. Mas falei comprido e num momento percebi que Frederico Paciência não estava acreditando mais em mim, me calei. Fomos nos ajuntar aos colegas. Era tristeza, era tristeza sim o que eu sentia, mas com um pouco também de alegria de ver o meu amigo espezinhado, escondendo que não me acreditava, sem coragem pra me censurar, humilhado na insinceridade. Eu me sentia superior!

Mas essa tarde, quando saímos juntos no passeio, numa audácia firme de gozar Frederico Paciência não dizendo o que sentia, eu levava um embrulho bem-feitinho comigo. Quando Frederico Paciência perguntou o que era, ri só de lábios feito uma caçoada amiga, o olhando de lado, sem dizer nada. Fui desfazendo bem saboreado o embrulho, era o livro. Andava, olhava sempre o meu amigo, riso no beiço, brincador, conciliador, absolvido. E de repente, num gesto brusco, arrebentei o volume em dois. Dei metade ao meu amigo e principiei rasgando miudinho, folha por folha, a minha parte. Aí Frederico Paciência caiu inteiramente na armadilha. O rosto dele brilhou numa felicidade irritada por dois dias de trégua, e desatamos a rir. E as ruas foram sujadas pelos destroços irreconstituíveis da *História da prostituição na Antiguidade*. Eu sabia que ficava um veneno em Frederico Paciência, mas isso agora não me inquietava mais. Ele, inteiramente entregue, confessava, agora que estava liberto do livro, que ler certas coisas, apesar de horríveis, "dava uma sensação esquisita, Juca, a gente não pode largar".

Diante de uma amizade assim tão agressiva, não faltaram bocas de serpentes. Frederico Paciência, quando a indireta do gracejo foi tão clara que era impossível não perceber o que pensavam de nós, abriu os maiores olhos que lhe vi. Veio uma palidez de crime e ele cegou. Agarrou o ofensor pelo gasnete e o dobrou nas mãos inflexíveis. Eu impassível, assuntando. Foi um custo livrar o canalha. Forcejavam pra soltar o rapaz daquelas mãos endurecidas numa fatalidade estertorante. Eu estava com medo, de assombro. Falavam com Frederico Paciência, o sacudiam, davam nele, mas ele quem disse acordar! Só os padres que acorreram com o alarido e um bedel atleta conseguiram apartar os dois. O canalha caiu desacordado no chão. Frederico Paciência só grunhia "Ele me ofendeu", "Ele me ofendeu". Afinal – todos já tinham tomado o nosso partido, está claro, com dó de Frederico Paciência, convencidos da nossa pureza – afinal uma frase de colega esclareceu os padres. O castigo foi grande mas não se falou de expulsão.

Eu não. Não falei nada, não fiz nada, fiquei firme. No outro dia o rapaz não apareceu no colégio e os colegas inventaram boatos medonhos, estava gravíssimo, estava morto, iam prender Frederico Paciência. Este, soturno. Parecia nem ter coragem pra me olhar, só me falava o indispensável, e imediato afinei com ele, soturnizado também. Felizmente não nos veríamos à saída, ele detido pra escrever quinhentas linhas por dia durante uma semana – castigo habitual dos padres. Mas no segundo dia o canalha apareceu. Meio ressabiado, é certo, mas completamente recomposto. Tinha chegado a minha vez.

Calculadamente avisei uns dois colegas que agora era comigo que ele tinha que se haver. Foram logo contar, e embora da mesma força que eu, era visível que ele ficou muito inquieto. Inventei uma dor-de-cabeça pra sair mais cedo, mas os olhos de todos me seguindo, proclamavam o grande espetáculo próximo. Na saída, acompanhado de vários curiosos, ele vinha muito pálido, falando com exagero que se eu me metesse com ele usava o canivete. Saí da minha esquina, também já alcançado por muitos, e convidei o outro pra descermos na várzea perto. Eu devia estar pálido também, sentia, mas nada covarde. Pelo contrário: numa lucidez gélida, imaginando jeito certo de mais bater que apanhar. Mas o rapaz fraquejou, precipitando as coisas, que não! que aquilo fora uma brincadeira besta dele, aí um soco nas fuças o interrompeu. O sangue saltou com fúria, o rapaz avançou pra cima de mim, mas vinha como sem vontade, descontrolado, eu gélido. Outro soco lhe atingiu de novo o nariz. Ele num desespero me agarrou pelo meio do corpo, foi me dobrando, mas com os braços livres, eu malhava a cara dele, gostando do sangue me manchando as mãos. Ele gemeu um "ai" flébil, quis chorar num bufido infantil de dor pavorosa. Não sei, me deu uma repugnância do que ele estava sofrendo com aqueles socos na cara, não pude suportar: com um golpe de energia que até me tonteou, botei o cotovelo no queixo dele, e um safanão o atirou longe. Me agarraram. O rapaz, completamente desatinado, fugiu na carreira.

Umas censuras rijas de transeuntes, nem me incomodei, estava sublime de segurança. Qualquer incerteza, qualquer hesitação que me nascesse naquele alvoroço interior em que eu escachoava, a imagem, mas única, exclusiva realidade daquilo tudo, a imagem de Frederico Paciência estava ali pra me mover. Eu vingara Frederico Paciência! Com a maior calma, peguei na minha mala que um colega segurava, nem disse adeus a ninguém. Fui embora compassado. Tinha também agora um sol comigo. Mas um sol ótimo, diferente daquele que me separa de meu amigo no caso do livro. Não era glória nem vanglória, nem volúpia de ter vencido, nada. Era um equilíbrio raro — esse raríssimo de quando a gente age como homem-feito, quando se é rapaz. Puro. E impuro.

Procurei Frederico Paciência essa noite e contei tudo. Primeiro me viera a vaidade de não contar, bancar o superior, fingindo não dar importância à briga, só pra ele saber de tudo pelos colegas. Mas estava grandioso por demais pra semelhante inferioridade. Contei tudo, detalhe por detalhe. Frederico Paciência me escutou, eu percebia que ele escutava devorando, não podendo perder um respiro meu. Fui heroico, antes: fui artista! Um como que sentimento de beleza me fez ajuntar muito pouca fantasia à descrição, desejando que ela fosse bem simples. Quando acabei, Frederico Paciência não disse uma palavra só, não aprovou, não desaprovou. E uma tristeza nos envolveu, a tristeza mais feliz de minha vida. Como estava bom, era quase sensual, a gente assim passeando os dois, tão tristes...

Mas de tudo isso, do livro, da invencionice dos colegas, da nossa revolta exagerada, nascera entre nós uma primeira, estranha frieza. Não era medo da calúnia alheia, era como um quebrar de esperanças insabidas, uma desilusão, uma espécie amarga de desistência. Pelo contrário, como que basofientos, mais diante de nós mesmos que do mundo, nasceu de tudo isso o nos aproximarmos fisicamente um do outro, muito mais que antes. O abraço ficou cotidiano em nossos bons-dias e até-logos.

Agora falávamos insistentemente da nossa "amizade eterna", projetos de nos vermos diariamente a vida inteira, juramentos de um fechar os olhos do que morresse primeiro. Comentando às claras o nosso amor de amigo, como que procurávamos nos provar que daí não podia nos vir nenhum mal, e principalmente nenhuma realização condenada pelo mundo. Condenação que aprovávamos com assanhamento. Era um jogo de cabeças unidas quando sentávamos pra estudar juntos, de mãos unidas sempre, e alguma vez mais rara, corpos enlaçados nos passeios noturnos. E foi aquele beijo que lhe dei no nariz depois, depois não, de repente no meio duma discussão rancorosa sobre se Bonaparte era gênio, eu jurando que não, ele que sim. — Besta! — Besta é você! Dei o beijo, nem sei! parecíamos estar afastados léguas um do outro nos odiando. Frederico Paciência recuou, derrubando a cadeira. O barulho facilitou nosso fragor interno, ele avançou, me abraçou com ansiedade, me beijou com amargura, me beijou na cara em cheio dolorosamente. Mas logo nos assustou a sensação de condenados que explodiu, nos separamos conscientes. Nos olhamos olho no olho e saiu o riso que nos acalmou. Estávamos verdadeiros e bastantes ativos na verdade escolhida. Estávamos nos amando de amigo outra vez; estávamos nos desejando, exaltantes no ardor, mas decididos, fortíssimos, sadios.

— Precisamos tomar mais cuidado.

Quem falou isso? Não sei se fui eu se foi ele, escuto a frase que jorrou de nós. Jamais fui tão grande na vida.

Mas agora já éramos amigos demais um do outro, já o convívio era alimento imprescindível de cada um de nós, para que o cuidado a tomar decidisse um afastamento. Continuamos inseparáveis, mas tomando cuidado. Não havia mais aquele jogo de mãos unidas, de cabeças confundidas. E quando por distração um se apoiava no outro, o afastamento imediato, rancoroso deste, desapontava o inocente.

O pior eram as discussões, cada vez mais numerosas, cada vez porventura mais procuradas. Quando a violência duma briga, "Você é uma besta!", "Besta é você!", nos excitava fisicamente demais, vinha aquela imagem jamais confessada do incidente do beijo, a discussão caía de chofre. A mudez súbita corrigia com brutalidade o caminho do mal e perseverávamos deslumbradamente fiéis à amizade. Mas tudo, afastamentos, correções, discussões quebradas em meio, só nos fazia desoladamente conscientes, em nossa hipocrisia generosa, de que aquilo ou nos levava para infernos insolúveis, ou era o princípio dum fim.

Com a formatura do ginásio descobrimos afinal um pretexto para iniciar a desagregação muito negada, e mesmo agora impensada, da nossa amizade. Falo que era "pretexto" porque me parece que tinha outras razões mais ponderosas. Mas Frederico Paciência insistia em fazer exames ótimos aquele último ano. Eu não pudera me resolver a estudos mais severos, justo num ano de curso em que era de praxe os examinadores serem condescendentes. Na aparência, nunca nos compreendêramos tão bem, tanto eu aceitava a honestidade escolar do meu amigo, como ele afinal se dispusera a compreender minha aversão ao estudo sistemático. Mas a diferença de rumos o prendia em casa e me deixava solto na rua. Veio uma placidez.

Tinha outras razões mais amargas, tinha os bailes. E havia a Rose aparecendo no horizonte, muito indecisa ainda. Se pouco menos de ano antes, conhecêramos juntos para que nos servia a mulher, só agora, nos dezesseis anos, é que a vida sexual se impusera entre os meus hábitos. Frederico Paciência parecia não sentir o mesmo orgulho de semostração e nem sempre queria me acompanhar. Às vezes me seguia numa contrariedade sensível. O que me levava ao despeito de não o convidar mais e a existir um assunto importantíssimo pra ambos, mas pra ambos de importância e preocupações opostas. A castidade serena de meu amigo, eu continuava classificando de "infâncias". Frederico Paciência, por seu lado, se escutava com largueza de perdão e às vezes certa curiosidade os meus descobrimentos de amor, contados quase sempre com minúcia raivosa, pra machucar, eu senti mais de uma vez que ele se fatigava em meio da narrativa insistente e se perdia em pensamentos de mistério, numa melancolia grave. E eu parava de falar. Ele não insistia. E ficávamos contrafeitos, numa solidão brutalmente física.

Mas ainda devia ter razões mais profundas para aquela desagregação sutil de amizade, desagregação, insisto, em que não púnhamos reparo. É que tínhamos nos preocupado demais com o problema da amizade, pra que a nossa não fosse sempre um objeto, é pena, mas bastante exterior a nós, um objeto de experimentação. De forma que passada em dois anos toda a aventura da amizade nascente, com suas audácias e incidentes, aquele prazer sereno da amizade cotidiana se tornara um "caso consumado". E isso, para a nossa rapazice necessariamente instável, não interessava quase. Nos amávamos agora com verdade perfeita mas sem curiosidade, sem a volúpia de brincar com fogo, sem aprendizado mais. E fora em defesa da amizade mesma que lhe mudáramos a... a técnica de manifestação. E esta técnica, feita de afastamentos e paciências, naquele estádio de verdades muito preto e branco, era uma pequena, voluntária desagregação impensada. De maneira que adquiríamos uma convicção falsa de que estávamos nos afastando um do outro, por incapacidade, ou melhor: por medo de nos analisarmos em nossa desagregação verdadeira, entenda quem quiser. No colégio éramos apenas colegas. De-noite não nos encontrávamos mais, ele estudando. Mas que domingos sublimes agora, quando algum piquenique detestado mas aceito com prazer espetacular muito fingido, não vinha perturbar nosso desejo de estarmos sós. Era uma ventura incontável esse encontro dominical, quanta franqueza, quanto abandono, quanto passado nos enobrecendo, nos aprofundando e era como uma carícia longa, velha, entediada. Vivíamos por vezes meia hora sem uma palavra, mas em que nossos espíritos, nossas almas entreconhecidas se entendiam e se irmanavam com silêncio vegetal.

 Estou lutando desde o princípio destas explicações sobre a desagregação da nossa amizade, contra uma razão que me pareceu inventada enquanto escrevia, para sutilizar psicologicamente o conto. Mas agora não resisto mais. Está me parecendo que entre as causas mais insabidas, tinha também uma espécie de despeito desprezador de um pelo outro... Se no começo invejei a beleza física, a simpatia, a perfeição espiritual normalíssima de Frederico Paciência, e até agora sinto saudades de tudo isso, é certo que essa inveja abandonou muito cedo qualquer aspiração de ser exatamente igual ao meu amigo. Foi curtíssimo, uns três meses, o tempo em que tentei imitá-lo. Depois desisti, com muito propósito. E não era porque eu conseguisse me reconhecer na impossibilidade completa de imitá-lo, mas porque eu, sinceramente, sabei-me lá por quê! não desejava mais ser um Frederico Paciência!

O admirava sempre em tudo, mesmo porque até agora o acho cada vez mais admirável, até em sua vulgaridade que tinha muito de ideal. Mas pra mim, para o ser que eu me quereria dar, eu... eu corrigia Frederico Paciência. E é certo que não o corrigia no sentido da perfeição, sinceramente eu considerava Frederico Paciência perfeito, mas no sentido de uma outra concepção do ser, às vezes até diminuída de perfeições. A energia dele, a segurança serena, sobretudo aquela como que incapacidade de errar, aquela ausência do erro, não me interessavam suficientemente pra mim. E eu me surpreendia imaginando que se as possuísse, me sentiria diminuído.

E enfim eu me pergunto ainda até que ponto, não só para o meu ideal de mim, mas para ele mesmo, eu pretendera modificar, "corrigir" Frederico Paciência no sentido desse outro indivíduo ideal que eu desejara ser, de que ele fora o ponto-de-partida?... É certo que ele sempre foi pra comigo muito mais generoso, me aceitou sempre tal como eu era, embora interiormente, estou seguro disso, me desejasse melhor. Se satisfazia de mim para amigo, ao passo que a mim desde muito cedo ele principiou sobrando. Assim: o nos afastarmos um do outro em nossa cotidianidade, o que chamei já agora erradamente, tenho certeza, de "desagregação", era mas apenas um jeito da amizade verdadeira. Era mesmo um aperfeiçoamento de amizade, porque agora nada mais nos interessava senão o outro tal como era, em nossos encontros a sós: nos amávamos pelo que éramos, tal como éramos, desprendidamente, gratuitamente, sem o instinto imperialista de condicionar o companheiro a ficções de nossa inteira fabricação. Estou convencido que perseveraríamos amigos pela vida inteira, se ela, a tal, a vida, não se encarregasse de nos roubar essa grandeza.

Pouco depois de formados, ano que foi de hesitação pra nós, eu querendo estudar pintura mas "isso não era carreira", ele medicina, mas os negócios prendendo a São Paulo a gente dele, uma desgraça me aproximou de Frederico Paciência: morreu-lhe o Pai. Me devotei com sinceridade. Nascera em mim uma experiência, uma... sim, uma paternidade crítica em que as primeiras hesitações de Frederico Paciência puderam se apoiar sem reserva.

Meu amigo sofreu muito. Mas, sem indicar insensibilidade nele (aliás era natural que não amasse muito um pai que fora indiferentemente bom), me parece que a dor maior de Frederico Paciência não foi perder o Pai, foi a decepção que isso lhe dava. Sentiu um espanto formidável essa primeira vez que deparou com a morte. Mas fosse decepção, fosse amor, sofreu muito. Fui eu a consolar e consegui o mais perfeito dos sacrifícios, fiquei muito mudo, ali. O melhor alívio para a infelicidade da morte é a gente possuir consigo a solidão silenciosa duma sombra irmã. Vai-se pra fazer um gesto, e a sombra adivinha que a gente quer água, e foi buscar. Ou de repente estende o braço, tira um fiapo que pegou na vossa roupa preta.

Dois dias depois da morte, ainda marcados pelas cenas penosas do enterro, a Mãe de Frederico Paciência chorava na saleta ao lado, se deixando conversar num grupo de velhas, quando ouvimos:

— Rico! (com erre fraco, era o apelido caseiro do meu amigo).

Fomos logo. De-pé, na frente da coitada, estava um homem de luto, *plastron*, nos esperando. E ela angustiada:

— Veja o que esse homem quer!

Viera primeiro apresentar os pêsames.

— ... conheci muito o vosso defunto pai, coitado. Nobre caráter... Mas como a sua excelentíssima progenitora poderá precisar de alguém, vim lhe oferecer os meus préstimos. Orgulho-me de ter em nosso cartório a melhor clientela de São Paulo. Para ficar livre das formalidades do inventário (e mostrava um papel) é só a sua excelentíssima...

Não sei o que me deu, tive um heroísmo:

— Saia!

O homem me olhou com energia desprezadora.

— Saia, já falei!

O homem era forte. Fiz um gesto pra empurrá-lo, ele recuou. Mas na porta quis reagir de novo e então o crivei, o crivamos de socos, ele desceu a escada do jardim caicaindo. Outra vez no quarto, era natural, estávamos muito bem-humorados. Contínhamos o riso pela conveniência da morte, mas foi impossível não sorrir com a lembrança do homem na escada.

— Deite pra descansar um pouquinho.

Ele deitou, exagerando a fadiga, sentindo gosto em obedecer. Sentei na borda da cama, como que pra tomar conta dele, e olhei o meu amigo. Ele tinha o rosto iluminado por uma frincha de janela vespertina. Estava tão lindo que o contemplei embevecido. Ele principiou lento, meio menino, reafirmando projetos. Iriam logo para o Rio, queria se matricular na Faculdade. O Rio... Mamãe é carioca, você já não sabia?... Tenho parentes lá. Com os lábios se movendo rubros, naquele ondular de fala propositalmente fatigada. Eu olhava só. Frederico Paciência percebeu, parou de falar de repente, me olhando muito também. Percebi o mutismo dele, entendi por que era, mas não podia, custei a retirar os olhos daquela boca tão linda. E quando os nossos olhos se encontraram, quase assustei porque Frederico Paciência me olhava, também como eu estava, com olhos de desespero, inteiramente confessado. Foi um segundo trágico, de tão exclusivamente infeliz. Mas a imagem do morto se interpôs com uma presença enorme, recente por demais, dominadora. Talvez nós não pudéssemos naquele instante vencer a fatalidade em que já estávamos, o morto é que venceu.

Depois de dois meses de preparativos que de novo afastaram muito Frederico Paciência de mim, veio a separação. A última semana de nossa amizade (não tem dúvida: a última. Tudo o mais foram idealismos, vergonhas, abusos de preconceitos), a última semana foram dias de noivado pra nós, que de carícias! Mas não quisemos, tivemos um receio enorme de provocar um novo instante como aquele de que o morto nos salvara. Não se trocou palavra sobre o sucedido e forcejamos por provar um ao outro a inexistência daquela realidade estrondosa, que nos conservara amigos tão desarrazoados mas tão perfeitos por mais de três anos. Positivamente não valia a pena sacrificar perfeição tamanha e varrer a florada que cobria o lodo (e seria o lodo mais necessário, mais "real" que a florada?) numa aventura insolúvel. Só que agora a proximidade da separação justificava a veemência dos nossos transportes. Não saíamos da casa dele, com vergonha de mostrar a um público sem nuanças, a impaciência das nossas carícias. Mudos, muitas vezes abraçados, cabeças unidas, naquele sofá trazido da sala-de-visitas, que ficara ali. Quando um dizia qualquer coisa, o outro concordava depressa, porque, mais que a complacência da despedida, nos assustava demais o perigo de discutir. E a única vez em que, talvez esquecido, Frederico Paciência se atirou sobre a cama porque o sono estava chegando, fiquei hirto, excessivamente petrificado, olhando o chão com tão desesperada fixidez, que ele percebeu. Ou não percebeu e a mesma lembrança feroz o massacrou. Foi levantando disfarçado. E de repente, quase gritando, é que falou:

— Mas Juca, o que você tem!

Eu tinha os olhos cheios de lágrimas. Ele sentou e ficamos assim sem falar mais. E era assim que ficávamos aquelas horas exageradamente brevíssimas de adeus. Depois um vulto imaterial de senhora, sacudindo a cabeça, querendo sorrir, lacrimosa, nos falava:

— Meu filhos, são onze horas!

Frederico Paciência vinha me trazer até casa. Sofríamos tanto que parece impossível sofrer com tamanha felicidade. E toda noite era aquilo: a boca rindo, os olhos cheios de lágrimas. Sucedeu até que depois de deixado, eu batesse de novo à porta, fosse correndo alcançar Frederico Paciência, e o acompanhasse à casa dele outra vez. E agora íamos abraçados, num desespero infame de confessar descaradamente ao universo o que nunca existira entre nós dois. Mas assim como em nossas casas agora todos nos respeitavam, enlutados na previsão dum drama venerável de milagre, nos deixando ir além das horas e quebrar quaisquer costumes, também os transeuntes tardos, farristas bêbados e os vivos da noite, nos miravam, não diziam nada, deixando passar.

Afinal a despedida chegou mesmo. Curta, arrastada, muito desagradável, com aquele trem custando a partir, e nós ambos já muito indiferentes um pelo outro, numa já apenas recordação sem presença, que não entendíamos nem podia nos interessar. O sorriso famoso que quer sorrir mas está chorando, chorando muito, tudo o que a vida não chorou. "Então? adeus?"; "Qual! até breve!"; "Você volta mesmo!..."; "Juro que volto!". O soluço que engasga na risada alegre da partida, enfim livre! O trem partindo. Aquela sensação nítida de alívio. Você vai andando, vê uma garota, e já está noutro mundo. Tropeça num do grupo que sai da estação, "Desculpe!", ele vos olha, é um rapaz, os dois riem, se simpatizam, poderia ser uma amizade nova. E as luzes miraculosas, rua de todos.

Cartas. Cartas carinhosíssimas fingindo amizade eterna. Em mim despertara o interesse das coisas literárias: fazia literatura em cartas. Cartas não guardadas que ficam por aí, tomando lugar, depois jogadas fora pela criada, na limpeza. Cartas violentamente reclamadas, por causa da discussão com a criadinha, discussões conscientemente provocadas porque a criadinha era gorda. Cartas muito pouco interessantes. O que contávamos do que estava se passando com nossas vidas, Rico na Medicina, eu na música e fazendo versos, o caso até chateava o outro. Sim: tenho a certeza que a ele também aporrinhava o que eu dizia. As cartas se espaçavam.

Foi quando um telegrama veio me contando que a Mãe de Frederico Paciência morrera. Não resistira à morte do marido, como um médico bem imaginara. É indizível o alvoroço em que estourei, foi um deslumbramento, explodiu em mim uma esperança fantástica, fiquei tão atordoado que saí andando solto pela rua. Não podia pensar: realidade estava ali. A Mãe de Rico, que me importava a Mãe de Frederico Paciência! E o que é mais terrível de imaginar: mas nem a ele o sofrimento inegável lhe importava: a morte lhe impusera o desejo de mim. Nós nos amávamos sobre cadáveres. Eu bem que percebia que era horrível. Mas por isso mesmo que era horrível, pra ele mais forte que eu, isso era decisório. E eu me gritava por dentro, com o mais deslavado dos cinismos conscientes, fingindo e sabendo que fingia: Rico está me chamando, eu vou. Eu vou. Eu preciso ir. Eu vou.

Desta vez o cadáver não seria empecilho, seria ajuda, o que nos salvou foi a distância. Não havia jeito de eu ir ao Rio. Era filho-família, não tinha dinheiro. Ainda assim pedi pra ir, me negaram. E quando me negaram, eu sei, fiquei feliz, feliz! Eu bem sabia que haviam de me negar, mas não bastava saber. Como que eu queria tirar de cima de mim a responsabilidade da minha salvação. Ou me tornar mais consciente da minha pobreza moral. Fiquei feliz, feliz! Mandei apenas "sinceros pêsames" num telegrama.

Foi um fim bruto, de muro. Ainda me lembrei de escrever uma carta linda, que ele mostrasse a muitas pessoas que ficavam me admirando muito. Como ele escreve bem! diriam. Mas aquele telegrama era uma recusa formal. Sei que em mim era sempre uma recusa desesperada, mas o fato de parecer formal me provava que tudo tinha se acabado entre nós. Não escrevi. E Frederico Paciência nunca mais me escreveu. Não agradeceu os pêsames. A imagem dele foi se afastando, se afastando, até se fixar no que deixo aqui.

Me lembro que uma feita, diante da irritação enorme dele comentando uma pequena que o abraçara num baile, sem a menor intenção de trocadilho, só pra falar alguma coisa, eu soltara:

— Paciência, Rico.

— Paciência me chamo eu!

Não guardei este detalhe para o fim, pra tirar nenhum efeito literário, não. Desde o princípio que estou com ele pra contar, mas não achei canto adequado. Então pus aqui porque, não sei... essa confusão com a palavra "paciência" sempre me doeu malestarentamente. Me queima feito uma caçoada, uma alegoria, uma assombração insatisfeita.

CORPO NU DE ADOLESCENTE

"Soneto" / A costela do Grã Cão[51]

Aceitarás o amor como eu o encaro?...
... Azul bem leve, um nimbo, suavemente
Guarda-te a imagem, como um anteparo
Contra estes móveis de banal presente.

Tudo o que há-de melhor e de mais raro
Vive em teu corpo nu de adolescente,
A perna assim jogada e o braço, o claro
Olhar preso no meu, perdidamente.

Não exijas mais nada. Não desejo
Também mais nada, só te olhar, enquanto
A realidade é simples, e isto apenas.

Que grandeza... A evasão total do pejo
Que nasce das imperfeições. O encanto
Que nasce das adorações serenas.

BRASILEI-RISMOS, SAFADAGENS E PORCARIAS

JÁ SE FALOU QUE TRÊS BRASILEIROS ESTÃO JUNTOS,
ESTÃO FALANDO PORCARIA...
DE FATO.

"Prefácio para Macunaíma"

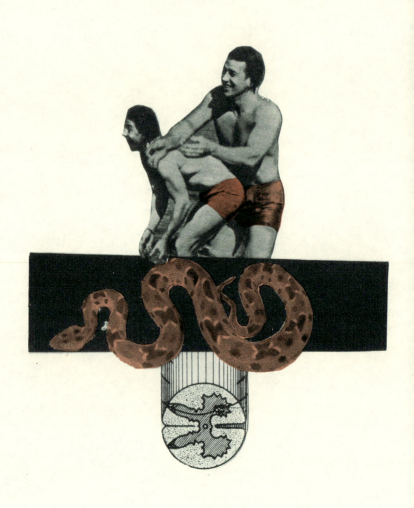

A ARTE PROPRIAMENTE "IMORAL"

Excerto de "A medicina dos excretos" / *Namoros com a medicina*[52]

[...] A coprolalia surge violenta é nas sociedades e classes sociais menos controladas pela educação artificial ou pelo aprimoramento intelectual do indivíduo. No selvagem, nas classes proletárias, na mocidade e nas crianças. É sempre a coprolalia que ganha o primado da manifestação. Se nos mictórios públicos, floresce a arte propriamente "imoral", as latrinas públicas são uma enciclopédia de desenhos, quadrinhas e frases, menos imorais que simplesmente porcos. A mocidade então se compraz no palavrão e nas anedotas. Só a mocidade?... Nas crianças é espantosa a floração de parlendas, pegas, adivinhas escatófilas. Percorro a minha coleção, escolhendo apenas os documentos escatófilos, ou em que a obscenidade está condicionada à atração dos excretos.

Eis uma advinha infantil, completada por uma pega: — O que é, o que é, vai a um canto e faz có, có, có? — Galinha! — Pois m... para quem tanto advinha! (42, 102). Outra: — que me importa! — Bate o c... na porta! (colhida no Estado de São Paulo). — Sabe, o Joaquim? — Que Joaquim? — O do c... assim (e faz um círculo com os polegares e indicadores; São Paulo). — Aonde? — No c... do conde (São Paulo). A quem nos chama por tu, se interrompe com:

    Tu, turú-tu-tú
    No buraco do teu c...

de que existe variante "parente de teu c..." (43, 39), e outra mais limpa:

    Tu, turú-tu-tú
    Parente do tatu
    E do urubu!

todas colhidas em São Paulo. A quem diz:
— É mentira!
— Amarra o c... com embira
E veja o lucro que tira! (São Paulo)
A quem diz que está com frio:
— Vá lavá a b... no rio!
ou "Vá lavá o c... no rio", ou também "Ponha o c... no rio" (todas colhidas em São Paulo). Em Portugal conheço:
— Quem tem frio
Mete-se no rio,
E cobre-se com a capa
De seu tio. (44, 189)
— Onde vai? — No currá da vó! (São Paulo). Em Franca, se esclarece melhor o sentido de "curral" de bois, numa resposta de tal forma horrorosa que não tenho forças para a reportar aqui. Mas na minha infância urbana, toda a meninada tomava o "currá" no sentido de aumentativo de c... E nesse sentido é que se cantava a quadrinha:
O balão queimô,
Duma banda só,
Eu também arrepiquei
No currá da vó!
que Daniel Gouveia dá com leve variante. Outras dadas ainda por Daniel Gouveia:
João Cambão,
Perna de grilo,
Costela de cão,
Fogo, mais fogo
No c... do João.
E este curioso B-A-Bá:
— B-a-bá.
— Passa pra cá.
— B-é-bé.
— Dê cá o pé.
— B-i-bi.

— Passa pra aqui.
— B-ó-bó.
— Corta cipó.
— B-u-bu.
— Para teu c...

No brinquedo da "Táta", em São Paulo, quando o menino que está comendo não quer dar nada para o outro, responde:

— C... da gata,
Come queijo com batata!

Existe ainda uma quadrinha popular trocadilhesca, que os adultos fazem crianças decorar:

No cume daquela serra
tem um pé de laranjeira,
Quanto mais ela floresce,
Tanto mais o *cume* cheira.

Essa invenção, sem dúvida graciosa, deu um desenvolvimento espantoso, numa poesia longa popularesca, talvez mesmo popular entre marujos. Está no *Trovador Marítimo*, da editora Quaresma, para quem se interessar por ela. Ainda entre as quadrinhas, correntes em São Paulo, sobretudo na voz infantil, conheço estas duas:

Deus te dê um filho macho,
Com cara de tacho,
Chamado *Tomás* (notar o sentido pornográfico)
Com um furo embaixo.

Em riba daquela serra
Tem um buraco de tatu;
Passa rato, passa gato
No buraco do teu c...

Outra quadra que conservo nos meus papéis, e me parece de proveniência falsa e erudita, rima:

Amarrei num lindo troço
Uma fitinha amarela,
Perguntaro: — Que é isso moço?
Respondi: — É a bostinha dela.

E na famosa anedota, espalhadíssima em São Paulo, do caipira atrapalhado, que no lugarejo do Buraco (nome topográfico frequente no Brasil) foi obrigado a fazer um brinde num casamento:

> Viva o Vicente da noiva,
> Viva a noiva do Vicente,
> Viva a gente do Buraco,
> Viva o Buraco da gente!

Outro grupo numeroso é o referente à expulsão de gases. Já se principia por cantar:

> Este menino é do céu,
> Não se cria,
> Tem um buraco no c...
> Que assovia. (São Paulo)

O cheiro é repudiado e o indivíduo que o provocou, deste jeito:

> Texto, panela,
> Bolô, fedô,
> Arrebenta o c...
> De quem peidô!

ou, ainda em São Paulo:

> Pé de pato, pé de pinto,
> Quem peidô que vá pros Quinto!

Uma parlenda, colhida em São Paulo, cantarola:

> Galinha quando canta qué botá,
> Moça bonita quando pinta qué casá,
> Gente velha quando peida qué cagá!

E quando chamam um menino de "sujeito", ele responde logo:

> Sujeito é peido,
> Peido é vento,
> Vento é nada,
> Nada é peixe,
> Peixe é da água!

em Franca, variando em Bragança, para:

>Sujeito é peido,
>Peido é vento,
>Vento é alimento,
>Alimento é teu sustento!

em que se descobre uma longínqua alusão à escatofagia.

Isso nos transporta para o grupo mais importante destas parlendas, o em que a coprolalia alude de qualquer forma à escatofagia. Ninguém ignora quase a pega violenta: — Você gosta de queijo? — Gosto. — Erga o rabo do gato e dê um beijo. Ainda existe a variante que manda levantar o rabo do cachorro. O gato volta na outra pega, de Franca: — Vamos fazer um trato? — Qual é? — Eu como no prato e você no c... do gato. E ainda com o beijo, existe a resposta a quem diz "Bem feito!": — Beija o c... perfeito! (Franca). Ainda com o gato, Daniel Gouveia recolheu a pega: — Fulano, olha aqui! e quando o outro olha e não tem nada que ver: — M... de gato pra quem espiou, doce de coco pra quem enganou! Mas a pega positivamente escatofágica e mais espalhada do grupo, creio que é a do "Eu também" vulgaríssima. O respondedor vai dizendo "eu também", até que o pegador encontra o passarinho, com seu bico de latão... — Eu também. — Pinicando um cag... — Eu também (46, 150). Ou então é o pegador que trepa numa árvore, e defeca lá de cima... — Eu também. — Cachorro comeu. — Eu também. (Franca). Ainda em Franca, se alguém diz "Vamos apostar?", o outro secunda:

>Meu pai dizia:
>— Come bosta.
>Mas não aposta.

Em Piracicaba, a parlenda do "Amanhã é domingo" corre assim:

>Amanhã é domingo,
>Pede cachimbo,
>O cachimbo é de barro,
>Bate no jarro,
>O jarro é fino,

> Bate no sino,
> O sino é grosso,
> Bate no trôço,
> O trôço é mole,
> Você engole.

Ainda aqui no Estado, correm estas rimas:

> Quem é...
> Titica do Migué?...
> Quem queria...
> Titica da Íria?...
> Quem comeu...
> Titica do Abreu?...

e a outra generalizada rima infantil que responde a quem fala "bosta": — "Diz, quem gosta."

Os coitados dos Nicolaus escutam uma, que é das muito pornográficas. Mas também acharam jeito de responder com um terrível dístico principiado por — Só se for de araruta... etc., que não interessa repetir inteiro.

Ainda a este grupo se juntam um "não me amole!" raivoso dos caipiras de Franca: "Ora vai c... dum carro abaixo e lambê as rodas!"; e um desafio colhido em Santa Rita do Passa Quatro, que também, pelo excesso, não tenho vontade de reportar.

E ainda não registei a mais generalizada de todas as rimas toantes do Brasil, que responde a quem diz:

— M...
— Coma com erva!

O NOME DAQUELE BURACO

Excerto de "Pauí-Pódole" / *Macunaíma*[53]

[...] Macunaíma aproveitava a espera se aperfeiçoando nas duas línguas da terra, o brasileiro falado e o português escrito. Já sabia nome de tudo. Uma feita era dia da Flor, festa inventada pros brasileiros serem caridosos e tinha tantos mosquitos carapanãs que Macunaíma largou do estudo e foi na cidade refrescar as ideias. Foi e viu um despropósito de coisas. Parava em cada vitrina e examinava dentro dela aquela porção de monstros, tantos que até parecia a serra do Ererê onde tudo se refugiou quando a enchente grande inundou o mundo. Macunaíma passeava passeava e encontrou uma cunhatã com uma urupema carregadinha de rosas. A mocica fez ele parar e botou uma flor na lapela dele, falando:

— Custa mil-réis.

Macunaíma ficou muito contrariado porque não sabia como era o nome daquele buraco na máquina roupa onde a cunhatã enfiara a flor. E o buraco chamava botoeira. Imaginou escarafunchando na memória bem, mas nunca não ouvira mesmo o nome daquele buraco. Quis chamar aquilo de buraco porém viu logo que confundia com os outros buracos deste mundo e ficou com vergonha da cunhatã. "Orifício" era palavra que a gente escrevia mas porém nunca ninguém não falava "orifício" não. Depois de pensamentear pensamentear não havia meios mesmo de descobrir o nome daquilo e pôs reparo que da rua Direita onde topara com a cunhatã já tinha ido parar adiante de São Bernardo, passada a moradia de mestre Cosme. Então voltou, pagou pra moça e falou de venta inchada:

— A senhora me arrumou com um dia-de-judeu! Nunca mais me bote flor neste... neste puíto, dona!

Macunaíma era desbocado duma vez. Falara uma bocagem muito porca, muito! A cunhatã não sabia que puíto era palavra-feia não e enquanto o herói voltava aluado com o caso pra pensão, ficou se rindo, achando graça na palavra. "Puíto..." que ela dizia. E repetia gozado: "Puíto... Puíto...". Imaginou que era moda. Então se pôs falando pra toda a gente si queriam que ela botasse uma rosa no puíto deles. Uns quiseram outros não quiseram, as outras cunhatãs escutaram a palavra, a empregaram e "puíto" pegou. Ninguém mais não falava em *boutonnière* por exemplo; só puíto, puíto se escutava.

Macunaíma ficou de azeite uma semana, sem comer sem brincar sem dormir só porque desejava saber as línguas da terra. Lembrava de perguntar pros outros como era o nome daquele buraco mas tinha vergonha de irem pensar que ele era ignorante e moita. Afinal chegou o domingo pé-de-cachimbo que era dia do Cruzeiro, feriado novo inventado pros brasileiros descansarem mais. De manhã teve parada na Mooca, ao meio-dia missa campal no Coração de Jesus, às dezessete corso e batalha de confetes na avenida Rangel Pestana e de-noite, depois da passeata dos deputados e desocupados pela rua Quinze, iam queimar um fogo-de-artifício no Ipiranga. Então pra espairecer Macunaíma foi no parque ver os fogos.

Nem bem saiu da pensão topou com uma cunhã clara, loiríssima, filhinha-da-mandioca bem, toda de branco e o chapéu de tucumã vermelho coberto de margaridinhas. Chamava Fräulein e sempre carecia de proteção. Foram juntos e chegaram lá. O parque estava uma boniteza. Tinha tantas máquinas repuxos misturadas com a máquina luz elétrica que a gente se encostava um no outro no escuro e as mãos se agarravam para aguentar a admiração. Assim a dona fez e Macunaíma sussurrou docemente:

— Mani... filhinha da mandioca!...

Pois então a alemãzinha chorando comovida, se virou e perguntou pra ele si deixava ela fincar aquela margarida no puíto dele. Primeiro o herói ficou muito assarapantado, muito! e quis zangar porém depois ligou os fatos e percebeu que fora muito inteligente. Macunaíma deu uma grande gargalhada.

Mas o caso é que "puíto" já entrara pras revistas estudando com muita ciência os idiomas escrito e falado e já estava mais que assente que pelas leis de catalepse elipse síncope metonímia metafonia metátese próclise prótese aférese apócope haplogia etimologia popular, todas essas leis, a palavra "botoeira" viera a dar em "puíto", por meio duma palavra intermediária, a voz latina "rabanitius" (botoeira-rabanitius-puíto), sendo que rabanitius embora não encontrada nos documentos medievais, afirmaram os doutos que na certa existira e fora corrente no sermo vulgaris.

QUANDO OS HOMENS NÃO TINHAM ÂNUS

Excerto de "A medicina dos excretos" / *Namoros com a medicina*[54]

[...] Koch-Grünberg enumera, no lugar citado, um bom número de obscenidades meramente escatófilas. Assim é que o dito, aos Nicolaus, tem um símile entre os Brasis do extremo-norte, quando Macunaíma esfrega o coco de inajá no pênis, antes de dá-lo ao mano Jiguê para comer. O primeiro fogo é tirado do ânus duma velha. A primeira rede bem como as primeiras sementes do algodão foram compradas com um dinheiro mais fácil que emissão de bônus, excremento humano. Etc.

Mas não me furto a citar, em tradução livre, a bem urdida lenda escatológica de Puíto, que está entre as mais originais, mais exclusivas dos Ameríndios. Antigamente os animais e os homens não tinham ânus. *Parece que defecavam pela boca.* Mas existia o bicho Anus, chamado Puíto, muito grande, que andava descansado, vinha vindo, e de repente peidava na cara de todos e fugia na disparada. Então os animais se ajuntaram, falando que sim, que deviam de agarrar o Puíto e reparti-lo entre si. Fizeram. Nem bem Puíto chegou, correram atrás dele, foi, chi! uma corrida medonha por aqueles morros e campos dos limites das Guianas, e nada de conseguirem agarrar o bicho Puíto. Afinal dois papagaios conseguiram, que se chamavam Culivái e Calicá. Pegaram no Puíto, amarraram bem ele, enquanto vinha chegando a animalada. Veio o tapir, veio a cotia, mutum, jacu, veado, cujubim, jacaré, tudo. E principiaram cortando o grande Puíto em pedacinhos. Mas logo o tapir agarrou num pedação que ainda estava para repartir e ficou com o pedação para ele só. Por isso que o tapir tem c... tão grandão. O papagaio se contentou com um pedacinho bem pequetitinho, a pomba e o veado, idem. Quando veio a rã reclamando o pedacinho dela, os papagaios jogaram um que caiu nas costas da rã. Por isso é que ela tem o puíto nas costas. Todos, todos, os bichos do mato, a passarinhada das árvores, a peixaria das águas, todos arranjaram seu puíto para cada um. Com o peixinho Caroíde se deu que ao jogarem os papagaios o pedacinho dele, caiu mesmo no pescoço, razão pela qual Caroíde traz o puíto no pescoço. E assim se fizeram os ânus que a gente hoje traz em si. Não fosse isso, tínhamos de cagar pela boca. Ou arrebentar...

CORPO MOÇO, CORPO VELHO

"Iaiá, meu carreiro" / *As melodias do boi e outras peças*[55]

Ôh Yayá, o meu carreiro (ter)
    Matou um boi na ladeira!

No tempo que eu era moço
    Comia muçú e cago,
    Mas agora que sou velho
    Nem muçú nem cago mais!

No tempo que eu era moço
    Mijava por um canudo;
    Mas agora que sou velho
    Mijo calça e mijo tudo.

FACEIRA, DANADA, SAFADA

Excerto de "Corujinha" / *As melodias do boi e outras peças*[56]

— Corujinha
 Cadê Corujão?
— Ele anda na rua
 Vendendo sabão.

— Corujinha,
 Cadê teu marido,
— Ele está lá em casa
 Engomando vestido.

Corujinha
É moça danada,
Só anda na rua
De sáia engomada.

Corujinha
É moça faceira,
Só anda na rua
Debaixo do cheiro.

Corujinha
É moça safada,
Só anda na rua
Pra ser namorada!

NAMÔROS ISCUNDIDOS

"Dizim que as freiras de hoje" / *As melodias do boi e outras peças*[57]

Dizim que as freiras de hoje
Quando vão para o convento
Avisam aos namorado
Prá í buscá, marcando tempo.

Eu num acredito, é mentira,
Creio que não fazem tá;
Si elas namora, são freiras,
Isso é coisa, não faiz má!
Si elas dão os seus passeios
Isso é coisa naturá!

Dizim que as casadas também
Têm seus namôro iscundido
E roga a Deus tudo dia

〉〉〉〉

Para morrê seus marido!

Eu não acredito (etc. mudando apenas "freiras" por "casadas")

Dizim que as mocinhas de hoje
Namora qualqué rapaiz,
Bota pó, vai prá janela,
Vai jugá de sete ais (azes)

Eu num acridito (etc. empregando "solteiras")

Dizim que as viúvas de hoje
Quando acaba de chorá,
Bota pó, bota corante,
Prá janela a namorá!

Eu num acridito (etc. empregando "viúva")

OH MEU DEUS, QUE COISA BOA!

Excerto de "Canto de Padeiro" / *As melodias do boi e outras peças*[58]

Num bula, meu bem, num bula,
O corpo todo me dói,
Na cama tem um bichinho
Que toda a noite me rói.

*

O patrão foi-s'imbora
Par'o sertão de Lisboa,
Si a patroa me bejasse,
Ôh meu Deus, que coisa boa!

A mulé do patrão
Foi tumá banho na levada,
Quano ela se abaxô-se
Pinicô-lhe o pêx'ispada.

Assubi de pau acima
Nas asa de ũa pirua,
Quano cheguei lá im cima
Avistei Laurinda núa.

Ai, vi o pombo gemê,
Me púis a considerá:
Um bichinho tão piqueno,
Ouerê bem, sabê amá!...

No cent' dessa massêra
Afinquei minha balisa,
Amassadô do meu tempo
No meu cangote num pisa!

NA ESCUREZA DA NOITE

"Nótulas folclóricas: Tapera da Lua" / *Aspectos do folclore brasileiro*[59]

Entre os contos etiológicos inventados pra explicar as manchas da lua, existe aquele dos índios brasileiros, floreado por Afonso Arinos nas *Lendas e tradições* com o título de "Tapera da Lua". A irmã se apaixona pelo irmão e lhe frequenta a rede na escureza da noite. E pra saber quem é a mulher, o rapaz se pinta todo de urucum e jenipapo de forma que a visitante fica marcada com a pintura. E pra esconder a vergonha ela atira setas e mais setas no céu, forma uma cadência de setas por onde sobe e se transforma em Lua. E aí a lua se reflete no espelho das lagoas; é que está se mirando pra ver se já se apagaram as marcas que tem no rosto.

Afonso Arinos terá tirado a lenda da *Pátria selvagem* de Melo Morais Filho. Donde este a tirou é que não sei, ou não lembro no momento.

No livro de W. Thalbitzer, *Légendes et chants esquimaux du Groenland*, tradução de Hollatz-Bretagne, edição de Ernest Leroux, Paris, 1929, tomo 45 da *Collection de contes et chansons populaires*, p. 154, vem a lenda Le Soleil et la Lune. A primeira parte da lenda explica as manchas da Lua de maneira idêntica à da lenda de Melo Morais Filho. Lá a Lua é um homem e o Sol, a sua irmã. Ambos tomavam parte nos brinquedos dos solteiros da tribo, na casa das festas, inverno chegado. No brinquedo de apagar as luzes, quando a escuridão se fazia o irmão Lua que tomara amor por sua irmã, agarrava a Sol e a beijava. A Sol desconfiou, sujou os dedos de fuligem e quando o irmão Lua agarrou-a, a Sol marcou-o na cara. "São as manchas da Lua."

Mas se não sei ou não me lembro donde Melo Morais Filho tirou sua lenda ameríndia, não creio num embuste dele ou de ninguém. Se trata de um pensamento elementar muitíssimo plausível. Que Sol e Lua são irmãos ou casados é ideia primitiva muito generalizada. Que se amam e se perseguem também, derivada da sucessão dia-noite. Que as "manchas" da Lua sejam "manchas" derivadas desse animismo planetário é uma derivação quase lógica.

14 de outubro de 1942

COM PERDÃO DA PALAVRA

Excerto de "Nacionalização dum adágio" / *Táxi e crônicas no Diário Nacional*[60]

[...] Outro dia, folheando o volume da *Revista Lusitana* encontrei com um estudo bem interessante sobre adágios. Num dos adágios estudados, existe uma curiosa adaptação brasileira. É o que em italiano reza: "Dio mi guardi da mula che faccia hin hin; da Bora e da Garbin; da donna che sappia latin". Em francês dizem: "Femme qui parle latin, soleil qui luit tard au matin, et enfant nourri de vin, ne viennent à bonne fin". Da fórmula francesa está muito próxima a espanhola, também citada pelo articulista: "Dos cosas tienen mal fin: el niño que bebe vino y mujer que habla latín". Em Portugal se fala mais simplesmente "Guarda-te da mula que faz hin e da mulher que fala latim".

Tudo isso era muito difícil de ligar ainda com o adágio brasileiro que estou guardando pro fim, mas uma variante portuguesa rima:

> Cabra que faz mé,
> Mula que faz hin,
> Mulher que sabe latim
> Libera nos Domine!

e outra:

> De mula que faz hin hin
> E de mulher que sabe latim.
> Tem barbas e grande pé,
> Libera nos Domine!

Já agora estamos em condição de ver no que deu a mulher sabichona europeia, transplantada pra estas viris praias americanas. Quem que sabe latim aqui? Nem advogado quanto mais mulher! Também as mulas interessavam pouco numa terra que dos carros de boi passou diretamente pro forde. Mas interessavam os caipiras taubateanos de má fama, os cavalos de bom andar e resistência, e as donas mansas. D'aí a adaptação paulista:

  Caboclo de Taubaté,
  Cavalo pangaré,
  Mulher que mija em pé,
  Libera nos Dominé!

Arre! Com perdão da palavra!

Mas brasileiro sem palavra-feia é que não passa mesmo. Eu gosto. Confesso que gosto. Só quero ver quem que me atira pedra.

PORNOGRAFIA DESORGANIZADA

Manuscritos inéditos[61]

Parlenda pornográfica (São Paulo)
  — Amanhã por estas horas...
  — Furrum-fum-fum... (bis)
  — Eu também com tua mãe...
  — Furrum-fum-fum... (bis)

Nota: Esta parlenda faz parte duma anedota. A filha ia casar no dia seguinte e enquanto passava roupa (furrum-fum-fum), cantarolava a primeira frase. O pai respondia com a segunda. Notar que a melodia se aproxima bem de elementos franceses. Aliás o texto também...

Cantiga Pornográfica (São Paulo)
  Ôh, xodó de panamá,
  O que eu pedi(r) você me dá:
  A caixinha de segredo,
  O buraquinho de mija(r)!

Nota: Quem me comunicou esta pornografia pueril a escutou em criança cantada por outro menino. Naturalmente nortista. O termo "xodó" (rabicho, namorada, encanto) desconhecido aqui e o emprego do costume de mulher de panamá na cabeça estão provando isso. Quanto à música essa estava muito vulgarizada aqui. É uma roda infantil cujo texto é:

> Lá no alto daquela montanha
> Avistei uma bela pastora,
> Que queria se casar (bis)
> Bela pastora, entrai na roda
> Para ver como se dança,
> Uma volta, volta e meia,
> Abraçai o vosso amor.

A pornografia me parece mais uma adaptação individualista de texto.

"Puxa!" a interjeição tão comum entre brasileiros, pelo menos entre paulistas, terá vindo de Portugal ou é espanholismo que nos veio ao intercâmbio do Sul por meio das Bandeiras? Na Argentina é popular "Pucha" e Eusebio R. Castex [*Cantos Populares (Apuntes Lexicográficos)* Buenos Aires: La Lectura. 1923, p. 97] a explica plausibilissimamente como provinda de "puta" e isso querendo dizer. Cita em abono um passo de Tirso de Molina em *La villana de Vallecas* que diz assim: "O hi (hijo) de pucha!". O "hi de puta" às claras se encontra frequentemente em Cervantes e está em Camões. É useiro se modificar às vezes uma sílaba, uma vogal, no soltar palavrões. "Berda merda!" parece vir desse costume, sendo que não satisfeito com o disfarce, se teria ajuntado a palavra verdadeira do sequestro primeiro. "Filho da póta!" é muito comum e creio mesmo que já está registrada em livro.

> — O que é que é que a mulher leva na frente e o homem leva atrás?
> — Puxa! mas que sujeito porco você também!
> — Pois é o M, rapaz!

— Ai, é mesmo!... Pois não é que eu até ia me esquecendo da etimologia.
— Do que!
— Vamos pra diante, isso de etimologia você não entende mesmo.

A NOSSA FALTA DE CARÁTER MORAL

"Prefácios inéditos" / *Macunaíma*[62]

Este livro carece dumas explicações para não iludir nem desiludir os outros.

Macunaíma não é símbolo nem se tome os casos dele por enigmas ou fábulas. É um livro de férias escrito no meio de mangas abacaxis e cigarras de Araraquara, um brinquedo. Entre alusões sem malvadeza ou sequência desfatiguei o espírito nesse capoeirão da fantasia onde a gente não escuta as proibições os temores, os sustos da ciência ou da realidade — apitos dos polícias, breques por engraxar. Porém imagino que como todos os outros o meu brinquedo foi útil. Me diverti mostrando talvez tesouros em que ninguém não pensa mais.

O que me interessou por *Macunaíma* foi incontestavelmente a preocupação em que vivo de trabalhar e descobrir o mais que possa a entidade nacional dos brasileiros. Ora depois de pelejar muito verifiquei uma coisa me parece que certa: o brasileiro não tem caráter. Pode ser que alguém já tenha falado isso antes de mim porém a minha conclusão é (uma) novidade pra mim porque tirada da minha experiência pessoal. E com a palavra caráter não determino apenas uma realidade moral não em vez entendo a entidade psíquica permanente, se manifestando por tudo, nos costumes na ação exterior no sentimento na língua na História na andadura, tanto no bem como no mal.

(O brasileiro não tem caráter porque não possui nem civilização própria nem consciência tradicional. Os franceses têm caráter e assim os jorubas e os mexicanos. Seja porque civilização própria, perigo iminente ou consciência de séculos tenha auxiliado, o certo é que esses uns têm caráter.) Brasileiro (não). Está que nem o rapaz de vinte anos: a gente mais ou menos pode perceber tendências gerais, mas ainda não é tempo de afirmar coisa nenhuma. Dessa falta de caráter psicológico creio otimistamente, deriva a nossa falta de caráter moral. Daí nossa gatunagem sem espertza (a honradez elástica/ a elasticidade da nossa honradez), o desapreço à cultura verdadeira, o improviso, a falta de senso étnico nas famílias. E sobretudo uma existência (improvisada) no expediente (?) enquanto a ilusão imaginosa feito Colombo de figura-de-proa busca com olhos eloquentes na terra um eldorado que não pode existir mesmo, entre panos de chãos e climas igualmente bons e ruins, dificuldades macotas que só a franqueza de aceitar a realidade poderia atravessar. É feio.

Pois quando matutava nessas coisas topei com Macunaíma no alemão de Koch-Grünberg. E Macunaíma é um herói surpreendentemente sem caráter. (Gozei.) Vivi de perto o ciclo das façanhas dele. Eram poucas. Inda por cima a história da moça deu enxerto cantando pra outro livro mais sofrido, tempo da Maria... Então veio vindo a ideia de aproveitar pra um romancinho mais outras lendas casos brinquedos costumes brasileiros ou afeiçoados no Brasil. Gastei muito pouca invenção neste poema fácil de escrever.

Quanto a estilo, empreguei essa fala simples tão sonorizada, música mesmo, por causa das repetições, que é costume dos livros religiosos e dos contos estagnados no rapsodismo popular. Foi pra fastarem de minha estrada essas gentes que compram livros pornográficos por causa da pornografia. Ora si é certo que meu livro possui além de sensualidade cheirando alguma pornografia e mesmo coprolalia não haverá quem conteste no valor calmante do brometo de meu estilo, aqui/ dum estilo assim.

Não podia tirar a documentação obscena das lendas. Uma coisa que não me surpreende porém ativa meus pensamentos é que em geral essas literaturas rapsódicas e religiosas são frequentemente pornográficas e em geral sensuais. Não careço de citar exemplos. Ora uma pornografia desorganizada é também da quotidianidade nacional. Paulo Prado, espírito sutil pra quem dedico este livro, vai salientar isso numa obra de que aproveito-me antecipadamente.

E se ponha reparo que falei em "pornografia desorganizada". Porque os alemães científicos, os franceses de sociedade, os gregos filosóficos, os indianos especialistas, os turcos poéticos etc. existiram e existem, nós sabemos. A pornografia entre eles possui caráter étnico. Já se falou que três brasileiros estão juntos, estão falando porcaria... De fato. Meu interesse por Macunaíma seria hipocritamente preconcebido por demais se eu podasse do livro o que é da abundância das nossas lendas indígenas (Barbosa Rodrigues, Capistrano de Abreu, Koch-Grünberg) e desse pro meu herói amores católicos e discrições sociais que não seriam dele pra ninguém.

Se somando isso com minha preocupação brasileira, profundamente pura, temos *Macunaíma*, livro meu.

Quanto a algum escândalo possível que o trabalho possa causar, sem sacudir a poeira das sandálias, que não uso sandálias dessas, sempre tive uma paciência (muito) piedosa com a imbecilidade pra que o tempo do meu corpo não cadenciasse meus dias de luta com noites cheias de calma / pra que no tempo do corpo não viessem cadenciar meus dias de luta as noites cheias de calma.

Araraquara, 19 de dezembro de 1926

... pra que não viessem cadenciar minhas lutas, umas noites dormidas bem (umas noites dormidas com calma).

(Este livro afinal não passa duma antologia do folclore brasileiro.)

(Um dos meus interesses foi desrespeitar lendariamente a geografia e a fauna e flora geográficas. Assim desregionalizava o mais possível a criação ao mesmo tempo que conseguia o mérito de conceber literariamente o Brasil como entidade homogênea – um conceito étnico nacional e geográfico.)

(Dizer também que não estou convencido pelo fato simples de ter empregado elementos nacionais, de ter feito obra brasileira. Não sei si sou brasileiro. É uma coisa que me preocupa e em que trabalho porém não tenho convicção de ter dado um passo grande pra frente não.)

CONFIDÊNCIAS E CONFISSÕES: ALGUMA CORRESPONDÊNCIA

> HÁ NO MEU SER UMA FEMINILIDADE ESSENCIAL QUE ME DÁ UM PODER EXTRAORDINÁRIO DE ADAPTAÇÃO. SERÁ MESMO FEMINILIDADE, PASSIVIDADE, OU ANTES VOLÚPIA INCESSANTE, QUASE MONSTRUOSA?...
>
> Carta de 1 ago. 1934 a José Osório de Oliveira

A Manuel Bandeira / [São Paulo, fev. 1923][63]

Querido Manuel.
Não me condenes antes que me explique.
Depois perdoarás.
Foi assim. Desde que cheguei ao Rio disse aos amigos: Dois dias de Carnaval serão meus. Quero estar livre e só. Para gozar e para observar. Na segunda-feira, passarei o dia com Manuel, em Petrópolis. Voltarei à noite para ver os afamados cordões.
Meu Manuel... Carnaval!... Perdi o trem, perdi a vergonha, perdi a energia... Perdi tudo. Menos minha faculdade de gozar, de delirar... Fui ordinaríssimo. Além do mais: uma aventura curiosíssima. Desculpa contar-te toda esta pornografia. Mas... Que delícia, Manuel, o Carnaval do Rio! Que delícia, principalmente, meu Carnaval! Se estivesses aqui, a meu lado, vendo-me o sorriso camarada, meio envergonhado, meio safado com que te escrevo: ririas. Ririas cheio de amizade e de perdão.
Nada me faz esquecer-te. Mas quem falou em esquecimentos e abandonos? Nem tu, tenho certeza disso. Foi leviandade. Criançada nada mais. Meu cérebro acanhado, brumoso de paulista, por mais que se iluminasse em desvarios, em prodigalidades de sons, luzes, cores, perfumes, pândegas, alegria, que sei lá!, nunca seria capaz de imaginar um Carnaval carioca, antes de vê-lo. Foi o que se deu. Imaginei-o paulistamente. Havia um quê de neblina, de ordem, de aristocracia nesse delírio imaginado por mim. Eis que sábado, às 13 horas, desemboco na Avenida. Santo Deus! Será possível!...
Sabes: fiquei enojado. Foi um choque terrível. Tanta vulgaridade. Tanta gritaria. Tanto, tantíssimo ridículo. Acreditei não suportar um dia a funçanata chula, bunda e tupinambá. Cafraria vilíssima, dissaborida. Última análise: "Estupidez"!
Assim julguei depois de dez minutos que não ficaria meia hora na cidade. [...]

A Sergio Milliet / Pauliceia, 30 mai. 1923[64]

[...] os amigos continuam a ronda dos *cabarets* e dos *rendez-vous*. Estou vendo que vou me afeiçoar também a essa vida brejeira. Senão: fico só. Em parte levado pela educação religiosa que tive, (e cuja parte superior e espiritual conservo) em parte pela minha índole própria, jamais pude compreender esse gosto de *faire l'amour* em companhia de amigos. Talvez os meus amigos sejam mais modernos que eu. É isso. Mesmo na *sacanagem* (tu compreendes?) utilizam-se da... simultaneidade. "*Mais moi je suis si romantique!...*" [...] Do Rio recebi duas formidáveis descomponendas. Numa o sujeito pensou que meu estilo era o estilo que usei para caçoar de Martins Fontes na última KLAXON! Imagina a esperteza crítica do tipo. Noutra o anônimo, furioso por causa dum artigo meu, chamou-me duma porção de "cretinos", "cabotinos", a lenga-lenga (*tu compreends?*) habitual e terminava dizendo-me pederasta! Já sabia da reputação. Não me surpreendeu. Será a celebridade que se aproxima? Eis-me elevado à turva e apetitosa dúvida que *doira* a reputação de Rimbaud, Verlaine, Shakespeare, Miguel Anjo, Da Vinci... No entanto não tenho absolutamente vontade de recomeçar falcatruas de meninice colegial. Mas qual! Mário, é preciso que principies com os camaradas a ronda noturna de *cabarets* e *rendez-vous*. Talvez me acostumarei.

A Manuel Bandeira / São Paulo, [dez. 1923][65]

[...] Irei hoje ao Jardim da Luz. Lá ouvirei o Antão, murmurando os teus versos. Ah! o *Politeama*! O *Progredior*!... Sinto-me povoado de fantasmas deliciosos! Minha mocidade sobe de novo em mim. Sou moço. Tenho 19 anos. Depois do Jardim da Luz irei à estreita, escura rua Libero Badaró. Rua proibida, lembras-te? por causa dumas luzes macias, sob quebra-luzes vermelhos, verdes... É dia de farra para mim.

Irei gozar uma dessas fêmeas gordas, mal-vestidas e polacas. Como aos 19 anos. Sairei depois muito contente, satisfeito de minha masculinidade. E livre dos desejos, cantando o "Guarani" (como é linda a "Canção do aventureiro"!) de Carlos Gomes – o maior músico de todos os tempos [...].

A Manuel Bandeira / "Por esse mundo de águas", jun. 1927[66]

Manu
Estamos numa paradinha pra cortar canarana da margem pros bois dos nossos jantares. Amanhã se chega em Manaus e não sei que mais coisas bonitas enxergarei por este mundo de águas. Porém me conquistar mesmo a ponto de ficar doendo no desejo, só Belém me conquistou assim. Meu único ideal de agora em diante é passar uns meses morando no *Grande Hotel* de Belém. O direito de sentar naquela *terrasse* em frente das mangueiras tapando o Teatro da Paz, sentar sem mais nada, chupitando um sorvete de cupuaçu, de açaí, você que conhece mundo, conhece coisa melhor do que isso, Manu? Me parece impossível. Olha que tenho visto bem coisas estupendas. Vi o Rio em todas as horas e lugares, vi a Tijuca e a Sta. Teresa de você, vi a queda da Serra pra Santos, vi a tarde de sinos em Ouro Preto e vejo agorinha mesmo a manhã mais linda do Amazonas. Nada disso que lembro com saudades e que me extasia sempre ver, nada desejo rever como uma precisão absoluta fatalizada do meu organismo inteirinho. Porém Belém eu desejo com dor, desejo como se deseja sexualmente, palavra. Não tenho medo de parecer anormal pra você, por isso que conto esta confissão esquisita mas verdadeira que faço de vida sexual e vida em Belém. Quero Belém como se quer um amor. É inconcebível o amor que Belém despertou em mim. E como já falei, sentar de linho branco depois da chuva na *terrasse* do *Grande Hotel* e tragar o sorvete, sem vontade, só pra agir, isso me dá um gozo incontestavelmente realização de amor de tão sexual.

A Manuel Bandeira / São Paulo, 7 abr. 1928[67]

Manu, recebi a carta.
Está tudo certo. Ou por outra, tem certos argumentos nela irretorquíveis. Apenas não vejo em quê a minha chamada por você de "delicadeza moral" possa prejudicar uma integridade absoluta de amizade entre nós dois. Aliás nem você fala isso propriamente porém pela carta de você se percebe que você ainda tem um conceito de amizade que é deveras uma ideologia, no sentido mais depreciativo desta palavra. Uma, nem sonho não é, uma sonambulância. Pra não estar repetindo com outras palavras que possam vir menos felizes, me deixe citar pra você um pedacinho do "Turista Aprendiz" no dia em que passo[u] por Pernambuco: "A faculdade que mais enobrece o homem, o diviniza é a constância no perdão de que deve ser feita a amizade. Constância no perdão que carece não confundir com indiferença pela falta. Toda camaradagem é feita de traições pequenas, a mais frequente e quotidiana das tais sendo a observação do companheiro e a recreação crítica em nós dos movimentos psicológicos que o fazem imaginar e agir. Só quando nós criticamos pro outro esses movimentos e os perdoamos em nós, não é companheiragem, é amizade".

 Meu Deus como eu vivo palmatória-do-mundo! Ora censuro você, ora censuro o Ascenso, ora o ~~Osvaldo~~, si você imaginasse tudo o que já tenho falado pro ~~Osvaldo~~ em nossa vida! E com que asperezas!... E o mais bonito, Manu, é que o ~~Osvaldo~~ não é meu amigo, fique sabendo. Eu é que sou amigo dele. Não venha me falar tudo o que você já me tem falado sobre ele, já sei de tudo e aceito muito. Porém conhecendo quotidianamente o ~~Osvaldo~~, posso muito, mas muito particularmente afirmar pra você que ele não tem nobreza moral. E o que é mais triste é que ele mesmo já pôs reparo nisso e está se utilizando disso pra viver. Me desculpe falar estas coisas pra você e creio que você me conhece de suficiente amizade pra saber que eu era incapaz de estar criando uma intriga ou apenas uma prevenção de você contra ele. Não sou capaz disso por causa principalmente do meu orgulho. E pra mostrar bem que não estou obscurecido por qualquer irritação do momento, conto ainda que até nunca não estivemos em tão boas relações de amizade como agora. Não tenho no momento nenhum ressentimento, mas absolutamente nenhum contra ele. (Si você quiser guardar esta carta risque mas de maneira ilegível o nome que vai nela.) Mas ao que eu queria chegar era nisto: Estou atualmente numa impossibilidade absoluta de explicar a razão dũa amizade. Não me é possível mais. Escarafuncho bem e por mais que conheça ou bote na linha de conta as tendências os sequestros e as anormalidades as atrações fisiológicas, palavra que encontro amizades inexplicáveis. Como a que eu tenho pelo Osvaldo. Aliás será mesmo amizade isto? Não será talvez um deprezo? É medonho a gente principiar escarafunchando assim, chega a resultados de que queria fugir... O certo pra encurtar conversa é que tenho sido dũa amizade impecável pra com o ~~Osvaldo~~. Tem outras amizades que a gente se explica milhor. Como a que tenho por você desde o dia em que li o *Carnaval*. Fiquei amigo de você, e pronto. Agora o importante em mim, repare, é esta espécie de platonismo, a que reduzi a prática das amizades em mim. Pouco me importa que alguém corresponda ou não à amizade que tenho. Tenho eu e isto me basta. Não é mesmo engraçado? Isso é dum egoísmo e sobretudo simultaneamente duma humildade sublime. Quando eu principio me estudando bem fundo, Manu, palavra, não posso descobrir si sou bom mesmo, si sou bom só por orgulho, ou si sou rúim duma vez, só sei que sou maravilhoso. A minha vida... Mas que maravilha de obra-prima é a minha vida, Manu! Que riqueza de manifestações, que chama sem se apagar! um fulano danado de cético, que tinha chegado a um negativismo absoluto, que num momento da vida só achou, como tantos! que a solução única possível era mesmo acabar com esta merda de vida, que nem se lembra bem mesmo como foi possível reagir, que dum momento pro outro recobrou uma felicidade deslumbrante, felicidade de que foi rechaçada toda e qualquer conformidade, toda, mas completamente feita de aceitação e acomodação...

Você me vêm com a confissão do que você acha que é a "personalidade tradicional" em você, a tal que gosta de perfídias que não infamam quem as faz etc. Não sei si foi de caso pensado que você empregou com tanta felicidade a palavra "tradicional". Como "tradicional" sou obrigado a aceitar que seja essa a personalidade de você. Como personalidade natural, era fácil mostrar que não. Basta ver que ela foi em arranco intermitentíssimo nas obras de você. E si fosse natural, mesmo que você tivesse por mim uma admiração enorme, seria impossível pra você sustentar sem vergonha ou sem ódio a pureza de coração com que eu me entreguei nesta nossa já longa correspondência e que você sustentou e sustenta com exatamente igual pureza até agora. Ponha reparo um bocado no que passou e está passando entre nós, meu Deus! Que infantilidade fatigante e ridícula pra qualquer perverso, toda mas toda a nossa correspondência! Carta de deveras carta, é documento maior, Manu e matute bem nos que não conseguem escrever carta e muito menos sustentar uma correspondência.

Agora: você me contar qual é a personalidade "tradicional", a personalidade que você tradicionalizou em você, eu li e aceito, Manu. Posso combater às vezes e na certa que combaterei porque toda tradição a gente pode cortar quando quer; e deve mesmo quando ela não enriquece a gente. Essa personalidade tradicional positivamente não enriquece você porque o divertimento que ela dá é passageiro e tenho certeza que exacerba o estado de fadiga em que você está (repare que você só a tem nos períodos mais dolorosos, será que ela vem como reação pra esses momentos ou é ela que define e aumenta esses períodos?). Reaja contra a fadiga porque ela não adianta mesmo nada, viva vida de água e linho que com a ajuda da janela de Santa Tereza, vendo o mundo bonito e lá embaixo, é impossível que você não abra período de maior calma si não for possível de maior felicidade.

Desculpe estas banalidades todas que vão por aí. Você inda fala meio irritado em nós vivermos sempre sequestrados um diante do outro, por delicadeza de ferir o companheiro. Pode ser. Não é bem sequestro porque jamais nós deixamos de nos falar o que era essencial. De que vale o resto desprezível? Que que adianta ele a não ser que a gente alimente um conceito tão sentimental de amizade a ponto de a definir como conhecimento integral? Está claro que eu nunca falei a você sobre o que se fala de mim e não desminto. Mas em que poderia ajuntar em grandeza ou milhoria pra nós ambos, pra você, ou pra mim, comentarmos e eu elucidar você sobre a minha tão falada (pelos outros) homossexualidade? Em nada. Valia de alguma coisa eu mostrar o muito de exagero que há nessas contínuas conversas sociais? Não adiantava nada pra você que não é indivíduo de intrigas sociais. Pra você me defender dos outros? Não adiantava nada pra mim porque em toda vida tem duas vidas, a social e a particular, na particular isso só me interessa a mim e na social você não conseguia evitar a socialização absolutamente desprezível duma verdade inicial. Quanto a mim pessoalmente, num caso tão decisivo pra minha vida particular como isso é, creio que você está seguro que um indivíduo estudioso e observador como eu, há-de estar bem inteirado do assunto, há-de tê-lo bem catalogado e especificado, há-de ter tudo normalizado em si, si é que posso me servir de "normalizar" neste caso. Tanto mais Manu, que o ridículo dos socializadores da minha vida particular é enorme. Note as incongruências e contradições em que caem: o caso da "Maria" não é típico? Me dão todos os vícios que por ignorância ou por interesse de intriga, são por eles considerados ridículos e no entanto assim que fiz duma realidade penosa a "Maria", não teve nenhum que ~~não~~ caçoasse falando que aquilo era idealização pra desencaminhar os que me acreditavam nem sei o quê, mas todos, falaram que era fulana de tal. Mas si agora toco neste assunto em que me porto com absoluta e elegante discrição social, tão absoluta que sou incapaz de convidar um companheiro daqui, a sair sozinho comigo na rua (veja com eu tenho a minha vida mais regulada que máquina de precisão) e si saio com alguém é porque esse alguém me convida, si toco no assunto é porque se poderia tirar dele um argumento pra explicar minhas amizades platônicas, só minhas. Ah, Manu, disso só eu mesmo posso falar, e me deixe que ao menos pra você, com quem apesar das delicadezas da nossa amizade, sou duma sinceridade absoluta, me deixe afirmar que não tenho nenhum sequestro não. Os sequestros num caso como este onde o físico que é burro e nunca se esconde entra em linha de conta como argumento decisivo, os sequestros são impossíveis. Eis aí uns pensamentos jogados no papel sem conclusão nem sequência. Faça deles o que quiser. A carta de você inda tinha muito que comentar e responder porém agora é impossível nem adianta nada. Só que no caso de eu ter sentido a maneira com que você tratou minhas dúvidas e perplexidades diante da minha obra, você não tem que pedir desculpas e nem isso serve do argumento que você fez contra a possibilidade de amizade legítima entre nós. Você mostra pelo meu ressentimento, "que não pode me falar como sente, nem me dizer o pensamento inteiro". Que bobagem Manu! Fale. Que importa agora que eu sinta e mesmo sofra? Discutirei, não aceitarei, aceitarei etc. mas o sofrimento por acaso será uma razão que destrua a minha felicidade? Ou que me rebaixe? Ou que me destrua? Conhecer, é possível que você me conheça, porém me compreender [...].

A Augusto Meyer / São Paulo, 20 mai. 1928[68]

[...] Fui pro meu quarto, peguei num livro em branco já com umas escrituras ensaiantes, escrevi numa folha: *Pauliceia desvairada* e principiei escrevendo frases e poesias num estado palavra que quando recordo ele me parece que o desvairado era mesmo eu. Escrevi feito maluco já não me lembro quantos dias, uns seis. Às vezes, escrevendo um poema, me vinha na cabeça uma ideia pra outro poema já escrito, ou que aparecia no momento e por escrever, eu passava um risco na página, escrevia a tal ideia, passava outro risco e continuava no poema, assim. Acabado o livro, dava uns três do atual! Era enorme e nunca jamais não vi tanta besteira junta. Nunca mais que pude acrescentar, voltada a calma, mais um poema pro livro. Bem que pretendi diante de ideias que me pareciam interessantes surgidas. Ia escrever e não podia mais. Só o "Noturno" que está na *Pauliceia*, foi escrito no janeiro seguinte. Influência duma noite pasmosa de ardor sexual procurando uma mulherzinha no bairro do Cambuci.

A Manuel Bandeira / São Paulo, 25 mai. 1930[69]

[...] Fiquei infinitamente grato a você pela lembrança de mandar dois exemplares. Uma das minhas atuais derivações da sexualidade é a bibliofilia, e exemplar com dedicatória, de sujeito de valor, guardo sem cortar, como mandam as manias de agora. E, por voltar ao seu livro, uma coisa quero desde logo dizer: você teve a força de conseguir finalmente o que mais desejou na sua poesia, e isso deve ser infinitamente agradável prum artista, imagino... Atingiu um depuramento que me parece impossível ser mais. Seu livro é alma e alma só. Não posso me resolver a chamar isso de poesia. Mas nomes e concepções estéticas não têm importância nenhuma, diante da verdade e me parece absolutamente certo que jamais você foi tão exclusivamente você como no lirismo absoluto de *Libertinagem*. Um grande abraço por essa vitória.

A Manuel Bandeira / São Paulo, 28 mar. 1931[70]

[...] Outro dia ainda, abrindo minha pasta de versos pra botar uns novos, me caíram nos olhos os poemas "malditos" do "Tempo da Maria", que julguei indecente publicar, porque eram românticos, bestas etc. Pois de repente ficaram me agradando e se não fechasse a pasta depressa creio que ficava arrependido. Algum dia hei-de mandar esses poemas pra você ler. São terrivelmente românticos e empolados. Mas me agradam. Homem, talvez me agradem agora por causa de estar, ah, meu irmãozinho, o amor se abancou de novo no meu rancho, mas é bom nem falar porque sou dolorosamente feliz. Isso da gente ficar uma noite inteirinha, quatro horas eu passei! reclinado sobre um corpo alvíssimo e dócil, parolando, descobrindo uma alma espontânea, maravilhosamente descobridora, dizendo coisas incríveis para quem não lê nos livros, e um dedo espantado passeando em nosso rosto, seguindo o caminho das rugas e dos traços já acentuados pela idade, olhos incríveis de assombro não podendo se explicar que possam amar a feiúra, é melhor não falar. É o quarto verdadeiro, e noto pela segunda vez que a correspondência, pra quem está um pouco acima do ramerrão do mundo, é tão dolorosa como a não correspondência. Faz uns quinze dias que não vivo, desgraçado. Positivamente as delícias ou martírios do corpo não têm nada que ver com o amor. Talvez eu esteja dizendo banalidades ou tolices, mas você tem paciência pra acolher um amigo que virou sublime, ela se chama...

"Duma cantante alegria onde riem-se as alvas sereias,
Te olho como se deve olhar, contemplação.
E a lâmina que a luz tauxia de indolências
É toda um esplendor de ti, riso escolhido no céu.

"Assim. Que jamais um pudor te humanize. É feliz
Deixar que o meu olhar te conceda o que é teu.
Carne que é flor de girassol, sombra de anil,
Eu encontro em mim mesmo uma espécie de abril,
Em que se espraia o teu sinal, suave, perpetuamente."

Creio que é dos poemas mais sublimes que senti. Na verdade ela não tem carne de girassol, é branquíssima, assustadoramente branca e vermelho, com uma lesão no coração, dizendo os médicos que ela morre cedo. Não sei, tive uma espécie de alegria quando sube disso. Depois quis pensar sobre a razão que me levava pra essa espécie de alegria e fiquei tão horrorizado, vendo possíveis razões tão feias, fiquei tristíssimo, me sinto covarde, me sinto egoísta, porque o amor prejudica tanto, me senti sadista, não vale a pena falar porque sofro estupidamente. Enfim, estou grandioso de tão feliz e talvez seja melhor você rasgar esta carta, sou muito ingênuo dirão os que se imaginam conhecedores da vida só porque praticam com cotidianidade efusiva os mandamentos da vida. É... mas eu conservo aquele "medo ágil da infância" que é mesmo das expressões mais saborosas que inventei na "Louvação da manhã"...

A Manuel Bandeira / São Paulo, 14 dez. 1932[71]

[...] Então podemos constatar o perigo escondido: a gente quer bem. Quer bem a criaturinha e mais ou menos precisa que os outros também queiram bem ela. Numa outra ordem de afetos, conheci um caso de imposição do querer bem, bastante idêntico a este, e que me impressionava muito porque me parecia admiravelmente monstruoso. Era o dum ex-amigo meu, você conhece, que intensificava as suas paixões sexuais inventando, positivamente inventando vários apaixonados do seu dele objeto amado. Então amava com paixão. Não foi uma vez, foram várias as em que peguei ele nesse jogo de afrodisismo!

A Rosário Fusco / 5 jun. 1934[72]

Fusquinho,
na realidade não posso lhe escrever, mas também não posso não responder à sua carta última. Achei de todo justas as ideias que você tem sobre mim, é isso mesmo, sinto que é isso mesmo: sobretudo um vulcão... controlado. O Manuel Bandeira uma vez me disse que eu era um grande amoroso, sim, mas tinha amor pelo Todo (isso antes do Graça inventar o tal do Todo Infinito). Você não imagina como descobri nessa frase do Manuel, é incrível, o amor que eu tenho por tudo e cada coisa em particular. Amor sôfrego e sensualíssimo. Mas porém de fato a frase estaria incompleta, si não viesse acompanhá-la a restrição do vulcão mas controlado. Talvez mesmo excessivamente controlado. Mas o vulcão existe. Vou lhe contar uma coisa muito absurda, mas espantosamente verdadeira e que fica entre nós. Imagine que, faz isso uns oito anos talvez, mas muito me deixou assombrado, sabe que descobri que seria capaz de ter relações sexuais com uma árvore! Não ria não, e talvez faça passar o caso no *Café* com Chico Antonio, o homem mais espantoso que conheci. Está claro que não continuei a experiência, mas foi o caso que um dia de grande quentura, um cheio de sol, junto dum tronco admirável que me dera sombra, principiei passando a mão pelo simples prazer das coisas, e esse prazer se intensificou, tive uma fraqueza, encostei o rosto no tronco, e só então tive consciência duma realidade que no primeiro momento me deslumbrou e achei lindo. Só continuei na ventura descoberta o tempo pra me analisar, ou melhor, adquirir apenas consciência incontestável do que estava se passando em mim. Nem depois pude me analisar, mas toda a essencialidade do meu ser se recusa a ver no caso uma perversão sequer momentânea, ou efeito por tabela de alguma continência longa, que não existia. Mas hoje sei que estaria em condições de ter relações com árvores, e

que mesmo entre elas me descubro em preferências! Não estou blagueando não, e nem poderia me envergonhar de ser assim. Se aceito isso como se quiser, mesmo como horrenda perversão, não sei eu, não tenho elementos morais nem religiosos que me permitam chamar de perversão, o que me dá esta maravilhosa comunhão e sublime capacidade de compreender tudo e todos, que faz com que todos os que em horas duras se aproximam de mim surjam depois fortificados e mais, e mais... não consolados, que eu tenho horror do que se chama cristamente de consolo, acho covardia consolo como conformidade, mas assim mais universais. De resto não será essa minha maneira de ser, o segredo completo, decisivo da minha felicidade, e não da doutrina que aparentemente me dão a causa de eu ser feliz?... Não sei, não chego a saber, saberia talvez si me analisasse mais detidamente mas não tenho tempo, ciao, me abrace. Si conseguir telefonar pro Carlos Lacerda diga pra ele que venha prá Pensão Santa Tereza, rua Santa Tereza, diária dez mil réis, e que assim que descobrir algum número da Rumo integralista, mandarei, mas está difícil, ninguém conhece, ninguém sabe, e não tenho amigos integralistas, graças a Deus.

A José Osório de Oliveira / São Paulo, 1 ago. 1934[73]

[...] Ninguém deixará de ser vaidoso, e verificar que acertei tamanhamente me dá um gozo de perfeita volúpia intelectual.

Esperei pois que recebesse aí minha crônica e parti para 18 dias de Rio. Eu não me sinto turista no Rio, como você diz se sentir. Há no meu ser uma feminilidade essencial que me dá um poder extraordinário de adaptação. Será mesmo feminilidade, passividade, ou antes volúpia incessante, quase monstruosa?... Manuel Bandeira uma feita, diante da minha maneira de ser que analisava, se viu atrapalhado pra caracterizar essa parte de mim, e acabou dizendo que diante da multifariedade dos meus gozos, eu não tinha um amor mais distinto por isto ou por aquilo, mas tinha "amor do todo" como foi a expressão dele. Me descobri violentamente nessa frase do Manuel e reconheço que ela foi um dos agentes mais eficazes na criação da minha felicidade. [...] Osório, eu queria lhe contar como, ausente de vida humana, na minha viagem pela Amazônia, eu fiz amizade com o rio, com a paisagem, com o calor e com os tapuios da terceira classe, isto é, com tudo o que não era propriamente humanidade. A "humanidade" que viajava conosco era perfeitamente insignificante, civis despaisados, semicultos dotados da única coisa que odeio inenarravelmente e não posso perdoar, burrice. Só escapavam disso dona Olívia e as duas moças que iam comigo. Mas estes me punham em pé-de-viagem, me punham viajante de terras ignoradas e chefe macho dum grupo de paulistas em turismo sentimental, me despaisavam terrivelmente. Fiquei amigo e amante de coisas. Era um verdadeiro amplexo sexual o que eu ficava, sozinho, no deque mais alto, todas as madrugadas, gozando a madrugada nascer. Era uma verdadeira sensação de *rendez-vous*, o carinho meticuloso com que eu esperava todas as noitinhas o urro dos guaribas no mato. E aquelas conversas de terceira classe com seres duma rudimentaridade espantosa, seres por isso mesmo perfeitamente gratuitos, naquele cheiro veemente, contagioso, de lenha umedecida, bois e corpos seminus, você não imagina, Osório, eu era aquilo, meio vegetal, meio água parada, não sei.

A Camargo Guarnieri / São Paulo, 22 ago. 1934[74]

[...] O artista tem de criar (pra publicar, dar ao público) o essencial. Lembro ainda um lado por onde uma obra pode ser essencial: é quando ela traz qualquer novidade. Uma maneira nova de encarar uma noção (por exemplo, no "Girassol da madrugada", eu pinto o amor depois do ato sexual, estado de sensibilidade que ainda não vi sentido em poesia), uma doutrina estética nova, uma forma nova, uma teoria social nova: são lados inúmeros por onde uma obra justifica a sua essencialidade.

A José Osório de Oliveira / São Paulo, 7 jul. 1935[75]

[...] Este domingo, por exemplo, tendo conseguido por uma habilíssima manobra que obrigou a promulgação imediata, que a verba do Departamento, dos 700 contos que queriam me dar, subisse a mil seiscentos e trinta contos, estou absurdamente enorme, violentamente, sexualmente feliz, venci o Chaco e desvirginei três mouras encantadas. É como se o tesouro fosse meu. E com que displicência eu leria isso, dois meses atrás, inteiramente desiludido das tentativas oficiais. Desiludido, não desconfiado...

A Otávio de Faria / São Paulo, 5 nov. 1937[76]

[...] Finalmente, você consegue empolgar. É certo que no caso de Roberto você com todas as suas proibições, de que talvez você se imagine livre, só por ter afirmado a existência de padres bestas ou rúins, e de noventa por cento de maus católicos (proporção falsa, talvez derivada duma confusão entre católicos maus e católicos que não sabem...), no caso de Roberto as suas proibições deixaram você muito pouco à vontade, bastante deficiente como psicologia do rapaz, e principalmente dum freirático do mais repulsivo na bestíssima conclusão moral de que o fenômeno da homossexualidade não passa de um grande engano de idade. Si pelo menos você tivesse implicado uma "confusão de sentimentos" ... Está claro que dentro da homossexualidade pode também haver, e são muitíssimo numerosos, casos de puro engano de idade. Não porém num caso de tal exaltação, tamanha e tão irrecorrível profundidade como o de Roberto. É verdade que Roberto ainda continuará vivendo, e não sei onde você planeja *deixar* que ele se leve a si mesmo. Pois mesmo caso de Roberto, que me pareceu bem mais frágil, você conseguiu me empolgar. Esse dom de empolgar tão raro, meu Deus! esse dom de criar a inexistência da fadiga espiritual, que faz a gente só mesmo abandonar um livro, quando a fadiga física faz com que os olhos não possam mais.

À Oneyda Alvarenga / Rio de Janeiro, 14 set. 1940[77]

[...] Há também ainda, Oneida, um outro elemento, delicado de tratar, mas que tem uma importância decisória em minha formação: a minha assombrosa, quase absurda, o Paulo Prado já chamou de "monstruosa", sensualidade. O importante é verificar que não se trata absolutamente dessa sensualidade mesquinhamente fixada na realização dos atos do amor sexual, mas de uma faculdade que, embora sexual sempre e duma intensidade extraordinária, é vaga, incapaz de se fixar numa determinada ordem de prazeres que nem mesmo são sempre de ordem física. Uma espécie de pansensualidade, muito mais elevada e afinal das contas, casta, do que se poderia imaginar. O Manuel Bandeira que me conhece muito intimamente, querendo me definir pra me compreender, uma vez, me disse: — "Você... você tem um amor que não é o amor do sexo, não é nem mesmo o amor dos homens, nem da humanidade... você tem o amor do todo!". Estará certo desde que não se entenda aí a palavra "amor" em seu sentido mais elevado, capaz de heroísmos e santidades, mas no sentido mais particular e talvez precário de um gozo eternamente em ação de gozar-se.

Ora isso contribuiu decisoriamente para a minha formação. Em vez de me ser prejudicial, foi útil, me dando um grande equilíbrio de comportamento exterior e uma espécie de duplicidade vital interior. Me explico. Como comportamento, a minha sublime volúpia em minha vida social foi realizar diante de um certo estado ou de uma circunstância, justamente aquilo que contraria as nossas tendências mais instintivas ou baixas. Não por virtude mas por sensualidade, por volúpia. Há pessoas que por tendências ao roubo, assim que movem dinheiro alheio têm o desejo de roubar. E uns roubam, outros si não roubam é por medo do policiamento social ou por não serem propícias as circunstâncias. Outros nem pensam em roubar, isso não vem à cabeça deles, ou si vem eles afastam logo a ideia, apavorados. Eu não. Penso nisso de caso pensado, tenho a volição do roubo, chego à vontade de roubar, a disseco pacientemente, a analiso, a organizo, a avilto, me liberto da consciência do aviltamento, preparo o roubo e não o realizo. Há professores que dizem, entre amigos, frases grosseiras sexuais, sobre as suas alunas bonitas, alguns se apaixonam por alunas, outros chegam à baixeza de tentá-las e realizar com elas práticas sensuais. A mim o estado de ensinar me agrada tanto, me apaixona de tal forma como convívio entre seres tão diversos como um que ensina e outro que aprende, que não chego sinão com enorme esforço a compreender esses professores e a explicá--los. A mim, desde que me torno professor de alguém minha volúpia é ser integralmente professor, de forma que todos os outros interesses do ser, sexuais como quaisquer outros desaparecem totalmente.

Mas não é só nesse comportamento social que a minha pansensualidade me organizou, mas na minha própria realidade interior. Eu sou um ser como que dotado de duas vidas simultâneas, como os seres dotados de dois estômagos. O que mais me estranha é que não há consecutividade nessas duas vidas – o que seria mais ou menos comum, pois que todos depois de viverem um fenômeno, acabam sempre o classificando e o transportando para uma recordação, para a vida do espírito. [...] Qualquer contrariedadezinha minha sensualidade transforma em trompaço duro, em desilusão desnorteante que a minha vida de baixo vive apaixonadamente, se entregando a todas as violências das paixões. E d'aí por qualquer coisa um sofrimento exagerado, que eu sei ser exagerado, mas que não tenho a mínima possibilidade (nem vontade, aliás!...) de conter. Mas ao mesmo tempo aquela outra vida apaixonada do espírito que se apaixona e goza em ver e analisar a vida de baixo se viver. O dr. Sales Gomes quando me fez uma operação, se assombrou, aliás com um ar um bocado larvarzinho por não poder compreender, ao me pegar um dia, no meio das maiores dores físicas derivadas da injeção na espinha e de um depauperamento físico que ele não imaginara em mim e dificultava a cicatrização, ao mesmo tempo que sofria horrivelmente, com o rosto contraído pela dor, as mãos trêmulas e crispadas no martírio: escrevendo ao mesmo tempo e longamente, num caderninho de notas, todas as fases da dor, como se manifestava, que impressões me dava e as semelhanças que tinha com outras experiências minhas.

 Eu creio que este caso esclarece bem que espécie curiosa de indivíduo eu sou. Já por diversas vezes quis escrever a palavra "contraponto" que está na moda em psicologia de romance. Mas pelo meu *defeito* de conhecer tecnicamente a música, a palavra parece que não fica bem pra explicar o meu caso. Porque não há combinação de duas linhas vitais que se condicionam uma à outra. Há completa disparidade, uma sofrida e a outra incapaz de qualquer espécie de dor, uma sádica voluptuosa também de seus sofrimentos, a outra masoquista voluptuosa de ver a vida baixa sofrer. Mas não fiquemos em oposições primárias e incorretas. A verdade é que são vidas díspares, que não buscam entre si a menor espécie de harmonia, incapazes de se amelhorarem uma pelo auxílio da outra. E a vida de cima, sem conseguir de forma alguma dominar a vida baixa, é porém a que domina sempre em meu ser exterior. D'aí certas maneiras de absurda contradição existentes em mim.

 [...] Si não sou um homem muito erudito (e sei que não sou, minha educação tem falhas enormes), isso se deve exclusivamente à minha sensualidade. Não só o uso e abuso de todos os prazeres da vida baixa me tomaram e tomam muito tempo (levo sempre pelo menos três quartos de hora me barbeando...) mas desde cedo esses abusos me prejudicaram muito certas faculdades, especialmente a memória. [...] Tudo em mim fica memoriado como uma nebulosa.

A Fernando Mendes de Almeida / 25 set. 1940[78]

[...] Não sei se se incluem no sentimento, na ação, na conceituação da amizade, também o que você chamou de "propensões telepáticas", mas que acredito na amizade, isso acredito maravilhosamente. E nas amizades eternas. É possível que se tenha dado em mim uma inflação natural e necessária do sentimento da amizade e seu cultivo, como uma espécie de "transferência" do sentimento do amor que nunca pude realizar dentro de uma permanência objetiva. Em todo caso não deixei por isso de ter "quatro amores eternos" além de outros amores de arribação.

Quando me analiso bem me parece porém que não houve transferência nenhuma e que o amor sexual e o amor de amigo são tão distintos que até podem coabitar em relação a uma mesma pessoa. E nos casais felizes é certo que coabitam 90 vezes sobre cem. Há no entanto casos bem raros de casais felizes em amor e infelizes em amizade. Já observei pelo menos dois, que procuro descrever num dos meus dois casais do romance *Quatro pessoas*.

Mas se existe em mim um grande cultivo maravilhado da amizade, não vá imaginar por isso que acredito a amizade mais perfeita, mais bela, mais superior que o amor. Não creio que seja. A diferença não é moral (onde os dois sentimentos se equiparam) nem científica (onde o amor sexual será por certo mais necessário e porventura mesmo mais lógico que o amor de amigo). A diferença me parece de ordem estética, tão importante ao ser como qualquer das outras duas. A meu ver (pelo menos pra meu uso) o que me maravilha na amizade é a extrema gratuidade do amor de amigo, o seu mecanismo de conhecimento puro, de compreensão estética, contemplativa e desinteressada. É aquele eterno dar-se e receber sem nenhuma espécie de interesse imediato. É aquela dedicação, aquele amor que vive de si mesmo e não exige retribuição imediata, embora em seu afeto ele tenha todos os reflexos biológicos do amor sexual, menos o do sexo. Acho mesmo estranho: o amor de amigo embora se utilize do corpo como os outros amores (ânsia de ver, prazer físico de estar junto etc.) não tem como eles a menor fatalidade biológica ou de sexo, ou de consanguinidade etc. É uma eleição cujos convites à escolha me parecem muito mais misteriosos, ou melhor, muito mais gratuitos do que se imagina. É certo que *na prática* nós em geral ficamos amigos de certos indivíduos que *sucede* conviverem conosco nesta ou naquela manifestação da nossa vida, mas de outros indivíduos nas mesmas circunstâncias e talvez mais instantes, mais necessários pra nós, deles não ficamos amigos. É certo que entram fundamentalmente em jogo as "afinidades eletivas", mas às vezes nem elas me parecem decidir da eleição e muito menos perpetuá-la. Por que razão sou amigo do Herberto Rocha, corretor de café em Santos, e que mesmo como psicologia é um mundo tão à parte do meu como S. Francisco de Sales deste cigarro que acabei de fumar? Se um convívio inicial decidiu da eleição e justificou alguns anos de vida em companheiragem, nem sequer a recordação do passado decide por mais de 20 anos de isolamento e fundamentais diferenças da eternidade deste amor. Mas enfim demos de barato que mesmo num caso como este existem afinidades eletivas que não consigo descobrir. O que interessa é observar que a afinidade eletiva é justamente uma comoção, um sentimento, uma compreensão eminentemente de ordem "estética". Pois se trata de uma força que me prende sem reservas e que provoca uma identificação absolutamente gratuita, uma "empatia", uma "*Einfuehlung*", uma "simpatia simbólica", uma "espécie de substituição", que são os diferentes nomes dados pelos filósofos e estetas de laboratório ao estado estético.

Não nego, veja bem, que na amizade se ajuntem muitos interesses práticos e principalmente muitas afinidades eletivas interessadas. De forma que eu serei mais facilmente amigo de um artista, mais especialmente amigo de um escritor, que de um corretor de café apenas alfabetizado. Mas o importante é verificar que eu não me interesso vitalmente (moral, ciência) por esse amigo eleito, que o que dou a ele da minha arte e meu saber da mesma ordem dos dele, eu o dou como que para o dar a mim mesmo, e o que dele recebo, eu o recebo sem a menor espécie de compromisso. De compromisso outro que não seja o do próprio prazer desnecessário imediatamente, da amizade.

A Alphonsus de Guimaraens Filho / São Paulo, 27 jun. 1941[79-]

[...] Vou ver si evito o "agouro chegou. Estoura" que você censura, com justa razão, por onomatopaico, mas se jamais pensei no "Epitalâmio" para as *Poesias*, a "Canção" irá certamente nelas.

Que estão enfim prontas e hoje vou ver orçamentos pra publicação delas. Constarão de uma escolha de poemas dos livros já publicados e duas partes novas, uma terrível "Costela do grã cão" muito brutal e provavelmente detestável, e um "livro azul", onde por minha própria crítica está o que de melhor fiz em poesia. Consta de três poemas, de que você já conhece "O rito do irmão pequeno", saído na *Homenagem a Manuel Bandeira*. Terá mais um pequeno "Grifo da morte" e o "Girassol da madrugada", que tem de mais novo viver o prazer de amor, de após-sexo, livre já dos interesses da sexualidade. E desconfio que estará encerrado o capítulo poesia desta complexa vida minha. Capítulo dos mais torvos...

A Murilo Miranda / São Paulo, 17 jun. 1941[80]

[...] Você vai ter uma surpresa desagradável, mas tive mesmo que mudar definitivamente a dedicatória do "Girassol da madrugada". Tenha paciência mas não posso mesmo dedicar esse poema sinão a quem o inspirou. Tanto mais que se puser o R.G. das iniciais, há duas cartas minhas a amigos que poderão futuramente identificar essas letras. Não sei ainda si porei as iniciais ou deixo o poema sem dedicatória. Mas decididamente não posso dedicar esses versos a outra pessoa, me causa um transtorno psicológico desagradável.

À Henriqueta Lisboa / São Paulo, 11 jul. 1941[81]

[...] Eu, com a Semana de Arte Moderna, perdera todos os alunos, tinha dias inteiros vazios sem que fazer. Anita também. Eu ia pro ateliê dela e como não tínhamos o que fazer ela fazia o meu retrato, muitas vezes tornando a me pintar sobre uma tela em que eu já estava e ela reputava inferior. De toda essa retrataria, três ficaram: o primeiro, feito mesmo com intenção de retrato, creio aliás que anterior a 1922, muito rúim como pintura, mas curioso como época e como... como eu. Sou bem eu e somos bem nós daqueles tempos, gente em delírio, lançada através de todas as maluquices divinas e minha magreza espigada um pouco com ar messiânico de quem jejuou quarenta dias e quarenta noites. Além desse, guardo um pastelzinho, mais *croquis* propriamente, mas que é de um flagrante, de uma expressividade desenhística e poética bem forte. Anita, por sua vez, guardou um que preferiu aos mais, um eu mais desiludido, mais "desmilinguido", já dos fins do nosso excesso de camaradagem e da fase aguda dos combates de arte. A camaradagem fora de fato excessiva, assim de dias inteiros homem com mulher. A discrição, em mim: paulista, nela: puritana, jamais nos permitira chegar a muito íntimas confissões, ela sabia sem por mim oficialmente saber, das cavalarias que eu andava fazendo por fora, e eu vagamente suspeitava nela a existência de um amor não correspondido. Naquele contacto diário prolongado viera se entremeter uma como que... desilusão do sexo. Pra salvarmos a amizade, nos afastamos cautelosamente mais, um do outro. E além dessa razão pra explicar o retrato tão "escorrido" que ela fez de mim, havia também outra desilusão, e esta era de todos nós, a desilusão da vitória.

A Fernando Sabino / São Paulo, 23 jan. 1943[82]

[...] Este mês já escrevi dois contos mas estão apenas em primeira redação, como sempre, muito fracos. Talvez possa tirar alguma coisa deles, mas não sei, nem quis reler. Apenas sei que um deles, e por certo o melhor, terá que ser totalmente modificado, por enquanto não passa de um rosário de anedotas que, se caracterizam a psicologia de uma professorinha velha que tem uma crise de sexo, ainda não chegam a aprofundá-la.

A Murilo Miranda / São Paulo, 22 jan. 1943[83]

[...] O Carlos [Lacerda] aqui muito animado e trabalhando muito. Quase não o tenho visto. Inda anteontem fizemos uma farra colosso depois do cocktail de despedida ao Sérgio Milliet. Bares incríveis de Sta. Efigênia com garçonetes eróticas ainda mais incríveis, completamente doidas. Luís Martins, Augusto Rodrigues se esbrodolaram. Mas ontem passei inutilizado com a ressaca.

A Lêdo Ivo / São Paulo, 11 mar. 1944[84]

[...] Você tem poemas deliciosos no seu livro e quase todos os sonetos são admiráveis. Reli com perversidade eles, são admiráveis. Você pôs a morte no seu livro, muito, e pôs o sexo. Você se esqueceu de pôr a dor e o amor. Isso não há dúvida, Lêdo Ivo. Acredito que você já tenha "uma grande experiência do sofrimento" e que já tenha amado "pra cachorro". Mas como dor e amor, seus poemas por enquanto são descrições da dor e do amor e não o resultado deles. Você dirá que são o resultado sim, mas isso é esquecer vaidosamente a "qualidade" que mais falta a você, o tempo. Tempo no duplo sentido: não apenas a soma das horas, que é de menos, mas o filtro dos segundos.

A Murilo Rubião / São Paulo, 2 dez. 1944[85]

[...] O que interessa decisoriamente é você reconhecer que é "visceralmente escritor" de um lado, e de outro afiançar "primeiro se suicidou pra em seguida jogar". Desta segunda frase eu não gosto, acho perigosa, acho desumana, é certo que conheço você e isso me sossega. É certo também que logo no parágrafo seguinte você como que esclarece e resume o seu suicídio a uma renúncia do amor enquanto elemento psíquico da vida e experiência psicológica do viver. Mesmo disto discordo com... amor. E até com paixão. Posso admitir que alguém por motivo divino (que não é o seu) renuncie ao amor. Posso mais facilmente admitir que como exercício e mesmo revalorização de personalidade, alguém renuncie ao exercício sexual. Eu sou naturalmente obrigado a aceitar que por defeito fisiológico, também uma pessoa fuja (não renuncie: fuja) do amor psicológico, pela simples realidade triste de não poder lhe aceitar todas as consequências físicas. Mas nenhum destes casos é o de você. E não vejo mais nenhum caso em que me seja possível admitir a renúncia do amor. E jamais o exercício duma vocação artística deverá renunciar ao amor. Não é apenas uma enorme restrição. Isso é que me parece um suicídio. Um suicídio de experiências.

POSFÁCIO

BOCAS SUJAS E PÉS NA LAMA: A ESCATOLOGIA DE MÁRIO DE ANDRADE

Aline Novais de Almeida

No conto "Tempo da camisolinha", Mário de Andrade explora o universo da primeira infância, nele inserindo uma breve e inesperada passagem de tom escatológico. Em sua tenra idade, o narrador sem nome, encarnado na pele de um garotinho, vivencia experiências associadas ao próprio corpo e, a partir de então, descobre-se no mundo. Ao reconstruir suas memórias, remonta à tristeza, ao medo e à impotência que sentiu diante de um episódio marcado pela autoridade familiar.

Os pais impõem o corte dos cabelos compridos e cacheados que muito o envaidecem: "bonitos, dum negro quente, acastanhado nos reflexos" [p. 74]. Convicto de que era necessário fazer do filho um homem, o ato de aparar as madeixas torna-se para o pai um dever a ser cumprido, ainda que a criança só tivesse três anos: "uma decisão à antiga, brutal, impiedosa, castigo sem culpa, primeiro convite às revoltas íntimas". De acordo com os códigos da época, era o gênero que ditava o comprimento dos cabelos e, mesmo a contragosto do garoto, cabia encurtá-los para permanecer dentro dos padrões então vigentes.

O desgosto do menino com as formas de controle que limitam seus desejos não emerge apenas em "Tempo da camisolinha", mas percorre, em certa medida, todos as narrativas que compõem *Contos novos* (1947) e vários outros escritos do autor. Na coletânea, destaca-se uma série de histórias em primeira pessoa que caracteriza, além do personagem sem nome, mais três títulos que evocam o narrador Juca: "Vestida de preto", "O peru de Natal" e "Frederico Paciência".

São contos centrados na construção biográfica do narrador, de sorte que contribuem para a composição identitária das subjetividades devido aos episódios formadores presentes nos enredos. Em consequência, após o embate formativo, observa-se que o comportamento desses protagonistas sofre expressivas transformações, como observa Ivone Daré Ribeiro: "Fizeram-no perder a ingenuidade, aprender a rebeldia, salvaguardado pela 'fama de louco' que o libertou da sem-gracice dos modos de ser 'obedientes' e representou para ele conquista enorme na superação da moral familiar".[1]

No caso de "Tempo da camisolinha", escrito entre 1939 e 1943, a ritualística em torno do corte de cabelo demarca, pelo instrumental da castração paterna, a saída do garoto de uma zona cinzenta e de feição feminina para se introduzir no espaço social masculino, regido segundo leis próprias. Por outro lado, nota-se que a mãe, apesar de não ter enfrentado a autoridade do marido, tenta conservar a inocência do pequeno e seu aspecto angelical; para isso, mantém-no vestindo uma indumentária infantil, considerada unissex, bem característica do século XIX e vigente até o início do XX: as "camisolas de fazendinha barata (a gloriosa, de veludo, era só para as grandes ocasiões)". A justificativa materna para prolongar o uso da roupa por mais um tempo se baseia em questões de economia doméstica. Na perspectiva do narrador, a manutenção do traje em seu corpo evoca "demonstrações desagradáveis" do seu passado.

O evento de violência e de repressão que atinge a criança, ou melhor, o ritual de iniciação "forçada", produz em compensação uma tomada de consciência e autonomia precoce. Isso porque as escolhas e o modo de apreender o mundo começam a refletir suas vontades. Um evento que ilustra esse "amadurecimento" se passa na cidade litorânea de Santos, onde a família foi passar as férias, incluindo a oportunidade de proporcionar banhos de mar receitados para mãe que saía de um pós-parto difícil. Nessa temporada, o menino reconhece que odeia o mar, mas aprecia a borda barrenta de um canal:

> Odiei o mar, e tanto, que nem as caminhadas na praia me agradavam, apesar da companhia agora deliciosa e faladeira de papai. [...] Ainda apreciava mais, ir até à borda barrenta do canal, onde os operários me protegiam de qualquer perigo. Papai é que não gostava muito disso não, porque tendo sido operário um dia e subido de classe por esforço pessoal e Deus sabe lá que sacrifícios, considerava operário má companhia pra filho de negociante mais ou menos. Porém mamãe intervinha com o "deixa ele!" de agora, fatigado, de convalescente pela primeira vez na vida com vontades; e lá estava eu dia inteiro, sujando a barra da camisolinha na terra amontoada do canal, com os operários. [p. 78]

Salvo a dicotomia sublime-grotesco construída pelos correspondentes mar e canal barrento, evidencia-se uma relação afetiva do garoto com os trabalhadores; à revelia paterna, manifesta-se na postura da criança o desejo de se definir no mundo, sujar a camisolinha na terra do canal e estar na companhia dos operários. Como o narrador-personagem não tem nome – aliás, o único não nomeado na história –, percebe-se que o desenvolvimento da trama lhe confere não só identidade como também corpo e historicidade.

Com efeito, os desdobramentos que se sucedem após o rito de passagem também coincidem com o hábito que o menino começa a ostentar durante as férias no litoral, ou seja, o de levantar a camisolinha, às vezes sem as roupas íntimas, para mostrar as "coisas feias". Trata-se de uma brincadeira, um tipo de "esporte de inverno [...] pra o friozinho entrar", por sinal equivalente às traquinagens safadas de outro personagem criado pelo modernista, a saber, Macunaíma. O gesto obsceno do menino é reprovado pela mãe que tenciona, em vão, argumentar que o comportamento desagradava Nossa Senhora do Carmo, madrinha da criança:

> Pois um dia, não sei o que me deu de repente, o desígnio explodiu, nem pensei: largo correndo os meus brinquedos com o barro, barafusto porta adentro, vou primeiro espiar onde mamãe estava. Não estava. [...] Então podia! Entrei na sala da frente, solene, com uma coragem desenvolta, heroica, de quem perde tudo mas se quer liberto. Olhei francamente, com ódio, a minha madrinha santa, eu bem sabia, era santa, com os doces olhos se rindo pra mim. Levantei quanto pude a camisola e empinando a barriguinha, mostrei tudo pra ela. "Tó! que eu dizia, olhe! olhe bem! tó! olhe bastante mesmo!". E empinava a barriguinha de quase me quebrar pra trás. [p. 79]

Ora, a emancipação do desejo, o enfrentamento familiar e religioso e a transgressão dos costumes morais descortinam tanto a biografia do narrador como também a do autor da narrativa, tal qual ocorre com "Vestida de preto", outro conto da mesma coletânea. É possível, desse modo, identificar um cruzamento da instância ficcional com a biográfica que não apenas imprime a constituição psíquica e a progressão do personagem na história, mas tangencia as predileções de Mário de Andrade, especialmente associadas ao corpo, à sexualidade e à classe trabalhadora. Para o escritor, os operários e as demandas sexuais, por vezes em fusão, fornecem uma contribuição significativa para compreensão da mentalidade do país em várias de suas facetas.

A aproximação de Mário com trabalhadores e outros grupos mais subalternizados da sociedade brasileira concretiza-se, de forma exemplar, em uma das cartas trocadas com o escritor português José Osório de Oliveira. Na missiva de 1 agosto de 1934, o modernista descreve a viagem que realizou para a Amazônia em 1927, sublinhando a amizade que, mesmo ele estando na primeira classe do navio, firmou com os "tapuios", homens e mulheres descendentes de indígenas que viajavam de terceira classe e eram tachados como "tudo o que não era propriamente humanidade". Se por um lado havia a desumanidade a bordo, por outro, o viajante se atenta ao fato de que a humanidade presente "era perfeitamente insignificante, civis despaisados, semicultos dotados da única coisa que odeio inenarravelmente e não posso perdoar, burrice". Ademais, compartilha sua afinidade sexual com aquele bioma que estava conhecendo, pela primeira vez *in loco*, enquanto navegava por aquelas águas. Valendo-se de uma descrição que articula poesia, ecologia e etnografia, marcada pelo tom erótico, o turista aprendiz sintetiza sua experiência:

> Era um verdadeiro amplexo sexual o que eu ficava, sozinho, no deque mais alto, todas as madrugadas, gozando a madrugada nascer. Era uma verdadeira sensação de *rendez-vous*, o carinho meticuloso com que eu esperava todas as noitinhas o urro dos guaribas no mato. E aquelas conversas de terceira classe com seres duma rudimentariedade espantosa, seres por isso mesmo perfeitamente gratuitos, naquele cheiro veemente, contagioso, de lenha umedecida, bois e corpos seminus, você não imagina, Osório, eu era aquilo, meio vegetal, meio água parada, não sei. [p. 274]

A carta confirma o fascínio que lhe provoca a sociabilidade com os sujeitos hospedados na terceira classe do navio. Percebendo-se confortável diante dos corpos seminus e da natureza amazônica que afetava os seus sentidos, ele se reconhece como parte daquela biodiversidade e, numa coincidência interessante, qualifica a reunião sinestésica como "meio vegetal, meio água parada". De forma imediata, é possível estabelecer uma correspondência entre água parada e canal barrento que suja o menino do conto. A identificação do escritor com a flora amazônica, mas também com a água parada sobrevém a partir do seu relacionamento com os "desumanizados" que tanto convocam sua atenção.

Nota-se que não são somente os canais barrentos e as águas paradas a organizar o pensamento do modernista: há algo semelhante nos proletários, nos tapuios, nos grupos que representam as faixas mais pobres da sociedade – segmentos sociais que sensibilizam o olhar do escritor e, por conseguinte, convergem em seus projetos escriturais. Nesse sentido, convém mencionar o romance inacabado *Café* que tem, entre seus personagens, uma dessas figuras subalternizadas, o nordestino e tocador de coco Chico Antônio, que abandona a terra de origem e se instala em São Paulo.[2] Aliás, a história do músico é um decalque biográfico, já que Mário o conheceu durante sua segunda viagem etnográfica ao Nordeste, ocorrida de novembro de 1928 a fevereiro de 1929.

Apesar de não ter sido terminado pelo autor, *Café* revela em "A noite de sábado" – uma de suas partes acabadas – personagens secundários que apresentam perfis igualmente marginalizados. Um desses segregados é um tal de "Gordinho" que se instala nas escadarias da praça do Correio em São Paulo – "rebotalho do meretrício e da veadagem paulistana". A figura congrega ao seu redor um grupo de jovens moços que, seduzidos por ele, respeitam-no e lhe atribuem a função de ouvinte das ruas. Essa figura urbana e desajustada acolhe e recolhe segredos e "proibições", além de orientar, ajudar e censurar quando necessário:

> O Gordinho era um tipo abortado. Física e psicologicamente. Pequenino, aleijado, imberbe sempre, não podia nada neste mundo. Tinha já pra mais de trinta anos, e na fala uma tristeza rija, de efeito imediato sobre aqueles meninos, órfãos de qualquer finalidade. Estava há mais de quinze anos empregado numa tipografia italiana ali da vizinhança mesmo. Talvez não conhecesse banho

mais que mensal, tão sujo que repugnava aos próprios companheiros. [...] Sabia ler, escrever, e, dotado duma memória puramente sentimental, ele contava em frases escritas as experiências da vida que a literatura de cordel e de fascículos apresenta. [p. 104]

O contato do escritor com ambientes de vitalidade pulsante como o submundo do centro paulistano pode ser examinado ainda nas páginas de seu livro *Namoros com a medicina* (1939), em específico no estudo "A medicina dos excretos". O título, já de saída, revela um diálogo com o imaginário das terras lamacentas.[3] O trabalho faz um levantamento de práticas terapêuticas, de vertente popular e erudita, que utilizam os elementos excretícios como matéria-prima para curar enfermidades ou manejar superstições. A dedicação de Mário na coleta e análise dessas referências escatológicas – motivada, segundo ele, por suas "viagens através dos livros, das terras e da fragilidade humana" – ressalta o quanto tais remédios repugnantes lhe despertam a curiosidade.

Em uma dessas recolhas, a título de exemplo, certifica-se o uso da urina humana e animal para machucados internos. O autor apresenta três receitas no livro: a primeira, que prescrevia "beber a própria urina para sarar", foi informada por "tio" Pio, culto fazendeiro de Araraquara e primo mais velho com quem o escritor manteve importante interlocução; já a segunda, recomendada por um informante caipira do vale do Paraíba, acrescentava que a urina devia ser de uma criança do sexo oposto ao do doente, por obscuras razões matrimoniais; e a terceira, proveniente da Normandia, na França, evidenciava uma variação felina da prescrição, na qual se empregava excremento de gato, diluído em água do Bessin e em vinho branco.

Ao lado do estudo sobre fármacos impuros e magias escatológicas, Mário se detém em um tema vizinho, a coprolalia: "a obsessão de pronunciar sujeiras". Conforme sinalizam as fontes por ele coletadas, esse palavrório lamacento tem seu uso difundido principalmente entre as camadas populares, pois a autocensura seria mais abrandada nesses estratos sociais. Em uma divertida menção aos tipos de sanitários públicos, o escritor reforça ainda como é pungente a pornografia verbal em determinados grupos, sobretudo quando a tradicional vigilância moral das instituições e da cultura letrada parecem não se cumprir por completo:

> A coprolalia surge violenta é nas sociedades e classes sociais menos controladas pela educação artificial ou pelo aprimoramento intelectual do indivíduo. No selvagem, nas classes proletárias, na mocidade e nas crianças. É sempre a coprolalia que ganha o primado da manifestação. Se nos mictórios públicos, floresce a arte propriamente "imoral", as latrinas públicas são uma enciclopédia de desenhos, quadrinhas e frases, menos imorais que simplesmente porcos. A mocidade então se compraz no palavrão e nas anedotas. Só a mocidade?... Nas crianças é espantosa a floração de parlendas, pegas, advinhas escatófilas. [p. 237]

Cabe enfatizar, porém, que essa prática verbal sempre excede delimitações, inclusive pelo fato de que "qualquer fenômeno social mais violento abre as comportas da coprolalia sequestrada". O autor verifica que, durante a Revolução de 1932, houve o escoamento das coprolalias justamente da boca das pessoas das "classes sociais mais cultivadas". O paulista relembra ter ouvido, durante o conflito armado, "o palavrão que substitui mais popularmente 'excremento', estremecer em muito lábio feminino, é triste recordar."

Na recolha escatófila relativa ao universo infantil, ou melhor, à boca dos infantes, Mário enfia os dois pés na lama para estruturar um verdadeiro inventário verbal excrementício. As amostras indicam que, além da hegemonia dos exemplares populares, a reunião mescla registros urbanos e interioranos, os quais não se restringem a sujar a boca das crianças brasileiras, uma vez que inclui variantes lusitanas:

> Eis uma advinha infantil, completada por uma pega: — O que é, o que é, vai a um canto e faz có, có, có? — Galinha! — Pois m... para quem tanto advinha! [...] A quem diz que está com frio: "—Vá lavá a b... no rio!", ou "Vá lavá o c... no rio", ou também "Ponha o c... no rio" (todas colhidas em São Paulo). Em Portugal conheço: "Quem tem frio/Mete-se no rio,/E cobre-se com a capa/De seu tio. [...] E na famosa anedota, espalhadíssima em São Paulo, do caipira atrapalhado, que no lugarejo do Buraco (nome topográfico frequente no Brasil) foi obrigado a fazer um brinde num casamento: "Viva o Vicente da noiva,/Viva a noiva do Vicente,/Viva a gente do Buraco,/Viva o Buraco da gente!"[p. 237]

Como arguto investigador, Mário tende a diferenciar quais exemplos colhidos têm caráter coletivo ou individual. Ou seja, dentre as práticas excrementícias na medicina e nas magias, há experimentações criadas por um determinado indivíduo ou estimuladas pela comunidade. Por tal razão, muitos usos escatológicos não constituem o costume de um grupo social, o que não implica o apagamento desse fenômeno humano, mas apenas confirma que uma pessoa é capaz de inventar criações para uso próprio. No caso das crianças, percebe-se que são grandes produtoras de pornografias e não meras reprodutoras daquilo que ouvem dos adultos. Frente a tal consideração, convém mencionar uma cantiga pornográfica pueril recolhida em São Paulo, em que o pesquisador anota que a versão suja é "uma adaptação individualista" de uma roda infantil muito popularizada. A cantiga foi comunicada ao escritor por um informante que a escutou de uma criança ainda durante a meninice:

> Ôh, xodó de panamá,
> O que eu pedi(r) você me dá:
> A caixinha de segredo,
> O buraquinho de mija(r)! [p. 253]

Paralelamente, recorrendo aos trabalhos dos grandes especialistas do folclore de seu tempo, o escritor mapeia as manifestações da coprolalia entre os ditos "homens brancos" e "civilizados". Tampouco se furta a recolher os excretícios bocais dos povos tradicionais e, para tanto, remonta a leituras como a do relato etnográfico de Koch-Grünberg que é matriz da criação de Macunaíma, um dos personagens da floresta com a boca mais suja da história da moderna literatura brasileira. Dos volumes lidos e por vezes com notas marginais, Mário reconhece a presença dos excretícios em um

> bom número de obscenidades meramente escatófilas. Assim é que o dito, aos Nicolaus, tem um símile entre os Brasis do extremo-norte, quando Macunaíma esfrega o coco de inajá no pênis, antes de dá-lo ao mano Jiguê para comer. O primeiro fogo é tirado do ânus duma velha. A primeira rede bem como as primeiras sementes do algodão foram compradas com um dinheiro mais fácil que emissão de bônus, excremento humano. Etc. [p. 245]

Ora, em uma direção semelhante à do etnólogo alemão e à do próprio Mário com o seu *Turista Aprendiz*, o surrealista Benjamin Péret escreve *Na zona tórrida do Brasil*, relato sobre a visita que realiza a comunidades indígenas em 1956. Entre as observações compiladas no livro, o autor traz à baila o caráter libertário dos "selvagens", em contraste com o aspecto repressivo dos "civilizados" europeus. Se o modernista brasileiro registra a proliferação de obscenidades escatológicas graças às leituras que efetua, o francês afirma, como poeta surrealista interessado nas alteridades, que as etnias desfrutam de uma liberdade sem precedentes em todos os aspectos da vida, inclusive no sexual. Sobre os indígenas do alto Xingu e os Karajás, ele observa que

> a vida sexual dos solteiros dos dois sexos se beneficia de uma liberdade sem restrição; no entanto, a mulher não casada deve

suprimir o recém-nascido logo à nascença, costume ao qual ela se submete na mais completa indiferença. Assinale-se que essa liberdade vai conhecer um eclipse total no momento em que os adolescentes são submetidos ao isolamento ritual que serve de prelúdio ao seu futuro casamento. [...] No caso de outras tribos – os Karajá por exemplo –, a liberdade sexual é maior ainda, mas manchada por uma corrupção de inteira responsabilidade dos civilizados. Não raro, as moças dessa tribo se prostituem desde a puberdade, o que não prejudica em absoluto o seu futuro casamento.[4]

O relato de viagem de Péret evoca reverberações centrais do romance *Macunaíma*, o que sugere que o francês tenha tido contato com a obra. Na via oposta, o criador da rapsódia encarna um autor-etnógrafo que assimila as particularidades da liberdade indígena e as ficcionaliza no enredo e, principalmente, na construção do seu protagonista. O herói do Uraricoera é um selvagem travesso e sexualizado que ancora no riso e nas gargalhadas um modo de vida potente, correspondente à descrição da alegria e das risadas que o poeta francês capta dos indígenas. Vale lembrar que o escritor já tinha conquistado o feito da etnografia ficcionalizada em seu *Turista Aprendiz*, onde inventa as etnias imaginárias de grande liberdade sexual, como os "índios dó-mi-sol" e a "tribo dos pacáas novos".

Seja no romance rapsódico, seja nas ficções do diário de viagem, o que Mário parece realmente enfatizar são os pressupostos eróticos que encontram certa aderência nos comentários de Péret a respeito da zona tórrida do Brasil. É justamente o que articula Eliane Robert Moraes na apresentação a esta *Seleta*, ao sublinhar a postura infantil e erótica de Macunaíma sintetizada no verbo *brincar*, enfatizando seu duplo sentido. As variadas brincadeiras sexuais do "herói de nossa gente" recapitulam a vontade insistente do narrador-personagem de "Tempo da camisolinha" em mostrar a genitália, inclusive para a santa de devoção. Enquanto para os mais moralistas e religiosos o comportamento do menino denota a profanação de uma santidade, para a criança trata-se da manifestação de sua liberdade, supondo uma atitude de afirmação, ainda que para isso tenha que transgredir as convenções familiares e sociais.

Em vista disso, chama a atenção que a figura de Macunaíma venha fundir os aspectos infantil e ameríndio, representando, no entender de Mário, dois agrupamentos que manifestam obscenidades por não estarem submetidos ao controle rígido dos interditos. Cabe recordar que no estudo "A medicina dos excretos" o escritor credita maior liberdade de nomeação do sexo aos indivíduos que, de alguma forma, estão às margens da vida social, adulta e civilizada, representando, portanto, as camadas sociais menos culteranistas e escolarizadas, que englobam os trabalhadores, a mocidade, os indígenas e as crianças.

O interesse concedido a esses grupos constitui, na verdade, uma espécie de método adotado por Mário para se aproximar dos fenômenos de liberação sexual. Sendo um homem culto e comprometido com a cultura erudita, ele não se sentiu autorizado a se entregar a essa liberdade. Por outro lado, ao recolher as pornografias dessa variedade de gente, ele se tornou receptáculo, além de partícipe de tal produção erótica. Nessa direção, como afirmado ainda na apresentação deste livro, a principal estratégia do escritor na abordagem da matéria sexual acabou sendo o "falar de outro jeito". Tal evidência talvez explique a afeição e o sentido muito especial atribuído à fala das crianças, dos jovens, dos selvagens e das classes populares.

Em tempo: se o ato de "pronunciar sujeiras" ficou reservado às alteridades do autor de *Namoros com a medicina*, o que lhe restou, então, foi assumir a "voz do outro". Para dizer obscenidades, a saída de Mário de Andrade foi mesmo a de "falar do jeito do outro".

NOTAS

Para referências completas das obras de Mário de Andrade, consulte a Bibliografia.

APRESENTAÇÃO

1. A poesia do anfiguri, também denominada "bestialógica" devido ao gosto heterodoxo pela comicidade, a obscenidade e o contrassenso, contempla "um lado importante do jogo poético: a livre combinação de palavras e o direito de elaborar objetos gratuitos". Antonio Cândido, *O Romantismo no Brasil*. São Paulo: Humanitas, 2002, p. 57.
2. "O primeiro poema", in *Poesias Completas*, v. 2, p. 80. As considerações do parágrafo seguinte têm por fonte a nota 1 de Telê Ancona Lopez a esse poema, pp. 79-80.
3. José Miguel Wisnik, "O ensaio impossível", in Sérgio Miceli e Franklin de Matos (orgs.), *Gilda, a paixão pela forma*. Rio de Janeiro: Ouro sobre Azul/Fapesp, 2007, p. 215.
4. Aline Novais de Almeida, *Edição genética d'A gramatiquinha da fala brasileira de Mário de Andrade*, v. 1. Dissertação de mestrado. São Paulo: FFLCH-USP, 2013, pp. 75-78.
5. Ibid., nota 1, p. 78.
6. Eduardo Jardim, *Eu sou trezentos – Mário de Andrade: vida e obra*. Rio de Janeiro: Edições de Janeiro, 2015, p. 127.
7. Carta de 10 dez. 1945, in *Cartas de trabalho*, p. 186
8. Cabe lembrar que "em todos os estágios de sua trajetória, a música é a referência teórica e artística principal nos projetos literários e culturais de Mário de Andrade". J. M. Wisnik, "A república musical modernista", in Gênese Andrade (org.), *Modernismos 1922-2022*. São Paulo: Companhia das Letras, 2022, p.180.
9. "Coisa brasileira": a expressão aparece, entre outras, em *O banquete*, p. 109.
10. Retomo aqui, com modificações e inclusões, passagens de meu ensaio "Essa sacanagem". *Revista Ide* (SBPSP), v. 28. n. 41, 2005, pp. 75-79.
11. *Os cocos*, p. 487.
12. Ettore Finazzi-Agrò, "As palavras em jogo", in *Macunaíma* (Col. Archives), p. 318.
13. Cf. Luís da Câmara Cascudo, *Dicionário do Folclore Brasileiro*, v. 2. Rio de Janeiro: Edição de Ouro, 1964, p. 112.
14. *Macunaíma* (Col. Archives), p. 103.
15. T. A. Lopez in ibid., p. 25, nota 9.
16. A questão se repõe em outra supressão para a segunda edição, já que Mário eliminou parte de um capítulo então intitulado "As três normalistas", reaproveitado em "A Velha Ceiuci" na versão tornada definitiva. O texto usa a palavra "normalista" para nomear as "cunhatãs passeando todo dia na Praça da República", o que não deixa de sugerir o *trottoir* das prostitutas do centro paulistano. Telê Ancona Lopez admite que, nesse caso, "não se exclui a censura de ordem moral, em

face à repercussão do episódio que estaria focalizando, segundo as famílias, a 'má fama', ou fama de namoradeiras das normalistas da Escola da Praça (da República) como então se dizia", in ibid., p. 102, nota 12.
17 Carta de M. Bandeira a M. de Andrade de 23 ago. 1928, in Marco Antonio de Moraes (org.), *Correspondência Mário de Andrade & Manuel Bandeira*, p. 399.
18 Raúl Antelo, "Ser, dever ser e dizer". *Revista do IEB*, n. 36, 1994, p. 117
19 Apud Antônio Houaiss e Mauro de Salles Villar, *Grande dicionário Houaiss da língua portuguesa*. Lisboa: Círculo de Leitores, 2015, seção "sac".
20 Ibid.
21 Leonardo Alexander do Carmo Silva, *Sacan'Arte: ironia e sátira no romance obsceno brasileiro*. Tese de doutorado. Universidade Sorbonne Nouvelle, 2021, p. 18. Para um estudo mais extenso sobre essas palavras, ver as pp. 14–19 dessa tese.
22 *Macunaíma* (Col. Archives), p. 163.
23 Priscila Figueiredo. "O azarado Macunaíma". *Estudos avançados*, n. 31, 2017, p. 395.
24 Recorde-se que a última correção ainda é complementada por outras notas entre parênteses que funcionam como lembretes para um futuro texto, como: "(Dizer também que não estou convencido pelo fato simples de ter empregado elementos nacionais, de ter feito obra brasileira. Não sei si sou brasileiro. É uma coisa que me preocupa e em que trabalho porém não tenho convicção de ter dado um passo grande pra frente não)" [p. 258].
25 *Cartas a um jovem escritor*, pp. 53–54.
26 Apud Moacir Werneck de Castro, *Mário de Andrade: exílio no Rio*. Belo Horizonte: Autêntica, 2017, p. 89.
27 Jason Tércio, *Em busca da alma brasileira*. Rio de Janeiro: Estação Brasil, 2019, p. 175
28 César Braga-Pinto, "A sexualidade de Mário de Andrade: A prova dos nove", in G. Andrade (org.), *Modernismos 1922–2022*, op. cit., p. 534.
29 Ibid., p. 522.
30 Ibid., p. 534.
31 T. A. Lopez, "Dona Olívia multiplicada", in Tatiana Longo Figueiredo e M. A. de Moraes (orgs.), *Leituras, Percursos*. Belo Horizonte: Fino Traço, 2021, p. 150.
32 "A bordo, 18 de maio", in *O Turista Aprendiz*, p. 60.
33 T. A. Lopez, "Dona Olívia multiplicada", op. cit., p. 151.
34 André Botelho, "A viagem de Mário de Andrade à Amazônia: entre raízes e rotas". *Revista do IEB*, n. 57, 2013, pp. 44–45.
35 Davi Arrigucci Jr., "O que é no mais fundo", in *Outros achados e perdidos*. São Paulo: Companhia das Letras, 1999, p. 293–94.
36 Ibid., p. 294.
37 Manuel Cavalcanti Proença, *Roteiro de Macunaíma*. Rio de Janeiro: Civilização Brasileira, 1969, p. 218.
38 Eneida Maria de Souza, *A pedra mágica do discurso*. Belo Horizonte: Ed. UFMG, 1999, p. 62.
39 Nancy Huston, *Dire et Interdire*. Paris: Payot, 1980, p. 47.
40 Mariza Werneck, *O livro das noites: memória, escritura, melancolia*. São Paulo: Educ, 2021, p. 49.

41 Walnice Nogueira Galvão, "O par escamoteado", in *A Donzela-Guerreira: um estudo de gênero*. São Paulo: Ed. Senac, 1998, p. 154.

42 O uso do termo "sequestro" aparece em textos críticos de *Aspectos da literatura brasileira* (1931), como "A poesia em 1930", que analisa poemas de Carlos Drummond de Andrade e reconhece "dois sequestros", sendo um deles de forte apelo sexual; ou em sua literatura, como *Amar, verbo intransitivo*, que fala repetidamente dos "sentimentos sequestrados"; ou ainda em seus estudos do folclore, como *Namoros com a medicina*, que alude à "coprolalia sequestrada".

43 *Aspectos da literatura brasileira*, p. 228.

44 Ricardo Souza de Carvalho, *Edição genética d'O sequestro da Dona Ausente de Mário de Andrade*. Dissertação de mestrado. São Paulo: FFLCH-USP, 2001, p. 217

45 Ibid., p. 52.

46 W. N. Galvão, "O par escamoteado", op. cit., p. 156.

47 Leia-se o seguinte trecho do manuscrito de *O sequestro*: "Pela força penosa das verificações a que induzia a confissão textual da falta da mulher se explica *a razão desta falta ter sido sequestrada com tamanha veemência* pelo português, pelo espanhol e pelos brasileiros dos primeiros séculos, a ponto do folclore, que eu saiba, não apresentar nenhum documento de nenhum gênero verificando com franqueza a falta que fazia a dona ausente". Apud R. S. de Carvalho, *Edição genética d'O sequestro da Dona Ausente*, op. cit., p. 92 (grifos nossos).

48 Ressalte-se que Mário alude às "licenças homossexuais da vida marinheira" pela falta da mulher em alto-mar [p. 151]. No âmbito da mesma pesquisa, também faz referência à homossexualidade na nota ao livro *Frases feitas: estudo conjectural de locuções, ditados e provérbios*, de João Ribeiro (1908): "Sequestro / Homossexualismo O provérbio ibérico 'Quem te mete, João Topete (pessoa audaz) Com bicos de canivete?'", mencionando uma variante portuguesa "que parece aludir aos desvios sexuais causados pela abstinência marítima" (pesquisa de Marina Damasceno de Sá, Arquivo IEB-USP-MA-MMA-106-0251).

49 C. Braga-Pinto, "A sexualidade de Mário de Andrade", op. cit., p. 513.

50 M. Werneck, *O livro das noites*, op. cit., p. 91.

51 Carta de M. de Andrade a M. Bandeira de 10 ago. 1934, in M. A. de Moraes (org.), *Correspondência Mário de Andrade & Manuel Bandeira*, p. 583.

52 João Luiz Lafetá, *Figuração da intimidade: imagens na poesia de Mário de Andrade*. São Paulo: Martins Fontes, 1986, p. 183.

53 Leandro Pasini, *A apreensão do desconcerto: subjetividade e nação na poesia de Mário de Andrade*. Tese de doutorado. São Paulo: FFLCH-USP, 2011, p. 159.

54 Esta e outras cartas dos anos de 1931 e 1933, cujos excertos são aqui citados, podem ser consultadas na íntegra em M. A. de Moraes (org.),

Correspondência Mário de Andrade & Manuel Bandeira, pp. 560–63. Agradeço ao organizador por estas e outras preciosas contribuições.

55 Horácio Costa, "Do afloramento da palavra homoerótica na poesia moderna: Portugal, México, Brasil (correspondência Manuel Bandeira/ Mário de Andrade em foco)". *Forma Breve*, n. 7, 2009, p. 288

56 T. A. Lopez, "Boi ou religiosidade ancestral e ética popular", in *Mário de Andrade: ramais e caminhos*. São Paulo: Duas cidades, 2021, p. 126.

57 Apud ibid., p. 128.

58 Simone Rossinetti Rufinoni, "A lira esfacelada do poeta (Uma interpretação dos desdobramentos do tema da vida da viola quebrada na obra de Mário de Andrade)". *Língua e Literatura*, n. 22, 1996, pp. 155–68.

SELETA ERÓTICA

1 *Macunaíma* (Col. Archives), p. 25. A passagem foi publicada apenas na primeira edição do livro e, tendo sido suprimida por decisão do autor devido a acusações de imoralidade, passou a não mais figurar nas edições seguintes, dentro ou fora do país, até hoje.

2 *Macunaíma*, pp. 30–33.

3 M. A. de Moraes (org.), *Correspondência Mário de Andrade & Manuel Bandeira*, p. 402.

4 "Balança, Trombeta e Battleship", in *São Paulo! comoção de minha vida...*, pp. 138–44. O fragmento do romance aqui reproduzido foi publicado pela primeira vez em *Presença: revista de arte e crítica*, ano XII, série II, n. 2, Lisboa, fev. 1940, pp. 82–84. A pedido de Adolfo Casais Monteiro, um dos diretores da revista, Mário enviou em 1938 sua colaboração, cujo título original era "Como eles perderam a virgindade". Em razão da censura salazarista, o título foi substituído por "Trecho do idílio *Balança, Trombeta e Battleship ou o descobrimento da alma*" na revista e, no manuscrito, para "Riacho de chuva".

5 "A tribo dos pacaás novos", in *O Turista Aprendiz*, pp. 98–102. O trecho ficcional foi publicado originalmente na *Revista Acadêmica* (Rio de Janeiro, n. 62, 1942) e se refere ao diário da viagem à Amazônia que Mário de Andrade realizou entre mai. e ago. 1927.

6 "Tempo da camisolinha", in *Contos novos*, pp. 110–31. O conto integra o livro *Contos novos*, publicado postumamente em 1947, como o v. 18 das *Obras completas* editadas pela Livraria Martins Editora.

7 "Desafio entre a Cavilosa e Jeróme", in *O Turista Aprendiz*, pp. 225–26. O "Desafio entre a Cavilosa e Jeróme" que está registrado no diário da viagem ao Nordeste do Brasil, em 18 dez. 1928, foi provavelmente colhido no Rio Grande do Norte.

8 "Eva", in *Obra imatura*, pp. 130–36. A esquete teatral "Eva", escrita em 1919 com dedicatória a Martim Damy, foi publicada na revista *Papel e Tinta* (ano 1, n. 1, 1920, pp. 35–36) e passou a integrar a coletânea *Primeiro andar* (1926). O livro representa a aventura juvenil de Mário

no conto e em outras derivações do gênero breve. Em 1960, em edição póstuma, *Primeiro andar* é incluído em *Obra imatura*, v. 1 das *Obras completas*.

9 "Obsessão", in *Poesias completas*, v. 2, p. 135. Segundo as organizadoras, o poema foi escrito em 1921 e publicado em jornal não identificado e sem data, cujo recorte o modernista conservou junto ao seu exemplar de trabalho de *Poesias*, de 1941.

10 "Calor", in *Os filhos da Candinha*, pp. 161–65. A crônica "Calor" fora publicada n'*O Estado de S. Paulo*, em 19 mar. 1939. A obra *Os filhos da Candinha* (1943) previa um segundo volume que permanece inédito.

11 "As cantadas", in *Poesias completas*, v. 1, pp. 444–46. Escrito no Rio de Janeiro em 1938, o poema foi publicado na *Revista Acadêmica* (n. 39, set. 1938) sob o título "Cantadas", passando depois a integrar a coletânea "A costela do Grã Cão" em *Poesias*, de 1941.

12 *O Turista Aprendiz*, pp. 73–74.

13 "Noturno", in *Poesias completas*, v. 1, pp. 96–99. O poema integra o livro *Pauliceia desvairada*, escrito entre dez. 1920 e dez. 1921, publicado em 21 jul. 1922, após a Semana de Arte Moderna.

14 "XLIV – Rondó do tempo presente", in *Poesias completas*, v. 1, pp. 200–01. O poema foi publicado em *Losango cáqui* (1926).

15 *Café*, pp. 111–16. O excerto compõe a primeira parte do romance inacabado, intitulada "A noite de sábado".

16 "Estâncias", in *Poesias completas*, v. 1, pp. 431–32. O poema foi escrito em 15 out. 1933, passando a integrar a coletânea "A costela do Grã Cão" em *Poesias*, de 1941.

17 "Os gatos", in *Poesias completas*, v. 1, pp. 428–30. Escrito entre 14 e 15 out. 1933, o poema integra a coletânea "A costela do Grã Cão."

18 "Carnaval carioca", in *Poesias completas*, v. 1, pp. 210–25. Dedicado a M. Bandeira, o poema foi escrito em 1923 e publicado em 1927 em *Clã do jabuti*, após a passagem do poeta pelo carnaval do Rio.

19 "Maleita I", in *Táxi e crônicas no Diário Nacional*, pp. 360–62. A crônica foi publicada em 8 nov. 1931 no *Diário Nacional*, de São Paulo, retomando tema abordado em *O Turista Aprendiz*, no dia 18 jun. 1927: "E desejei a maleita, mas maleita assim, de acabar com as curiosidades do corpo e do espírito".

20 *Café*, pp. 141–45. O excerto compõe a primeira parte do romance inacabado, intitulada "A noite de sábado".

21 "Lenda das mulheres de peito chato", in *Poesias completas*, v. 1, pp. 325–28. O poema integra o livro *Remate de males* (1930). A lenda colhida em *Von Roroima zum Orinoco*, de Theodor Koch-Grünberg, é apropriada pelo autor em *Macunaíma*: "[...] Macunaíma escoteiro topou com uma cunhã dormindo. Era Ci, Mãe do Mato. Logo viu pelo peito destro seco dela, que a moça fazia parte dessa tribo de mulheres sozinhas parando lá nas praias da lagoa Espelho da Lua, coada pelo Nhamundá".

22 *Café*, pp. 120–21. O excerto compõe a primeira parte do romance inacabado, intitulada "A noite de sábado".

23 *O Turista Aprendiz*, pp. 151–53. O trecho ficcional "O Pai dos Cearenses", título atribuído pelo trabalho editorial, está anotado no diário da viagem à Amazônia, com datação em aberto.

24 "Poema abúlico", in *Poesias completas*, v. 2, pp. 145–50. O "Poema abúlico", dedicado a Graça Aranha, foi publicado no último número do mensário de arte moderna *Klaxon* (n. 8–9, dez. 1922–23, pp. 13–15) e coligido pelas organizadoras na seção "Poemas publicados por Mário de Andrade em jornais e revistas".

25 *O Turista Aprendiz*, p. 90. O fragmento ficcional, anotado no diário da viagem à Amazônia, refere-se ao dia 3 jun. 1927.

26 Ibid., p. 161. O fragmento ficcional, anotado no diário da viagem à Amazônia, refere-se ao dia 14 jul. 1927.

27 O manuscrito inédito intitulado *O sequestro da Dona Ausente* reúne resultados de uma pesquisa inacabada de Mário de Andrade, em cujo horizonte estava a realização de um ensaio sobre a expressão do amor e do erotismo na poesia oral luso-brasileira. Os excertos aqui reproduzidos são notas do autor, de caráter introdutório, que fazem parte desse manuscrito, tendo sido retirados da edição genética abaixo referenciada na qual se encontram uma seleção dos documentos de processo e a transcrição de três éditos do escritor. Ver: Ricardo Souza de Carvalho, *Edição genética d'O sequestro da Dona Ausente de Mário de Andrade*. Dissertação de mestrado. São Paulo: FFLCH-USP, 2001, pp. 39, 42–44, 52, 54–56, 58–60. As quadras que se seguem às notas, de fontes luso-brasileiras, são transcrições de fólios do Fundo Mário de Andrade do Arquivo IEB-USP.

28 "Toada do Pai-do-Mato", in *Poesias completas*, v. 1, pp. 264–65. Segundo as organizadoras, "Toada do Pai-do-Mato", do *Clã do jabuti* (1927), foi publicado nos periódicos *Planalto* (São Paulo, ano 2, n. 16, 1 jan. 1942) e no "Suplemento Literário" de *A Manhã* (Rio de Janeiro, v. 5, 18 jul. 1943) com variantes.

29 "Poema", in *Poesias completas*, v. 1, pp. 267–68. Segundo as organizadoras, "Poema", de *Clã do jabuti* (1927), foi publicado nos periódicos *Terra Roxa e Outras Terras* (São Paulo, ano 1, n. 5, 27 abr. 1926, p. 6) e *Planalto* (São Paulo, ano 2, n. 16, 1 jan. 1942), no primeiro sob o título de "Iara".

30 "Os monstros do homem – II", in *Táxi e crônicas no Diário Nacional*, pp. 425–27. A crônica foi publicada em 22 mai. 1932 no *Diário Nacional*, de São Paulo.

31 "Aboio prá Besta", in *As melodias do boi e outras peças*, pp. 59–60 e pp. 306–07. O aboio [I], número 10, foi colhido no Rio Grande do Norte. Já a peça [II], segundo a organizadora, pertence ao grupo das que teriam sido colhidas em São Paulo, antes da viagem do escritor ao Nordeste do Brasil (1928–29).

32 "Poemas da amiga III e XI", in *Poesias completas*, v. 1, pp. 387; 397–99. Os três poemas pertencem à seção "Poemas da amiga", dedicada a Jorge de Lima, em *Remate de males* (1930).

33 "Poemas da negra X; XI", in *Poesias completas*, v. 1, pp. 352–53. Os dois poemas pertencem à seção "Poemas da negra", dedicada a Cícero Dias, em *Remate de males* (1930).

34 "O besouro e a rosa", in *Os contos de Belazarte*, pp. 27–37. O conto foi publicado na revista *América Brasileira* (1924) e na edição *princeps* de *Primeiro andar* (1926). A partir da segunda edição de *Os contos de Belazarte* (1944), comparece nesse livro.

35 "Nízia Figueira, sua criada", in *Os contos de Belazarte*, pp. 128–30. De acordo com Aline N. Marques, Mário de Andrade escreve a Carlos Drummond de Andrade em 23 nov. 1926 sobre os desfechos de *Belazarte*: "Quase todas as histórias acabam com o refrão Fulano foi muito *infeliz*. Fulano muito *feliz* vem em duas histórias só, são felizes uma bêbeda esquecida do mundo Nízia Figueira e um moço bobo. Bobo no sentido da medicina popular".

36 *O Turista Aprendiz*, p. 171. O trecho ficcional se refere ao diário da viagem à Amazônia que Mário de Andrade realizou entre mai. e ago. de 1927, em 21 jul.

37 *Amar, verbo intransitivo*, pp. 59–64. O romance idílico, dedicado ao irmão, saiu em 1927 pela Casa Editora Antonio Tisi, às custas do autor.

38 "Moral quotidiana", in *Obra imatura*, pp. 172–80. A esquete teatral "Moral quotidiana", escrita em 1922 e publicada na revista *Estética* (ano 2, v. 1, pp. 133–42, jan.–mar. 1925), integra a coletânea *Primeiro andar* (1926). O livro representa a aventura juvenil de Mário no conto e em outras derivações do gênero breve. Em 1960, em edição póstuma, *Primeiro andar* é incluído em *Obra imatura*, v. 1 das *Obras completas*.

39 "Sobrinho de Salomé", in *Os filhos da Candinha*, pp. 58–60. A crônica foi publicada no jornal *Diário Nacional*, de São Paulo, 27 set. 1931.

40 "Carta pras Icamiabas", in *Macunaíma*, pp. 88–97.

41 *O Turista Aprendiz*, pp. 91 e 95. Os trechos ficcionais se referem aos dias 4 e 6 jun.

42 "Vestida de preto", in *Contos novos*, pp. 13–15.

43 "XXXIII (bis) – Platão", in *Poesias completas*, v. 1, p. 182. O poema foi publicado na revista *Klaxon* (São Paulo, n. 7, 30 nov. 1922, p. 2), dentro do artigo "Farauto", que integra o livro inédito de M. de Andrade *A poetagem bonita*. "XXXIII (bis) – Platão" passa a integrar *Losango cáqui ou afetos militares de mistura com os porquês de eu saber alemão* (1926).

44 "XXXI – Cabo Machado", in *Poesias completas*, v. 1, pp. 176–77. O poema pertence ao livro *Losango cáqui* (1926).

45 *Os filhos da Candinha*, pp. 117–18. A crônica foi publicada em 9 fev. 1929 no *Diário Nacional*, de São Paulo.

46 "Girassol da madrugada", in *Poesias completas*, v. 1, pp. 460–64. O poema, dedicado a R.G., foi escrito em 1931 e compõe a coletânea "Livro azul".

47 "Momento", in *Poesias completas*, v. 2, pp. 107–08. Segundo as organizadoras, foi escrito em 1924 e compõe o conjunto de poemas que O. Alvarenga publicou na *Revista*

do Livro (ano 5, n. 20, pp. 69–103, dez. 1960) com a rubrica "Poesias malditas".

48 *Café*, pp. 54–56; 102–03. Os excertos compõem a primeira parte do romance inacabado, intitulada "A noite de sábado".

49 "Paisagem nº 3", in *Poesias completas*, v. 1, p. 104. O poema integra o livro *Pauliceia desvairada* (1922), escrito entre dez. 1920 e dez. 1921.

50 "Frederico Paciência", in *Contos novos*, pp. 80–96. Integra a obra *Contos novos*, publicado em 1947, como o v. 17 das *Obras completas*.

51 "Soneto", in *Poesias completas*, v. 1, pp. 442–43. Escrito em dez. 1937, passa a integrar a coletânea "A costela do Grã Cão", em *Poesias* (1941).

52 "A medicina dos excretos", in *Namoros com a medicina*, pp. 88–98. O livro, publicado em 1939 pela Livraria do Globo, compõe-se de dois estudos, "Terapêutica musical" e "A medicina dos excretos". O trecho aqui mencionado pertence ao segundo estudo, originalmente publicado no mensário *Publicações Médicas*.

53 *Macunaíma*, pp. 107–09.

54 "A medicina dos excretos", in *Namoros com a medicina*, pp. 99–100.

55 "Iaiá, meu carreiro", in *As melodias do boi*, p. 77. O coco, n. 22, foi colhido no Rio Grande do Norte.

56 "Corujinha", in *As melodias do boi*, pp. 131–32. O lundu, n. 61, foi colhido no Rio Grande do Norte.

57 "Dizim que as freiras de hoje", in *As melodias do boi*, pp. 134–35. O lundu, n. 63, foi colhido no Rio Grande no Norte.

58 "Canto de padeiro", in *As melodias do boi*, pp. 263–64. O canto, n. 217, foi colhido na Paraíba.

59 "Nótulas folclóricas: Tapera da Lua", in *Aspectos do folclore brasileiro*, pp. 132–33. O texto foi publicado na coluna "Mundo Musical", da *F. da Manhã*, em 25 mai. 1944.

60 "Nacionalização dum adágio", in *Táxi e crônicas no Diário Nacional*, pp. 194–95. A crônica foi publicada em 8 ago. 1930 no *Diário Nacional*, de São Paulo.

61 Manuscritos de M. de Andrade, sob a guarda do Instituto de Estudos Brasileiros, da Universidade de São Paulo (IEB-USP). A parlenda, a cantiga, a roda infantil, a adivinha e as notas do autor aqui reproduzidas são transcrições de documentos inéditos e identificados pelo código de referência do fundo do titular, a saber: (1) MA-MMA-118–10; (2) MA-MMA-45–5; (3) MA-MMA-048–7478, e (4) MA-MMA-61–50.

62 *Macunaíma*, pp. 211–13.

63 M. A. de Moraes (org.), *Correspondência Mário de Andrade & Manuel Bandeira*, p. 84.

64 Paulo Duarte (org.), *Mário de Andrade por ele mesmo*. São Paulo: Todavia, 2022, pp. 444–46.

65 M. A. de Moraes (org.), *Correspondência Mário de Andrade & Manuel Bandeira*, p. 110.

66 Ibid., pp. 345–46.

67 "Carta de Mário de Andrade a Manuel Bandeira de 7 abr. 1928". Trans. Jorge Vergara. Rio de Janeiro: Fundação Casa de Rui Barbosa, 2015.

68 Lygia Fernandes (org.), *Mário de Andrade escreve cartas a Alceu, Meyer e outros*, pp. 51–52.
69 M. A. de Moraes (org.), *Correspondência Mário de Andrade & Manuel Bandeira*, p. 451.
70 Ibid., pp. 495–96.
71 Ibid., p. 545.
72 M. W. de Castro, *Mário de Andrade: exílio no Rio*. Belo Horizonte: Autêntica, 2017, p. 92, nota 10. As passagens não citadas por Werneck de Castro seguem entre colchetes e foram transcritas do Arquivo Museu de Literatura Brasileira, Fundação Casa de Rui Barbosa.
73 Arnaldo Saraiva, *Modernismo brasileiro e modernismo português*. Campinas: Ed. Unicamp, 2004, pp. 395-97.
74 Flávia Camargo Toni, "A correspondência", in Flávio Silva (org.), *Camargo Guarnieiri: o tempo e a música*. Rio de Janeiro/São Paulo: Funarte/Imprensa Oficial de São Paulo, 2001, p. 214.
75 A. Saraiva, *Modernismo brasileiro e modernismo português*, op. cit., p. 413.
76 M. A. de Moraes, "Nos meandros de Mundos mortos". *Revista do IEB*, n. 36, 1994, p. 189.
77 *Cartas: Mário de Andrade e Oneyda Alvarenga*, pp. 272–76.
78 T. L. Figueiredo, "Afinando afinidades". *Teresa – Revista de Literatura Brasileira*, n. 8, v. 9, pp. 50–51.
79 *Itinerários: cartas a Alphonsus de Guimaraens Filho*, pp. 32–33.
80 *Cartas de Mário de Andrade a Murilo Miranda*, p. 84.
81 Eneida Maria de Souza (org.), *Correspondência Mário de Andrade & Henriqueta Lisboa*, pp. 150–51.
82 *Cartas a um jovem escritor*, p. 69.
83 *Cartas de Mário de Andrade a Murilo Miranda*, p. 138.
84 Lêdo Ivo, *E agora adeus*. São Paulo: Instituto Moreira Salles, 2007, p. 129.
85 *Mário e o pirotécnico aprendiz: cartas de Mário de Andrade e Murilo Rubião*, pp. 90–91.

POSFÁCIO

1 Ivone Daré Rabello, "Novos tempos", in *Contos novos*, pp. 123–24.
2 Jorge Vergara explora o universo das figuras subalternas e homoeróticas em *Pauliceia desvairada* (1922), sobre as quais o escritor guarda grande empatia. Cf. J. I. O. Vergara, *Toda canção de liberdade vem do cárcere: homofobia, misoginia e racismo na recepção da obra de Mário de Andrade*. Tese de doutorado. Rio de Janeiro: Unirio, 2018.
3 O estudo de M. de Andrade sugere um forte paralelo com o ensaio *A terra e os devaneios da vontade*, de Gaston Bachelard, cujo capítulo "As matérias da moleza: a valorização da lama" focaliza o elemento excretício como portador de uma "primitividade do instinto plástico". A teoria digestiva do filósofo expõe que a excreção do animal é um modo de exteriorizar a si mesmo, permitindo-o produzir formas com as suas próprias substâncias. Cf. G. Bachelard, *A terra e os devaneios da vontade* [1948], trad. Maria Ermantina Galvão. São Paulo: WMF Martins Fontes, 2003.

4 Benjamin Péret, *Na zona tórrida do Brasil: visita aos indígenas*, trad. Leonor Lourenço Abreu. São Paulo: 100/cabeças, 2021, p. 18.

BIBLIOGRAFIA

OBRAS DE MÁRIO DE ANDRADE

[1927] 2013. *Amar, verbo intransitivo: idílio*. Estab. Marlene Gomes Mendes. Rio de Janeiro: Nova Fronteira.
[1928] 1996. *Macunaíma: o herói sem nenhum caráter*. Coleção Archives. São Paulo/Paris: Edusp/Allca XX.
[1928] 2017. *Macunaíma: o herói sem nenhum caráter*. Estab. Telê Ancona Lopez e Tatiana Longo Figueiredo. São Paulo: Ubu Editora, 2017.
[1934] 2008. *Os contos de Belazarte*. Estab. Aline Nogueira Marques. Rio de Janeiro: Agir.
[1937] 1980. *Namoros com a medicina*. São Paulo/Belo Horizonte: Livraria Martins Editora/Itatiaia.
[1940] 1994. *Balança, Trombeta e Battleship ou O descobrimento da alma*. Ed. genética e crítica T. A. Lopez. São Paulo: IMS/IEB.
[1943] 1974. *Aspectos da literatura brasileira*. São Paulo: Martins Fontes.
[1943] 2008. *Os filhos da Candinha*. Estab. e notas João Francisco Franklin Gonçalves. Rio de Janeiro: Agir.
[1947] 2015. *Contos novos*. Estab. Hugo Camargo Rocha e A. N. Marques. Rio de Janeiro: Nova Fronteira.
1981. *Cartas a um jovem escritor: de Mário de Andrade a Fernando Sabino*. Rio de Janeiro: Record.
1981. *Cartas de Mário de Andrade a Murilo Miranda*. Rio de Janeiro: Nova Fronteira.
1981. *Cartas de trabalho: correspondência com Rodrigo Mello Franco de Andrade (1936–1945)*. Brasília: Secretaria do Patrimônio Histórico e Artístico Nacional/Fundação Nacional Pró-Memória.
1984. *Os cocos*. São Paulo/Brasília: Duas cidades/INL.
1989. *O banquete*. São Paulo: Duas cidades.
1989. *Dicionário musical brasileiro*. Org. Oneyda Alvarenga e Flávia Toni. Belo Horizonte: Itatiaia.
2006. *As melodias do boi e outras peças*. Prep., intro. e notas O. Alvarenga. Belo Horizonte: Itatiaia.
2004. *De São Paulo: cinco crônicas de Mário de Andrade (1920–1921)*. Org., intro. e notas T. A. Lopez. São Paulo: Ed. Senac.
2005. *Táxi e crônicas no Diário Nacional*. Estab., intro. e notas T. A. Lopez. Belo Horizonte: Itatiaia.
2012. *São Paulo! comoção de minha vida...* Estab. T. A. Lopez e T. L. Figueiredo. São Paulo: Ed. Unesp/Imprensa Oficial.
2013. *Poesias completas*, v. 1 e v. 2. Ed. apurada, anotada e acrescida de documentos T. L. Figueiredo e T. A. Lopez. Rio de Janeiro: Nova Fronteira.
2015. *Café*. Estab., intro., posf. e seleção de imagens T. L. Figueiredo. Rio de Janeiro: Nova Fronteira.
2015. "Carta de Mário de Andrade a Manuel Bandeira de 7 abril de 1928". Trans. e notas Jorge Vergara. Rio de Janeiro: Fundação Casa de Rui Barbosa.

2015. *Obra imatura*. Estab. A. N. Marques, coord. T. A. Lopez. Rio de Janeiro: Nova Fronteira.

2015. *O Turista Aprendiz*. Ed. apurada, anotada e acrescida de documentos T. A. Lopez e T. L. Figueiredo. Brasília: Iphan.

2019. *Aspectos do folclore brasileiro*. Estab., apre. e notas Angela Teodoro Grillo. São Paulo: Global.

___ & Oneyda ALVARENGA

1983. *Cartas: Mário de Andrade e Oneyda Alvarenga*. São Paulo: Livraria Duas cidades.

___ & Manuel BANDEIRA

1974. *Itinerários: cartas a Alphonsus de Guimaraens Filho*. São Paulo: Livraria Duas cidades.

EM TORNO DE MÁRIO DE ANDRADE

ALMEIDA, Aline Novais de

2013. *Edição genética d'*A gramatiquinha da fala brasileira *de Mário de Andrade*. Dissertação de mestrado. São Paulo: FFLCH-USP.

ANTELO, Raúl

1994. "Ser, dever ser e dizer". *Revista do IEB*, n. 36, pp. 109–119.

ARRIGUCCI JR., Davi

1999. "O que é no mais fundo", in *Outros achados e perdidos*. São Paulo: Companhia das Letras.

BOTELHO, André

2013. "A viagem de Mário de Andrade à Amazônia: entre raízes e rotas". *Revista do IEB*, n. 57, pp. 15–50.

BRAGA-PINTO, César

2022. "A sexualidade de Mário de Andrade: a prova dos nove", in Gênese Andrade (org.), *Modernismos 1922–2022*. São Paulo: Companhia das Letras.

CARVALHO, Ricardo Souza de

2001. *Edição genética d'*O sequestro de Dona Ausente *de Mário de Andrade*. Dissertação de mestrado. São Paulo: FFLCH-USP.

CASTRO, Moacir Werneck de

2017. *Mário de Andrade: exílio no Rio*. Belo Horizonte: Autêntica.

COSTA, Horácio

2009. "Do afloramento da palavra homoerótica na poesia moderna: Portugal, México, Brasil (correspondência Manuel Bandeira/Mário de Andrade em foco)", in *Forma Breve n.º 7: homografias literatura e homoerotismo*. Aveiro: Universidade de Aveiro, p. 288.

DUARTE, Paulo (org.)

2022. *Mário de Andrade por ele mesmo*. São Paulo: Todavia.

FERNANDES, Lygia (org.)

1968. *Mário de Andrade escreve cartas a Alceu, Meyer e outros*. Rio de Janeiro: Editora do Autor.

FIGUEIREDO, Priscila

2017. "O azarado Macunaíma". *Estudos Avançados* (IEA), v. 31, n. 89, pp. 395–414.

FINAZZI-AGRÒ, Ettore

1996. "As palavras em jogo", in *Macunaíma* (Col. Archives).

GALVÃO, Walnice Nogueira

1998. "O par escamoteado", in *A donzela-guerreira: um estudo de gênero*. São Paulo: Editora Senac.

IVO, Lêdo

2007. *E agora adeus: correspondência para Lêdo Ivo*. São Paulo: Instituto Moreira Salles.

JARDIM, Eduardo
2015. *Eu sou trezentos – Mário de Andrade: vida e obra.* Rio de Janeiro: Edições de Janeiro.

LAFETÁ, João Luiz
1986. *Figuração da intimidade: imagens na poesia de Mário de Andrade.* São Paulo: Martins Fontes.

LOPEZ, Telê Porto Ancona
1972. *Mário de Andrade: ramais e caminho.* São Paulo: Duas cidades.
2021. "Dona Olívia multiplicada", in T. L. Figueiredo e Marco Antonio de Moraes (orgs.), *Leituras, percursos.* Belo Horizonte: Fino Traço.

MORAES, Eliane Robert
2005. "Essa sacanagem". *Revista Ide* (SBPSP), v. 28. n. 41, pp. 75–79.
2010. "Entre a máquina e a preguiça: o paradoxo de Macunaíma". *Navegações,* v. 3, n. 2.

MORAES, Marcos Antonio (org.)
1995. *Mário e o pirotécnico aprendiz: cartas de Mário de Andrade e Murilo Rubião.* Belo Horizonte/São Paulo: Ed. UFMG/IEB/Ed. Giordano.
2001. *Correspondência Mário de Andrade & Manuel Bandeira.* São Paulo: IEB/Edusp.

PASINI, Leandro
2011. *A apreensão do desconcerto: subjetividade e nação na poesia de Mário de Andrade.* Tese de doutorado. São Paulo: FFLCH-USP.

PROENÇA, Manuel Cavalcanti
1969. *Roteiro de Macunaíma.* Rio de Janeiro: Civilização Brasileira.

RABELLO, Ivone Daré
1999. *A caminho do encontro: uma leitura de Contos novos.* São Paulo: Ateliê.
2015. "Novos tempos", in *Contos novos.*

RUFINONI, Simone Rossinetti
1996. "A lira esfacelada do poeta (Uma interpretação dos desdobramentos do tema da vida da viola quebrada na obra de Mário de Andrade)". *Língua e Literatura,* n. 22, pp. 155–68.

SÁ, Marina Damasceno de
2018. *A poetagem bonita: edição e estudo de livro inédito de Mário de Andrade.* Tese de doutorado. São Paulo: FFLCH-USP.

SARAIVA, Arnaldo
2004. *Modernismo brasileiro e modernismo português: subsídios para o seu estudo e para a história das suas relações.* Campinas: Ed. Unicamp.

SOUZA, Cristiane Rodrigues de
2017. *Mário de Andrade: poesia, amor e música.* São Paulo: Intermeios/Fapesp.

SOUZA, Eneida Maria de
1999. *A pedra mágica do discurso.* Belo Horizonte: Ed. UFMG.

SOUZA, Eneida Maria de (org.)
2010. *Correspondência Mário de Andrade & Henriqueta Lisboa.* Trans. Maria Silva Ianni Barsalini. São Paulo: Editora Peirópolis/Edusp.

SOUZA, Gilda de Mello e
2003. *O tupi e o alaúde: uma interpretação de* Macunaíma. São Paulo: Duas cidades/Editora 34.

TÉRCIO, Jason
2019. *Em busca da alma brasileira.* Rio de Janeiro: Estação Brasil.

VERGARA, Jorge Israel Ortiz
2018. *Toda canção de liberdade vem do cárcere: homofobia, misoginia e racismo na recepção da obra de Mário de Andrade.* Tese de doutorado. Rio de Janeiro: Unirio.

WISNIK, José Miguel
2022. "A república musical modernista", in G. Andrade (org.), *Modernismos 1922–2022*. São Paulo: Companhia das Letras.
2007. "O ensaio impossível", in Sérgio Miceli e Franklin de Matos (orgs.), *Gilda: a paixão pela forma*. Rio de Janeiro: Ouro sobre Azul/Fapesp.

OUTROS TÍTULOS CITADOS NESTA EDIÇÃO

ARETINO, Pietro
2011. *Sonetos luxuriosos*, trad. José Paulo Paes. São Paulo: Companhia das Letras.
BACHELARD, Gaston
2016. *A terra e os devaneios da vontade: ensaio sobre a imaginação das forças*, trad. Maria Ermantina de Almeida Prado Galvão. São Paulo: Editora WMF Martins Fontes.
CANDIDO, Antonio
2002. *O romantismo no Brasil*. São Paulo: Humanitas.
CASCUDO, Luís da Câmara
1964. *Dicionário do folclore brasileiro*. Rio de Janeiro: Ediouro.
CHAMIE, Mário
1970. *Intertexto: a escrita rapsódica – ensaio de leitura produtora*. São Paulo: Praxis.
FREUD, Sigmund
2014. *Obras completas, v. 13: Conferências introdutórias à psicanálise (1916–17)*, trad. Sergio Tellaroli. São Paulo: Companhia das Letras.
2016. *Obras completas, v. 6: Três ensaios sobre a teoria da sexualidade, análise fragmentária de uma histeria ("o caso Dora") e outros textos (1901–05)*, trad. Paulo César de Souza. São Paulo: Companhia das Letras.
HOUAISS, Antônio & Mauro de Salles VILLAR
2015. *Grande Dicionário Houaiss da Língua Portuguesa*. Lisboa: Círculo de Leitores.
HUSTON, Nancy
1980. *Dire et Interdire: éléments de jurologie*. Paris: Payot.
PÉRET, Benjamin
2021. *Na zona tórrida do Brasil*, trad. Leonor Lourenço Abreu. São Paulo: 100/cabeças.
RIBEIRO, João
2009. *Frases feitas: estudo conjectural de locuções, ditados e provérbios*. Rio de Janeiro: Academia Brasileira de Letras.
SILVA, Flávio (org.)
2001. *Camargo Guarnieri: o tempo e a música*. Rio de Janeiro/São Paulo: Funarte/Imprensa Oficial.
SILVA, Leonardo Alexander do Carmo
2021. *Sacan'arte: ironia e sátira no romance obsceno brasileiro*. Tese de doutorado. Paris/São Paulo: Université Sorbonne Nouvelle (Paris 3)/FFLCH-USP.
WERNECK, Mariza
2021. *O livro das noites: memória, escritura, melancolia*. São Paulo: Educ.

AGRADECIMENTOS

Ao Instituto de Estudos Avançados (IEA) e à Pró Reitoria de Pesquisa da Universidade de São Paulo (USP), pela bolsa Ano Sabático 2021 que permitiu a dedicação necessária a essa pesquisa.

A Marcos Antonio de Moraes, pelas generosas indicações bibliográficas e pelas pistas fundamentais.

A Carlos Augusto Calil, pela amistosa partilha de textos e pelas boas conversas sobre o tema.

A Fernando Paixão, pelas leituras atentas, pelas preciosas sugestões e, como sempre, por muito mais.

E também a:
Biblioteca Florestan Fernandes da Faculdade de Filosofia, Letras e Ciências Humanas (FFLCH-USP)
Biblioteca do Instituto de Estudos Brasileiros (IEB-USP)
Biblioteca Mário de Andrade
Christina Stephano de Queiroz
Davi Arrigucci Jr.
José Victor das Neves
Sergio Fingermann
Tatiana Longo Figueiredo
Telê Ancona Lopez
Yudith Rosenbaum
E aos colegas, orientandos e alunos da área de Literatura Brasileira do Departamento de Letras Clássicas e Vernáculas da FFLCH – USP.

SOBRE A ORGANIZADORA

Eliane Robert Moraes é professora de literatura brasileira na FFLCH-USP e pesquisadora do CNPq. É autora de diversos livros, dentre os quais estão: *O corpo impossível* (Iluminuras/Fapesp, 2016), *Lições de Sade: ensaios sobre a imaginação libertina* (Iluminuras, 2011) e *Perversos, amantes e outros trágicos* (Iluminuras, 2013). Traduziu a *História do olho*, de Georges Bataille (Companhia das Letras, 2018), e organizou a *Antologia da poesia erótica brasileira* (Ateliê, 2015), publicada em Portugal (Tinta da China, 2017). Também assina a organização do livro *O corpo descoberto: contos eróticos brasileiros 1852/1922* (Cepe, 2018), que integra uma *Antologia do conto erótico brasileiro* a ser completada com o título *O corpo desvelado* (Cepe, no prelo).

SOBRE AS COLABORADORAS

Aline Novais de Almeida, que contribuiu com a pesquisa, as notas e o posfácio deste livro, é graduada em letras pela FFLCH-USP, onde defendeu mestrado sobre Mário de Andrade (2013) e doutorado sobre Murilo Mendes (2019). Atua como professora e pesquisadora de literatura brasileira, com estudos em torno do modernismo no Brasil, sobre o qual publicou diversos artigos. É organizadora da edição *A gramatiquinha da fala brasileira*, de Mário de Andrade (Funag, no prelo).

Marina Damasceno de Sá, que contribuiu com a pesquisa, as notas e a revisão final deste livro, é graduada em letras pela FFLCH-USP, onde defendeu o mestrado "O empalhador de passarinho, de Mário de Andrade: edição de texto fiel e anotado" (2013) e o doutorado "A poetagem bonita: edição e estudo de livro inédito de Mário de Andrade" (2018), orientada por membros do IEB-USP. Atualmente realiza pós-doutorado sobre *O sequestro da Dona Ausente*, de Mário de Andrade.

© Ubu Editora, 2022
© Eliane Robert Moraes, 2022

preparação Beatriz Lourenção e Walmir Lacerda
revisão Gabriela Naigeborin e Marina de Sá
tratamento de imagem Carlos Mesquita

EQUIPE UBU
direção editorial Florencia Ferrari
coordenação geral Isabela Sanches
direção de arte e design Elaine Ramos;
    Julia Paccola, Lívia Takemura (assistentes)
editorial Bibiana Leme; Gabriela Naigeborin,
    Júlia Knaipp (assistentes)
comercial Luciana Mazolini; Anna Fournier (assistente)
comunicação/circuito ubu Maria Chiaretti;
    Walmir Lacerda (assistente)
design de comunicação Júlia França, Lívia Takemura
atendimento Laís Matias, Micaely Silva

Nesta edição, respeitou-se o novo
Acordo Ortográfico da Língua Portuguesa.

Dados Internacionais de Catalogação na Publicação (CIP)
Bibliotecário Odilio Hilario Moreira Junior - CRB-8/9949

A553s   Andrade, Mário de [1893–1945]
    Seleta erótica/Mário de Andrade; organização e apresentação de Eliane Robert Moraes; posfácio de Aline Novais de Almeida; ilustrações de Julio Lapagesse. Inclui bibliografia – São Paulo: Ubu Editora, 2022.
    320 pp., 15 ils.
ISBN 978-65-86497-94-6

---

1. Literatura brasileira. 2. Erotismo. 3. Crítica Literária. I. Título

---

2022-1224   CDD 809   CDU 82.09

Índice para catálogo sistemático:
1. Literatura: crítica literária 809
2. Literatura: crítica literária 82.09

APOIO

UBU EDITORA
Largo do Arouche 161 sobreloja 2
01219 011 São Paulo SP
ubueditora.com.br
professor@ubueditora.com.br
🅵 🅞 /ubueditora

FONTES Love, Futura New, Le Monde Journal
PAPEL Pólen soft 80 g/m²
IMPRESSÃO E ACABAMENTO Ipsis